箱入り魔女様のおかげさま

くる ひなた

Hinata Kuru

レジーナ文庫

登場人物紹介

ヴァルト

即位して半年の若き国王。
魔女など時代遅れだと
思っていたが、
エリカとの出会いで
少しずつ考えを変える。

ロロン

魔女の家で飼われている
ウサギ。可愛い外見に反し、
中身は男前。

エリカ

伝説の魔女と同じ白い髪と、
琥珀色の瞳を持つ16歳の少女。
外に出た経験がほとんどない。
純粋で優しい見習い魔女。

モリー
エレン
九年前に生き別れたエリカの双子の兄。何か目的があって現れた様子だが……？
マリア
ニータ
三老婆
三人のベテラン魔女。エリカの育ての親であり、魔法の先生でもある。
ノエル
ヴァルトの従者。中性的な美青年で、物腰が柔らかい。雰囲気がどことなくヴァルトに似ている。
メーリア
ヴァルトの従姉妹。傍若無人な絶世の美女。面倒見がよく、エリカを可愛がる。

目次

箱入り魔女様のおかげさま

第一幕　出会いと始まりの魔法

びゅうと、突然、強い風が吹いた。

風は木の枝が纏《まと》う青葉を騒がせ、地面に茂る黄緑色の草を揺らした。

草を一心に食《は》んでいたウサギが、驚いたように顔を上げる。

さらなる風が、ウサギの長い耳をなぶり——

「わっ……ぷ！」

その傍《かたわ》らに立っていた少女の髪も、大きく宙に舞い上がらせた。

彼女の髪の色は、透けるような白であった。

「……ああ、驚いた。今日はやけに風が強いね、ロロン」

少女は髪の乱れを手櫛《てぐし》で整えると、足もとにくっついていた茶色のウサギを抱き上げる。

襟元と袖口にフリルを施《ほどこ》した白いブラウスの上に、襟ぐりの深い袖なしのボディスを重ね、膝下丈のスカートとエプロンという彼女の格好は、この国の伝統的な女性の装《よそお》いである。

ロロンと呼ばれた雄のウサギは、少女の腕の中で伸び上がって辺りをきょろきょろと見回し、緑の瞳をぱちくりさせた。

ここは、樹齢三千年以上と言われる巨木の頂上付近に作られた空中庭園。

その真ん中に突き出た太い幹に寄り添うように、こぢんまりとした木組みの家が立っている。

少女はこの家で生まれ育った。

「エリカ、そろそろお入りなさいな」

ふいに、家の中から穏やかな老婆の声がした。

少女――エリカ・ヴァルプルガはそれに「はあい、もう少ししたら」と答える。

彼女を育てたのは、今声をかけてきた者を含めた三人の老婆であった。

父親は分からない。母と双子の兄がいたが、十年ほど前に生き別れてそれっきりだ。

ざわざわざわ、と木の葉が擦れ合う音がする。

この空中庭園を支える巨木は、〝始祖の樹《しそき》〟と呼ばれていた。

先ほどの風の余韻《よいん》で落とされた緑色の葉っぱが、エリカとロロンの上にちらちらと舞い落ちる。かと思うと、新たに吹いた強い風がそれらを巻き上げ、あっと言う間に遠くに攫《さら》っていった。

「下でも、今日はこんなに風が強いのかな……？」

エリカは腕の中のロロンに話しかけつつ、庭園を囲う垣根越しに木の葉の行方《ゆくえ》を目で追った。

彼女の眼下には、街が広がっている。

空中庭園からは、この国――ヘクセインゼルの全てが一望できた。

ヘクセインゼルは小さな島国だ。

始祖の樹は国のど真ん中に位置し、その真下には国を北と南に二分する大河が流れている。

北側には始祖の樹から放射状に三本の大街道が延び、そこからさらに細い道がいくつも枝分かれしていた。それらの道の隙間《すきま》を埋め尽くすように、褐色《かっしょく》の三角屋根がお揃いの、木組みの家々がひしめき合っている。

そんな景色の中で一際目を引くのが、真北に延びる大街道の突き当たりに立つ白亜の城。ここには、ヘクセインゼルを治める国王が住んでいる。

そして、残りの二本の街道——北西と北東に延びる大街道の先には、それぞれの地域を管轄《かんかつ》する市庁舎が立っていた。

対する南側も、南西と南東に向かって大きな街道が延びており、それぞれの先には北側同様市庁舎がある。

南側は北側に比べれば緑地の割合が多く、始祖の樹から真南の位置には大きな山が聳《そび》えていた。

エリカが山を眺めていると、ボーッという汽笛《きてき》の音がかすかに聞こえた。やがて、もくもくと白い煙を上げながら、山の向こうから真っ黒い蒸気機関車が現れる。

線路はヘクセインゼルの外周を囲うように二本作られており、王城と四つの市庁舎の側にそれぞれ駅舎が建てられている。小さな島国なので、一周するには半日もあれば充分だ。

蒸気機関車は右回りと左回りでそれぞれ五台ずつ走っており、一般市民も気軽に利用できる。

しかし、エリカはまだそれに乗ったことがない。

それどころか、今年で十六歳になるというのに、眼下に見える街に下りたことも、片手で数えられるほどしかなかった。

「エリカ、早く中に入りなさい」

「はあい、おばあ様」

再び家の中から声が聞こえてきた。さっきとは別の神経質そうな老婆の声に、エリカは名残《なごり》惜しげに下の世界から視線を外す。

いつの間にか、エリカの周りには何羽ものウサギが集まってきていた。

エリカはそんなウサギの輪の中に、ロロンを下ろす。

「風が強いから、今日は皆も小屋の中にいた方がいいよ」

エリカがそう声をかけると、ウサギ達は大きな瞳をぱちくりと瞬《また》かせた。それから、まるで彼女の言葉に従うように、ぴょこりぴょこりと跳ねて空中庭園の一角にあるウサギ小屋に入った。

ここでは、十羽のウサギが飼われている。

その中で一番年嵩《としかさ》のロロンは、エリカにとって特別な存在だった。彼は仮死状態で生まれたが、当時七歳だったエリカと兄が必死にマッサージをして、奇跡的に息を吹き返したのだ。

人間の友達がいないエリカにとって、ロロンは一番の親友でもあった。

エリカを育てた三人の老婆は、始祖の樹全体を統《す》べる魔女である。

エリカ自身も魔女――それも、ヘクセインゼルの始祖たる魔女王ヴァルプルガの再来と言われる、特別な魔女だった。
彼女のように、生まれつき真っ白い髪と琥珀色《こはくいろ》の瞳をした者は、どこにもいない。

ヘクセインゼルで生まれた子供達が真っ先に聞かされるおとぎ話は、初代魔女王ヴァルプルガの言い伝えだ。それは、こんな物語である。


『今から千年も前のことです。

魔女がたくさん生まれる、ヘクセンという不思議な土地がありました。

ヘクセンは大陸にある大きな国の領地の一つで、ヴァルプルガはヘクセン領主の一番上の子供でした。

彼女は真っ白い髪と琥珀色の瞳の、美しくて賢いお姫様でした。そして、強い力を持つ魔女でもありました。

その頃、大陸にはたくさんの国がありました。

やがて、ヘクセンがある国の王様が、他の国々と戦争を始めたのです。

王様は、ヘクセンの魔女達の魔法で敵の国々をやっつけたいと言い出しました。けれど、ヴァルプルガのお父様であるヘクセン領主は、魔女達を戦争になど行かせたくありません。

王様は、ヘクセン領主が言うことをきかないのでとても怒りました。怒って、ヘクセン領主を殺してしまったのです。

お父様が死んでしまったので、ヴァルプルガが新しい領主になりました。

王様はヴァルプルガを自分のお城に呼びつけ、お父様の首を差し出して言いました。

――お前もこうなりたくなければ、魔女達に敵の兵隊をたくさん殺させろ。

ヴァルプルガは、お話は分かりました、と答えました。

そして、数日ほど時間をくださいと言って、お父様の首を抱いてヘクセンに戻ったのです』

ここまで物語を聞いた子供達は、残酷《ざんこく》な王に怒ったり、ヘクセン領主の生首を想像して怯《おび》えたり、ヴァルプルガが可哀想だと涙ぐんだりする。

やがて、それからどうなったの、と子供達に先を急《せ》かされれば、大人達は決まって少し得意げな顔をして続きを話すのだ。

『ヘクセンに帰ったヴァルプルガは、お父様の首の前で泣き崩れる弟や妹達、そして魔女や領民に向かって言いました。ヘクセンは王様には従わない。魔女には誰も殺させない、と』

だが、それだとヴァルプルガも、父親のように王に首を刎《は》ねられてしまうではないか。

とたんに心配そうな顔をする子供達に、大人達は「大丈夫」と言って話を続ける。

『ヴァルプルガは、ヘクセンの真ん中にあった始祖の樹に魔女達を集めました。

そしてみんなの力を全て自分に集め、大きな大きな魔法を使ったのです。

すると、領地の隅から隅まで張り巡らされていた始祖の樹の根が、魔女も領民もみんな乗せたまま、ヘクセンを持ち上げて海に運びました。大陸を離れたヘクセンは、海に浮かぶ島国ヘクセインゼルとなり、周りを濃い霧《きり》で囲んで王様の目から逃れたのです。

こうしてヴァルプルガは、ヘクセインゼルの最初の魔女王となったのでした』

実際、約千年前の大陸の歴史書には、ヘクセンという名の領地が一晩にして消え失せた、との記述がある。

ヴァルプルガはヘクセインゼルの民を守った偉大な魔女であり、今もこの国の人々に深く敬愛されていた。

ヴァルプルガだけではない。今では彼女の血筋のみに、それもごくごく稀《まれ》にしか生まれなくなった魔女という存在を、ヘクセインゼルの民は愛し、心の拠《よ》り所《どころ》としていた。

そのため、ヴァルプルガと同じ真っ白い髪と琥珀色の瞳をしたエリカが生まれた時は、ヘクセインゼル全体が魔女王の再来だと騒然となったものだ。

「わっ……また」

家に戻ろうとしていたエリカは、再び吹いてきた強い風に足を止めた。肩までの髪がまた乱れる。

彼女の足もとには池があったが、ここ半月ほど雨が降らないせいで、水かさが随分減っている。同様に、始祖の樹の袂《たもと》の大河も若干水位が下がっていた。ヘクセインゼルは飲料用水を全てこの大河に頼っているため、このまま雨が降らなければ人々の生活にも影響が出始めるだろう。

エリカは、はるか遠くの海上に目を凝《こ》らす。そこにたゆたう暗い雲の塊《かたまり》を琥珀色《こはくいろ》の瞳で見つめつつ、ぽつりと呟《つぶや》いた。

「あの雲……こっちに来ればいいのに」

と、その時――

「エリカ、いい加減におし！」

三人目の老婆の鋭い叱責《しっせき》に、エリカは慌てて家の中に飛び込んだ。

「はあい、ただいま！」

それから数時間後。

エリカの願いは叶い、ヘクセインゼルの空に黒い雲がかかり始めた。

そんな中、一台の蒸気自動車が始祖の樹の袂に乗り付けた。

＊＊＊＊＊

三千年以上もの長い間聳《そび》え立つ始祖の樹は、中心部がすっかり朽《く》ちて空洞になっている。魔女やその血縁達は、この空洞の内部を補強し、住居として利用していた。

そんな始祖の樹は今、約二週間後に迫った祭りのために、根元から天辺《てっぺん》付近まで、ランプを吊るしたロープがぐるぐると巻かれている。祭りの夜には、それら数百個にも及ぶランプ一つ一つに火が灯され、始祖の樹が光り輝くのだ。

始祖の樹は魔女信仰の象徴であるとともに、一部の者にとっては生活の拠《よ》り所《どころ》でもあった。

ヘクセインゼルの社会には極端な貧富《ひんぷ》の差はない。しかし、病気や怪我《けが》で仕事も侭《まま》ならない者や、孤児などといった社会的弱者はどうしても存在する。始祖の樹の下の階には、そんな人々の支援施設があるのだ。

さらに、大きな嵐が来れば海岸近くの住人の避難所となり、病人が訪れれば無償で薬を処方し、お産の介助や赤子の名付けも請け負う。

『ヘクセインゼルの民はヴァルプルガの子供達』

それが、始祖の樹での合言葉。

この言葉は、ヘクセインゼルの民は皆がヴァルプルガを祖とする家族であり、家族はいついかなる時も助け合うものだという教えが込められ、遥《はる》か昔から受け継がれている。

始祖の樹は、ヘクセインゼルの民にとって第二の家とも言えた。

ただし、魔女が住まう家と空中庭園──これらをまとめて〝魔女殿《まじょでん》〟と呼ぶ──だけは別だ。

魔女殿には、そこに住まう魔女の血縁であろうと、おいそれと立ち入ることはできない。

特に、男性の立ち入りは厳しく禁じられている。それには確固《かっこ》とした理由があった。

魔女の魔力の源は女性特有の臓器である子宮にあり、もしも男性と交わりそこに異物をとりこめば、魔力がなくなるといわれている。だから、魔女は未婚のまま一生を過ごす者が多い。かの魔女王ヴァルプルガも、生涯独身を貫《つらぬ》いたという。

そんな事情もあってか、今や魔女の存在は稀少《きしょう》である。十六年前にエリカが生まれてから、新たな魔女は一人も現れていないのだ。万が一にも彼女が魔力を失う──つまり魔女ではなくなってしまうようなことがあっては、一大事。

そのため、エリカが普段顔を合わせる男性といえば、魔女と世俗《せぞく》の仲立ちを担《にな》う始祖の樹の管理長の、マリオという老紳士くらい。彼以外の男性と接したことは数えるほどしかなかった。

ところがこの日、魔女殿にある男性がやってきた。

特別な理由で魔女殿への立ち入りを許された彼は、魔女の家のリビングの質素な木の椅子に腰を下ろすと、すっと長い足を組んだ。

それを見て、彼とテーブルを挟んで向かい合うように椅子に座った三人の老婆が眉をひそめる。

「こりゃまた、生意気そうな小僧が来たねぇ」

憎々しげに呟《つぶや》いたのは、腰の曲がった鷲鼻《わしばな》の魔女ニータ・ヴァルプルガ。

なかなか家の中に戻ってこないエリカを、最後に鋭く叱責《しっせき》した老婆だ。

ニータは薬作りが得意で、エリカが小さい頃から熱心に作り方を教えている。

「随分偉そうな坊やですこと」

続いて冷たい目をして呟いたのは、眼鏡をかけたのっぽの魔女モリー・ヴァルプルガ。

二番目にエリカを呼んだ、神経質そうな声の老婆である。

モリーはカードを使った占術《せんじゅつ》が得意で、先読みの魔女として名高い。

「僕ちゃんったら、初めての場所で緊張しているのかしら？」

最後に幼子をあやすように言ったのは、ふくよかな体形の魔女マリア・ヴァルプルガ。

エリカに最初に声をかけてきた、穏やかな声の老婆だ。

マリアは優秀な産婆で、数々の難しい出産に立ち会い、多くの赤子を取り上げてきた。

ちなみに、始祖の樹の管理長であるマリオは、彼女の実の兄である。

この三人の魔女も白い髪をしているが、エリカのように生まれつきではなく、加齢によるものだ。若い頃の彼女達の髪は青みを帯《お》びた灰色だったらしい。瞳もエリカの琥珀《こはく》色《いろ》とは違い、緑がかった淡褐《たんかっしょく》色をしていた。

そんな三老婆の友好的ではない言葉に、男は顔をしかめる。

「小僧だのなんだのと……私はもう二十歳を過ぎているぞ」

彼は反論するも、三人の老婆は顔を見合わせてせせら笑った。

「ふん、わしらの三分の一も生きとらん分際で、何を偉そうに！」

腰の曲がったニータは、下からじろりと睨《にら》み上げる。

「魔女に威張《いば》り散らすなんて、百年早いですわ」

モリーは眼鏡を指で押し上げながら、冷ややかに言った。

「うふふ、まだまだヒヨコのようだわねぇ」

マリアはそう言って、笑みを浮かべた口元を片手で覆《おお》う。

彼女達に馬鹿にされ、男の眉間の皺《しわ》がますます深くなった。

エリカは、三老婆の後ろに庇《かば》われるようにして座らされていた。

彼女は普段着である伝統衣装の上に、フードの付いた白いローブを羽織っている。

この白いローブはヘクセインゼルの魔女の正装で、袖口や裾には金の糸で始祖の樹をモチーフにした刺繍《ししゅう》が施《ほどこ》されていた。

エリカは椅子の上で小さくなって、三老婆と男の険悪なムードにおろおろするばかり。

すると、そんなエリカの顔を、長い茶色の髪と緑の瞳の男性が横から覗《のぞ》き込んだ。

「ノエルと申します。はじめまして」

「は、はじめまして……」

戸惑《とまど》うエリカに、ノエルと名乗った男はにこりと微笑む。その顔は中性的で、人形のように整っている。彼は三老婆と睨み合っている男性の付き添いとして、魔女殿への立ち入りを許可されていた。

ノエルはエリカをじっと見つめたかと思ったら、ふふと小さく笑って言った。

「ヴァルト様がヒヨコなら……こちらの小さな魔女様はまだ卵のようですね」

ヴァルトというのが、椅子に座って足を組んだ男の名らしい。ヴァルトは何を言い出すんだという目でノエルを見る。

三老婆は知らぬ間にエリカに近づいていたノエルに眉をひそめ、彼からエリカを引き離す。

そんな中、エリカはノエルの言葉をもっともだと思っていた。

ヴァルトという男がヒヨコかどうかはともかくとして、エリカは確かに卵だ。まだまだ半人前な魔女の卵。

髪の白さは潜在魔力の大きさに比例すると言われており、ヴァルプルガと同じ真っ白な髪を持つエリカは、大魔女に成りうる素質があるそうだ。だが、魔女だからと言って、生まれながらに魔法を使えるわけではない。

――魔女は魔女に見出され、魔女に育《た》てられて魔女となる。

エリカはこの十六年間、薬草作りに長けたニータから魔女の薬の作り方を、先読みの魔女モリーからはカードによる占術《せんじゅつ》を教わり、助産を請け負うマリアに付いて数々の出産に立ち会ってきた。しかし、彼女達から学ぶべきことがまだまだたくさんあり、エリカは一人前の魔女とは言い難い。

三老婆の後ろに隠れて、そんなことを考えていたエリカは、突然「おい」と声をかけられた。はっとして顔を上げると、ヴァルトの視線が真っ直ぐエリカに向けられている。

「そこの君、名前は？」

突然のことに、エリカはとっさに答えることができない。

そんなエリカを庇《かば》うように、三老婆が「気安く話しかけるな」とヴァルトを窘《たしな》めるが、彼はかまわず「名前は？」と繰り返した。エリカはおずおずと口を開く。

「エ、エリカ、です……」

「なんだ、聞こえないぞ。自分の名くらい、もっと胸を張って言ってみろ」

ただでさえ馴染《なじ》みの薄い男性の低い声。その上、まるで活を入れるみたいな大きな声をかけられて、エリカはびくりと竦《すく》み上がる。

エリカは泣きたい気持ちになりながら、必死に声を張り上げた。

「エ、エリカ、です！　エリカ・ヴァルプルガですっ‼」

すると、ヴァルトは満足げな顔をして頷《うなず》く。

「エリカ、か。はじめまして、小さな魔女エリカ」

エリカはほっとする余裕もなく、顔を伏せて挨拶《あいさつ》を返すのがやっとだった。

「は、はじめまして――国王様」

彼――ヴァルトは、半年前に即位したヘクセインゼルの若き国王。始祖の樹の真北に位置する白亜《はくあ》の城の、現在の主である。

彼は、ノエルと同じ茶色の髪と緑の瞳を持つ美丈夫《びじょうふ》だった。ただし、中性的な雰囲気の従者とは対照的に、男らしい精悍《せいかん》な顔つきで、背が高く身体もがっしりとしている。

男性とほぼ隔離《かくり》されて育ってきたエリカにとって、この実に男らしい国王は未知の存在。どう接していいのか分からないし、切れ長の鋭い目や存在感のあるのど仏、大きな手足などが、正直言って恐ろしい。

そして、何よりエリカが馴染《なじ》めないのが……

(ひ、ひげ、こわい……)

国王ヴァルトの尖《とが》った顎《あご》の先に生えた、髪と同じ茶色の髭《ひげ》だった。

短く綺麗に整えられていて粗暴な感じはないのだが、彼をより男らしく見せてしまうせいで、エリカの恐怖も増す。

そんな彼女の思いを知ってか知らずか、ヴァルトは顎髭を撫《な》でつつ口を開いた。

「知っての通り、現王家と魔女の確執《かくしつ》は根深い。だが私は、自分の代でなんとかそれを解決したいと思っている」

それを聞いた三人の老婆は盛大に眉をひそめ、さらには眦《まなじり》をつり上げて椅子から立ち上がった。

「ならばまず、代々の魔女の墓前に頭を垂れて許しを請え!」

「そうして、偽りの王族を連れて城を出て行きなさい!」

「魔女に、玉座を返すのですよ!」

ニータとモリーに加え、普段は穏やかなマリアまで声を荒らげたので、エリカは目を丸くする。

一方、ヴァルトは相変わらず堂々と椅子に腰かけて足を組んだまま、淡々とした口調で続けた。

「今さら魔女が玉座に座ったところで何ができる。そもそもヴァルプルガが王と成り得たのは、魔女である前に優れた政治家だったからだ。彼女は魔法で国を治めていたのではない」

千年前、戦争への参加を迫る王から領地ごと海へと逃れ、島国ヘクセインゼルを建国した魔女王ヴァルプルガ。

彼女の死後、偉大な魔女王にあやかろうと、玉座にはヴァルプルガの妹の子孫にあたる魔女達が座り、弟やその子孫である男達が摂政《せっしょう》を務める慣習が生まれた。

こうして、魔女王を生み出す家系と、摂政を務める二つの家系が出来上がったのである。

ところが、年月を重ねるごとにみるみる魔女の出生率が下がり、今から五百年ほど前、ついに魔女が一人も生まれない時期ができた。そのため玉座に、長年影に徹《てっ》していた摂政の家系の男子が座ることになったのだ。

これをきっかけに、ヘクセインゼルは魔女王の治める国から、魔力を持たない男の国王が治める国へ変わった。

この頃大陸では、ヘクセインゼルの前身であるヘクセンが属していた国が、他の大国に呑まれて跡形もなくなっていた。

長年続いた戦乱もすっかり終結し、大陸の国々では経済や産業が目紛《めまぐる》しい発展を遂げていた。

かつて大陸と決別したヴァルプルガの意思を継ぐ魔女は保守的だったので、彼女達が玉座にある間、ヘクセインゼルは大陸に対して固く国を閉ざしていた。だが、新たに玉座に就《つ》いた男の国王達は、少しずつ大陸と交流し始めた。

大陸との交易《こうえき》により、ヘクセインゼルも飛躍的な発展を遂げた。現在ヘクセインゼルを走る蒸気機関車も、ヴァルトとノエルが乗ってきた蒸気自動車も、大陸から入ってきた技術で作られたものだ。

そして、男の国王はその実績を盾に魔女の家系を始祖の樹へと完全に追いやり、象徴とすることで、国政から遠ざけてしまった。

現在のヘクセインゼルは、国王を頂点とし、宰相《さいしょう》と数名の大臣、四つの市の市長からなる議会が国政を取り仕切っている。そこに、魔女の席は用意されていない。

ヘクセインゼルは魔女が作った国なのに、男の国王は魔女を蚊帳《かや》の外《そと》へ置いたのだ。

魔女の家系から見れば、それは始祖たるヴァルプルガに対する冒涜《ぼうとく》である。

そのせいで、向かい合って立つ白亜の城と始祖の樹の関係は、もう五百年もの間冷えきったままだった。

それを承知の上で、魔女殿へとやってきた国王ヴァルト。

敵意を剥《む》き出しにする三人の老婆に向かい、若い彼は臆《おく》することなく口を開く。

「魔女がどう思おうと、現在この国の内政は安定しており、国民から充分な支持を得ている」

「一方で、始祖たる魔女から王権を奪《うば》ったことに対する不信も、根強く残っておろうが」

嘲《あざけ》りを含んだニータの言葉を否定しないまま、ヴァルトは続ける。

「私は魔女をないがしろにするつもりはないし、歴代の王達もヴァルプルガに対する敬意を忘れたことはなかった」

「よくもぬけぬけと。そんなことは、魔女達の墓前に額を擦り付けて懺悔《ざんげ》してからおっしゃい」

刺すようなモリーの言葉を受けようとも、ヴァルトの口調は淀《よど》みない。

「ヘクセインゼルの民にとって、ヴァルプルガは特別な存在だ。もちろん、私にとってもそれは同じ」

「あらあらあら、まあまあまあ。魔女を足蹴《あしげ》にしておいて、ヴァルプルガのご加護を受けられるとでもお思いかしら？」

穏やかな口調ながら、マリアの言葉は辛辣《しんらつ》だ。

しかし、それでもヴァルトは口を閉じなかった。

「本日、こうしてここを訪れたのは他でもない。ヴァルプルガの再来と言われる魔女の力を見せてもらうためだ」

ヴァルトは、立ち並ぶ三人の老婆の後ろで縮こまっているエリカをじっと見据《みす》えて続ける。

「その上で、私は今後、君達魔女とどのように向き合っていくか決めたいと思っている。場合によっては、国政の会議の場に魔女の席を用意するのもやぶさかではない」

彼の言葉に、エリカはおののいた。

国政に返り咲くことは、魔女達の積年の願い。

それが、自分の力如何《いかん》で叶うかもしれないし、もしくは潰《つい》えるかもしれないのだ。

そんな責任重大な役目を、エリカはとてもじゃないが担《にな》うことはできない。

ところが……

「今の言葉、忘れるな！」

ニータが叫んで、エリカを強引に椅子から立たせた。

「魔女の席を四つ、用意していただこうではないですか！」

モリーも興奮気味に言って、戸惑《とまど》うエリカの両手を取る。

「はい、エリカ。よろしくね」

最後にマリアがにこりと笑って、テーブルに置かれていた籠《かご》の中からリンゴを取り、エリカの両掌《てのひら》にぽんと載せた。

「お、おばあ様達……」

そうして、エリカはリンゴを持ったまま三人の老婆に背中を押され、ヴァルトの前に突き出されてしまった。

彼の鋭い緑色の目が、一挙一動も見逃すまいとでもいうように、エリカにじっと注《そそ》がれる。

「う……」

エリカはますます緊張し、目がぐるぐると回りそうになる。

今すぐ自分の部屋に逃げ込んで、頭からシーツを被《かぶ》ってしまいたい気分だった。

だが……

「エリカ、その生意気な小僧に吠《ほ》え面《づら》かかせてやりな！」

「あなたの力を見せつけて、尊大な坊やの鼻をへし折っておやりなさい！」

「僕ちゃんったら、きっとびっくりして腰を抜かしちゃうわよ！」

背中にのしかかる三老婆の期待が、エリカに逃げることを許さない。

魔女達の積年の願いを叶えるため、エリカは絶対に失敗するわけにはいかないのだ。

魔法を的確に発動させるには、平常心であることが必須。

エリカはとにかく国王ヴァルトに対する恐怖を克服《こくふく》するため、彼の姿に親しみを覚えられる部分はないかと必死に探した。

（そういえば、国王様の髪……ロロンの毛と色がそっくり。瞳も……同じ緑色だ！）

エリカにとって無二の親友ともいえる、ウサギのロロン。

彼とヴァルトの共通点に気づいたとたん、エリカの目の前がぱっと明るくなった。

（国王様はロロンとそっくり！　ロロンはかわいい！　――国王様もかわいい!!）

などと、とても口に出しては言えないような言葉を心の中で唱えるうちに、エリカの気持ちは一気に浮上していく。

「……ほう」

彼女の雰囲気が変わったことに気づいたのか、ヴァルトが組んでいた足を解いた。

エリカは、半人前とはいえ魔女である。

年老《お》いた三人の魔女に師事し、薬を作り、未来を読み取り、命の誕生に寄り添う。かつてヴァルプルガが駆使したような、土地を動かしたり箒《ほうき》に跨《また》がって空を飛んだりなんて、目に見えてすごい魔法は使えない。それはエリカだけでなく、ヴァルプルガ以降の歴代の魔女には、誰一人としてできなかった。

けれど、エリカが持って生まれた大きな魔力に期待した三老婆は、魔女の家が所蔵する古い文献を読み漁《あさ》り、試行錯誤《しこうさくご》しながら彼女を育ててきた。

おかげで、エリカは一つだけ――たった一つだけ、特別な魔法を使える。

「……リンゴをどうする気だ？」

静かに問うヴァルトに答える代わりに、エリカは両手で包み込んだリンゴを顔の前まで持ち上げた。同時に、それまで俯《うつむ》きがちだった顔を上げると、琥珀色《こはくいろ》の瞳が周囲の光をかき集めるかのように輝き出す。

腹の底が――魔力の源たる子宮のある場所がカッと熱くなり、まるで血管を伝わるみたいに熱が全身に広がっていく。白い髪が、風もないのにふわりと舞い上がった。魔女のローブの裾もはためき、刺繍《ししゅう》の金の糸がキラキラと光る。

そして――エリカの掌《てのひら》に載っていたリンゴが、わずかに宙に浮き上がった。

その光景に、ヴァルトが息を呑む。

「よぉく見ておれよ、小僧！　エリカの魔法は物体を切断できるんじゃ！」

胸を張ってニータが叫ぶ。するとそれに応えるように、リンゴは突然、ざくり、ざくりと六等分されてしまった。

「繊細《せんさい》に削《そ》ぐことだってできるのですよ」

つんと澄ましてモリーが告《つ》げる。彼女の言葉の直後、今度はリンゴの皮がじわりじわりと薄く削がれていき、一部を残して床に落とされた。

「小さく抉《えぐ》り取ることだってお手のものよね」

マリアがくすくすと笑って言うと、リンゴの白い果肉がカリリと抉り取られて穴が空いた。

そうして出来上がったのは、なんともかわいらしい、六つのウサギリンゴ。

リンゴをウサギリンゴにする――つまり、魔法でもって物体を加工すること。これこそが、エリカが習得した特別な魔法だった。

「……」

ヴァルトは目を見開いて、無言のままウサギリンゴを見つめ続けた。

そんな彼の様子に、三人の老婆は鼻高々で声を揃えて叫ぶ。

「「「どうだ、恐れ入ったかー!!」」」

しばしの沈黙があった。

ヴァルトは大きく息を吐き出すと、椅子の背もたれに背中を預けて口を開く。

「……確かに、恐れ入った。――あまりに、くだらなすぎて」

その失望も露《あらわ》な言葉に、今度はエリカが息を呑む番だった。

びくりとした彼女の掌《てのひら》からウサギリンゴが転がり、ぽとりぽとりと床へ落ちる。

三老婆はというと、そんなエリカの後ろで顔を真っ赤にして叫んだ。

「な、な、なんだと、小僧！　貴様、エリカを愚弄《ぐろう》する気かっ！」

「坊やだと思って甘い顔をしていればいい気になって！」

「僕ちゃんったら、お口がすぎるわ！」

しかし、ヴァルトは激昂《げっこう》する老婆達を一瞥《いちべつ》した直後、何を思ったのか、テーブルに置かれた籠《かご》から新たなリンゴを取り上げる。そして、それを傍《かたわ》らへ差し出した。

「――ノエル」

「はいはい」

リンゴを受け取ったのは、ヴァルトの従者であるノエル。

彼は懐《ふところ》から小型のナイフを取り出すと、ぎょっとしたエリカや三人の老婆の前でリンゴを切り始める。その手さばきは見事なもので、あっという間にウサギリンゴが出来上がってしまった。

　それを見届けたヴァルトは長い足を組み直すと、今度は胸の前で両腕を組んで言った。

「見ての通り、今彼女がしたことは、魔女でなくてもできることだ。それをわざわざ魔法でする意味がどこにある？」

「馬鹿か、小僧！　エリカは手を触れずにやってのけたのだぞ！　そんなこと、魔女にしかできまいが！」

　ニータが唾《つば》を飛ばす勢いで喚《わめ》き立てる。

　すると、ヴァルトは椅子から立ち上がり、ノエルのウサギリンゴを一つ摘《つ》まみ上げる。硬直したままのエリカの掌には、ウサギリンゴが一つだけ落ちずに残っていた。

　ヴァルトはその隣に、ノエルの作ったものを載せた。

　そうして並んだ二つのウサギリンゴは、遜色《そんしょく》のない出来映《ば》え——とは決して言えない。

　短時間で仕上げた分、ノエルが作ったものは果肉が白いままだった。

　一方、エリカのものは、それこそ彼女と仲良しなロロンの毛のように茶色く変色してしまっていて、はっきり言ってみすぼらしい。エリカは自分の掌の上のそれらを見比べ、愕然《がくぜん》とした。

　ヴァルトはそんな彼女の白い頭を見下ろしつつ、重々しいため息を吐き出す。

「この程度のことをさせるために、魔女として見出された娘が始祖の樹の上に閉じ込められるのだとしたら……私は今後、国王としてそれを阻止せねばなるまい」

「あなた、魔女を滅《ほろ》ぼそうと言うのですか……!?」

魔女が魔女を見出し育てるという慣習そのものに踏み込むような彼の言葉に、モリーが全身をわなわなと震わせながら叫ぶ。

ヴァルトは、「いいや」と首を横に振った。

「ヴァルプルガに対する敬意は私にもある。もとより、魔女をないがしろにするつもりはない。しかし、魔女もヘクセインゼルの国民であり、私には彼女達の自由を守る義務がある」

「魔女は魔女よっ！　偽りの王が干渉できるものではないわ！」

マリアも声を荒らげて訴える。

しかし、若い国王は三人の年老《お》いた魔女を見据《みす》えて宣告した。

「魔女は確かに特別な存在だが、時代の流れはいつまでもそれを許さないだろう。君達はそんな未来に対する覚悟が必要だ」

彼は最後に、蒼白《そうはく》になったままのエリカを見下ろして言った。

「この際はっきりと言おう。――魔女はもう、時代遅れだ」

第二幕　ウサギと鏡渡りの魔法

日の入りとともに、ヘクセインゼルに雨が降り始めた。

エリカは自室のベッドに横になったまま、ざあざあという音をぼんやりと聞いていた。

窓の向こうは彼女の鬱屈《うっくつ》した心を映したかのような闇に支配されていて、見ていると余計に気持ちが沈んでいく気がする。しかし、起き上がってカーテンを引くのさえも億劫《おっくう》で、エリカは仕方なく両目を伏せた。

ところが、瞼《まぶた》を伏せると、今度は茶色の髪と緑の瞳の男性――国王ヴァルトの姿が脳裏《のうり》に浮かび上がる。彼の残像は、エリカを冷たく見下ろし、無慈悲な声で告《つ》げた。

――魔女はもう、時代遅れだ。

「……っ」

エリカは喉《のど》を引き攣《つ》らせ、慌てて両目を開いた。

昼間、従者ノエルとともにやってきたヴァルトは、先ほどの言葉をエリカに告げた瞬間、激怒した三老婆によってたちまち魔女殿から追い出された。

魔女とは言っても、彼女達にはエリカがやってみせたような、手も触れずに物体に干渉する魔法は使えない。よって、ニータはすりこぎ、モリーは箒《ほうき》、マリアはリビングの椅子をそれぞれ振り上げて、ヴァルトとノエルを文字通り叩き出したのだった。

エリカはそんな光景を、掌《てのひら》に二つのウサギリンゴを載せたまま呆然と眺めていることしかできなかった。

建国千年を数えるヘクセインゼル。始祖たる魔女王ヴァルプルガが結婚も出産もしないまま生涯を終えたため、彼女の直系の子孫というのは存在しない。

ただ、妹が子孫を残しており、魔女が生まれるのは彼女の血筋のみ。その直系に当たるのが、始祖の樹の管理長を務めるマリオと、三老婆の一人であるマリアの兄妹である。

千年の間に魔女の血は薄まりつつヘクセインゼル中に散っていたが、幸い魔女には魔女を見出す力があった。

エリカは、魔女だった母から生まれた。

エリカの母はもともとはヘクセインゼルの一般市民の娘で、生後すぐに三老婆に見出されて魔女殿に引き取られた。だが、奔放《ほんぽう》な性格であった彼女は始祖の樹に閉じ込められることを嫌い、三老婆の目を盗んでは街に降り、やがて未婚のまま子供を身籠《みごも》った。

そうして生まれたのが、エリカと兄の双子の兄妹だ。

手塩にかけて育てたエリカの母が魔女でなくなってしまい、三老婆はひどいショックを受けた。だが、エリカが魔女王ヴァルプルガと同じ色の髪と瞳で生まれたことで、なんとか気持ちを持ち直したのだ。

エリカは、彼女達がどれほど自分を愛してくれているのかを知っているし、どれほど魔女としての自分に期待をかけているのかも知っていた――それなのに。

(私、だめだった……)

エリカの魔法を見届けた後の、ヴァルプルガの失望も露《あらわ》な顔を思い出す。

彼はくだらない、無意味だ、と言った。

魔法を否定されるということは、エリカにとっては存在意義を否定されるに等しい。

三老婆はヴァルトの言動に口惜《くちお》しいと憤《いきどお》っていたが、エリカはただ悲しかった。

悲しくて悲しくて、この日の夕食は少しも喉《のど》を通らなかった。それが余計に三老婆を心配させてしまうと分かっていても、エリカは何も口にする気になれなかったのだ。

夕飯を食べないまま入浴を済ませ、沈んだ顔で就寝の挨拶《あいさつ》をしたエリカを、三老婆はそれぞれ懸命に励まそうとしてくれた。それがまた、エリカの罪悪感を募《つの》らせた。

「私、どうしたらいいんだろう……」

胸の中に、ぐるぐると嫌なものが渦巻《うずま》いている。

全身に重い疲労感があるし、下腹は月のものがきた時のようにしくしくと痛む。今日のような魔法を使った時は、いつもこうだ。

エリカはなんだかひどく心細い気持ちも感じ、枕をぎゅっと抱き締めた。

けれど枕は冷たくて、ちっとも心を慰《なぐさ》めてくれない。

エリカは、ロロンに一緒に寝てもらおうかと考えた。彼をベッドに入れると毛がつくので、神経質なモリーが怒るのだが、今夜ばかりは大目に見てくれそうな気がする。

すでにウサギ小屋で眠っているかもしれないロロンには申し訳ないが、今から迎えに行こう。

エリカがそんなことを考えていると……

——コンコン

突然、何かを叩くような小さな音がした。

エリカは最初は気のせいかと思ったが、再びコンコンと聞こえたため、顔を上げる。

音の出所を探ろうと、彼女はきょろきょろと辺りを見回した。

「えっ……!?」

なんと、雨の降りしきる窓の外に人影があるではないか。しかも、よくよく目を凝《こ》らして見てみれば、それは……

「ノ、ノエルさん!?」

今日の昼に会ったばかりの、国王の従者ノエルだ。

彼は外套《がいとう》を頭から被《かぶ》って、雨に打たれつつそこに立っていた。

エリカはわけが分からないものの、とにかくベッドから飛び起きて窓へ駆け寄った。

慌てて鍵を外し、窓を開ける。すると、ノエルは茶色の前髪から雨を滴《したた》らせながら、にこりと微笑んだ。

「どうもこんばんは、魔女様」

「こ、こんばんは……」

始祖の樹では基本的に、日が暮れてからの来客は受け入れない。そもそもこの魔女殿は、魔女に迎え入れられる形でないと入れない仕組みになっているはずだ。

ノエルはいかにも忍んできたという態《てい》で、三老婆の許可を得てきたようには見えない。

エリカはおそるおそる問いかけた。

「あの……ここまで、どうやって来たんですか?」

「ヴァルプルガの祭りに備えて、ランプの飾りが巻かれているでしょう。あれを綱代わりにして、素手で地道に登って参りました」

「えっ!?」

「木登りはけっこう得意なんです」

ノエルはけろりとした顔で、とんでもない答えを返してきた。

エリカは唖然とした。地上から魔女殿まではものすごい距離がある上に、この雨だ。にわかには信じられない。

なんと答えたらいいか迷う上に、窓を開けたはいいものの、どう対処すればいいのか分からない。

そんなエリカの困り顔に、ノエルは苦笑する。

「こんな時間にすみません、魔女様。実は、大事なお話が……」

「はあ……」

「と、その前に。申し訳ないんですけど、ひとまず中に入れてもらえませんか。雨で身体が錆《さ》びちゃいそうです」

「さ、さび……？　えっと、どうぞ……」

雨に濡《ぬ》れて身体が錆びるだなんて、機械でもあるまいし……と思いつつも、エリカは雨に打たれ続けるノエルが気の毒になって頷《うなず》いた。

エリカの私室には外に面した扉はないので、窓から入ってもらうしかない。エリカが窓から離れて場所をあけると、ノエルは「失礼します」と一言断ってから、ひょいと身軽に窓枠を飛び越えてきた。とたんに、彼の足もとに水たまりができる。

　エリカは慌てて自分の衣装棚からタオルを引っ張り出し、ノエルに渡した。

　彼はびしょ濡れの外套《がいとう》を脱ぐと、湿った髪をタオルで拭《ぬぐ》いつつ、にこりと微笑んだ。

「ありがとうございます。あなたは優しい魔女様ですね」

　その柔らかい笑顔と穏やかな声に、エリカは少しだけ落ち着きを取り戻す。

　彼女が思わずほっと息を吐き出したとたん、ノエルは左手を腰に当てて長身をかがめた。そして、右手の人差し指でエリカのおでこをつんと突つく。

「若い娘さんが、こんな時間に気安く男を部屋に入れてはいけません。もうちょっと危機感をお持ちくださいね」

「え、そんな……」

　自分が入れろと要求したくせに、なんとも理不尽な説教である。

　エリカは呆気にとられて彼を見上げているうちに、はたとあることに気がついた。

　大人の男性に免疫《めんえき》がない自覚のあるエリカ。

　そんな彼女だが、ノエルに対しては国王ヴァルトに感じたような緊張や戸惑《とまど》い、恐怖心がちっとも浮かんでこないのだ。それを不思議に思った彼女は、そっとノエルに問いかけた。

「ノエルさんは、その……男性、なんですよね？」

「ええ、一応。脱いでお見せしましょうか？」

「ぬ、脱がなくていいですっ！」

「おや、そうですか？」

慌てて首を横に振るエリカに、ノエルはまたにこりと微笑む。

エリカはその笑顔を眺めつつ、ノエルが平気なのは、彼の容姿が中性的で物腰も柔らかいからなのだろうと考えた。

ノエルは髪を拭《ぬぐ》い終わると、濡れた外套《がいとう》を綺麗に畳《たた》んで小脇に抱える。

そしてエリカに向き直り、改めて口を開いた。

「こうして、無礼を承知で押し掛けたのは他でもありません。実は、僕の主――ヴァルト様に大変なことが起こりました」

「え？　こ、国王様に？」

「はい。一大事にございます」

「はあ……」

ヴァルトの名前が出て、エリカの顔が引き攣《つ》った。エリカにとって、彼の印象は最悪だった。できることなら、もう二度と会いたくないというのが本音である。

そんなエリカの前に、ノエルはいきなり片膝をついて跪《ひざまず》き、驚く彼女の右手を恭《うやうや》しく持ち上げた。

「魔女様、どうかヴァルト様をお救いください」

「わ、私が国王様をお救いする……？」

「はい、きっとあなたにしかできません」

「私にしか……」

困惑しつつも、これほど真摯《しんし》に訴えられれば無下《むげ》にはできない。

「私にしかって、どういうことですか？　国王様に、何が起こったんですか？」

「なんとご説明すればよいのか……ともかく城にいらっしゃって、ヴァルト様に会ってください」

「お城に……？」

そう言われたところで、エリカはおいそれと出歩くことが許されない身の上だ。

彼女が魔女殿から下に降りることができるのは、月に一度の行事の時のみ。始祖の樹の外に出ることができるのなんて、一年に一度の祭りの夜だけなのだ。

いきなり、国王の一大事だからお城に行ってくるなどと言っても、三老婆が送り出してくれるとは思えない。ただし、それはノエルの方も承知のようだった。

「そもそも、おばあ様方に事情を説明したところで無駄でしょう。昼間の件をまだお怒りでしょうから、問答無用で八つ裂きにされてしまいますよ。僕が」

「だったら、どうやって……」

「内緒で行くんです。大丈夫、一跨《ひとまた》ぎで事足りますから」

「ひとまたぎ？」

首を傾《かし》げるエリカの前で、ノエルは懐《ふところ》に片手を突っ込む。

そうして彼が取り出したのは、手鏡だった。

ノエルはきょとんとするエリカを促《うなが》して、壁際へ歩いて行く。

「これはね、摩訶不思議《まかふしぎ》な魔法の鏡の片割れなんですよ」

「魔法の鏡？」

壁際には、エリカが身嗜《みだしな》みを整えるために使う、大きな姿見が立てかけられていた。

ノエルはエリカと並んで姿見の前に立つと、その鏡面に手鏡をかざす。

二つの鏡は互いに光を反射し合い、一瞬、ぴかりと強い光を放った。

「──あれっ!?」

次の瞬間、エリカは目を丸くした。

今の今まで映っていたエリカとノエルの姿が、姿見から消えてしまったのだ。

エリカは慌てて鏡面に近づいてみるが、やはり姿は映らない。

代わりに、そこには見たこともない部屋が映っていた。

「では、魔女様。参りましょう」

「えっ!?」

なんの説明もないまま、ノエルがにこりと笑ってエリカの手を取った。

彼は戸惑《とまど》うエリカの手を引いて、先ほど告《つ》げた通り本当に一跨ぎ——姿見の縁《ふち》を跨いで、映し出された部屋へと足を踏み入れたのだ。

「えええっ……!?」

摩訶不思議な体験に、エリカはこれでもかというほど目を見開いた。

姿見を割って通ったわけでもなければ、すり抜けたような感触もない。

後ろを振り向くと、エリカの部屋の姿見とはまた別の、大きな鏡が壁に設置されている。その鏡面に映っているのは、見覚えのある部屋——エリカの部屋だった。

呆然とするエリカを見兼ねたのか、ノエルがやっとこの摩訶不思議な体験の種明《たねあ》かしを始めた。

「これは代々の国王が受け継いできた、ヴァルプルガが遺《のこ》した魔法具の一つなんです」

「ま、魔法具……?」

「魔法がかけられた便利な道具のことです。魔法の鏡の他にも、ヴァルプルガはいろいろ遺《のこ》していますよ」

「そう……ですか……」

魔法の鏡は、ノエルが懐《ふところ》から出した手鏡と、二人の背後の壁にかかっている大きな鏡の一対からなる魔法具だそうだ。持ち運びに便利な小さな手鏡を別の場所にある普通の鏡にかざすことで、大きい方の魔法の鏡と繋《つな》ぐことができるらしい。

そして、この大きな鏡があるのは王城、しかも国王が私的な時間を過ごす居室だというのだ。

「国王様のお部屋……」

とたんに、エリカは緊張し始める。自分の魔法をこき下ろした、あの顎鬚《あごひげ》の国王と再び会わねばならないのかと思うと、とてつもなく気が重くなった。

しかし、ノエルはエリカの手を引いて、有無を言わさず歩き出す。

部屋の奥の扉を開けると、向こうは寝室だった。

寝室の奥には、国王ヴァルトのものと思われる大きなベッドが置かれている。

ところが、その上にいるのは……

「あ、あれ……？　ウサギ？」

茶色の毛並みと緑色の瞳――ロロンと同じ色合いのウサギが一匹、ベッドの上に鎮座《ちんざ》していた。

エリカはしばらくの間、琥珀色《こはくいろ》の両目をぱちくりさせてそのウサギを眺める。

やがて、突然顔を青ざめさせ、ノエルに向かっておそるおそる尋ねた。

「あの子……もしかして、国王様のお夜食ですか？」

彼女がそう言って指差したウサギは、子やぎほどの大きさがあった。

ヘクセインゼルは国土が狭く、農耕や牧畜に利用できる土地もそう多くはない。南側の大きな山の周囲に緑地が広がっているが、そこは主に農業用地として使用されている。

そのため、広い土地がなくても飼育でき、繁殖力《はんしょくりょく》が非常に強いウサギを、魔女王の時代から貴重なタンパク源としてきたのだ。

そして千年の間に、より食用に適するように改良に改良を重ね、生後一年を待たずに子やぎほどの大きさまで成長するウサギが生み出されていた。国王のベッドにいたのは、その大型のウサギだ。

エリカの質問に、ノエルは肩を竦《すく》めて苦笑する。

「いくらヴァルト様がガッツリ肉食系に見えても、さすがに寝室で生きたウサギを貪《むさぼ》り食ったりしませんから」

ヘクセインゼルでは、ウサギといえばこの食用の大きなものを指し、たいていのヘクセインゼル人はウサギを見ると、「かわいい」ではなく「おいしそう」と言う。

「ところで、その……国王様はどちらに？」

寝室の中には食用ウサギが一匹いるだけで、ヴァルトの姿はない。

エリカがきょろきょろと辺りを見回しながら彼の所在を問うと、ノエルは大きなため息をついた。そして、すっと片手を持ち上げてベッドを指さす。

「あちらです」

「え？　どちらですか？」

「ベッドの上でふてぶてしい顔をしているでっかいウサギ――あれがヴァルト様ですよ」

「……は!?」

ノエルの言葉にエリカはポカンとして、再びベッドの上の食用ウサギを見つめた。

確かに、その毛と瞳の色はヴァルトの髪と瞳と同じだが、それだけだ。ウサギをどれだけ眺めても、昼間会った国王には到底見えない。

わけが分からないと言いたげなエリカの顔を見て、ノエルはもう一つため息をついた。

「太陽が沈むとともに、いきなりあの姿におなりあそばしたんです。僕の目の前で起こったことですので、僕が保証します。あれは間違いなくヴァルト様ですよ」

「えええっ……」

「人間をウサギに変えてしまう──そんなことができるのは、魔女だけでしょう？」

「──っ!?」

ノエルの言葉に、エリカは息を呑む。次いで蒼白《そうはく》となり、ぶんぶんと首を横に振って叫んだ。

「ち、違います！　私、何もしてません！　人をウサギにする魔法なんて、知りませんもの!!」

「はいはい、どうどう」

混乱するエリカを宥《なだ》めるように、ノエルは彼女の肩を優しくとんとんと叩いた。

それから長身をかがませてエリカの顔を覗《のぞ》き込むと、落ち着いた声で話しかける。

「ご安心ください。魔女様が意図的にやったなんて、僕も思っていませんよ。ただ、何か思い当たるようなことはありませんか？」

──たとえば、リンゴを魔法でウサギの形にする際、ウサギを強くイメージし過ぎたとか。

そう問われ、エリカははっとあることを思い出した。

「ま、魔法を使う前なのですが……」

「国王様のことをロロンに……うちのウサギに似ていると思ってました」

「はい」

「なるほど」

エリカの言葉に、ノエルは合点《がてん》がいったように大きく頷《うなず》いた。

あの時、とにかくヴァルトが怖くてならなかったエリカは、彼をウサギに似ていると思い込むことで、なんとかその恐怖心を抑え込もうとしたのだ。

そんな説明を聞いたノエルは、エリカのその自己暗示が魔力と反応し、ヴァルトをウサギに変える魔法を組成してしまったのではないかと分析した。

「ヴァルト様がすぐにウサギにならなかったのは、意識してかけた魔法ではなかったからでしょう。不完全な魔法では陽の気には勝てず、日が沈んで魔力が強くなるまで効果が抑えられていたのかもしれません」

「ノエルさんは、魔法について詳しいんですね」

エリカが感心しながら口にした言葉に、ノエルは「ええまあ」と曖昧《あいまい》に笑う。

そして、気を取り直すかのように、両手をパンと打ち鳴らした。

「さて、とりあえず僕は魔法についての文献でも漁《あさ》ってきますね」

ヴァルトがウサギの姿になったのは、十中八九エリカの魔法のせいだろう。しかし、意識してかけたわけではない上に、そもそも魔法の解除の仕方などエリカは知らない。

せっかく呼ばれたものの、役には立てなさそうだ。

自分の不甲斐《ふがい》なさに、エリカの気持ちはまたもや沈んでいく。

ノエルはそんな彼女を元気づけるように、ぽんと肩を叩いて言った。

「魔女様には、ヴァルト様をお任せします」

「えっ、任せるって……?」

「見ての通り、ヴァルト様はただいま無力な食用ウサギです。誰かに見つかって丸焼きにされてしまわないように、どうか守って差し上げてください」

ノエルはそう言ってエリカを寝室の中へ押しやると、自分は居室の方に出て扉を閉めた。

そして扉越しに、鍵をかけておくようエリカに告《つ》げる。

エリカは戸惑《とまど》いつつも、言われるまま扉に鍵をかけた。

寝室の中にはエリカと、ヴァルトだという食用ウサギだけが残された。

扉を見つめていたエリカは、ゆっくりと後ろ——ウサギがいるベッドの方を振り返る。

ヴァルトと思しきウサギは、最初にエリカとノエルが寝室に入ってきた時とまったく変わらぬ体勢で、そこに鎮座《ちんざ》していた。

今の彼には、エリカが昼間会った、髭《ひげ》を生《は》やした精悍《せいかん》な男性の面影はない。

彼は何も言わない。ウサギが人語を話すわけがないのだから、当然といえば当然なのだが、どうにも気まずい。ただ緑の瞳にじっと見つめられ、エリカはいたたまれない気持ちになった。

「……国王様、その……ごめんなさい」

扉の前に立ったまま、エリカはウサギに向かってペコリと頭を下げる。

意識してやったことではないとはいえ、ヴァルトに迷惑をかけてしまったのだ。

エリカは唇を噛《か》んでから、震える声で続けた。

「国王様が昼間おっしゃった通りです。私の魔法なんて、本当にくだらない。おばあ様達の役にも立てない……」

それは、エリカがずっと思っていたことだった。

自分は、なんのためにいるのだろう。この先、いったい何ができるというのだろう。

ヴァルプルガの再来ともてはやされてはいるが、かの偉大な魔女王にあやかれたのは、髪と瞳の色だけ。ヴァルプルガのようにヘクセインゼルを守れる力なんてないし、自信もない。

それでも、せめて三老婆の期待にだけは応えたかった。

——ポン、ポン

その時、何か柔らかいものを叩くような音が聞こえてきた。エリカがのろのろと顔を上げると、またポンポンと音が響く。

それは、ウサギの姿をしたヴァルトが、前足でベッドを叩いている音だった。

ここに来い、と言われている気がして、エリカはそろそろとベッドに近づく。

彼女がベッドに腰を下ろすと、ウサギはやっと叩くのをやめた。

かと思ったら、今度は後ろ足で立ち上がり、エリカの肩に前足を引っかける。

そうすると、子やぎほどの背丈があるウサギの目線は、ベッドに腰掛けたエリカと同じになった。

ウサギは至近距離から、人間の時の鋭さはない緑の目でエリカの顔を覗《のぞ》き込む。

ポンと片方の前足を頭に載せられ、エリカはウサギが自分を慰《なぐさ》めようとしてくれているのに気づいた。

ウサギに頭を撫《な》でられるなんて相当おかしいことのはずなのに、悲しい気持ちの方が強くて笑えない。

「国王様、お願いします。どうか、私達魔女をこのままそっとしておいて……」

エリカは震える声でそう告《つ》げる。目にはみるみる涙が溜まり、ウサギのヴァルトの姿も滲《にじ》んでしまう。エリカは無様な泣き顔を見られたくなくて、目の前の毛玉をぎゅっと抱き締めた。

柔らかな茶色の毛は、少し獣臭いロロンのそれとは違い、清潔《せいけつ》な石鹸《せっけん》の香りがした。

ふいに、エリカの身体がぐらりと傾《かし》ぐ。

ノエルが訪ねて来る前に感じていた強い疲労感。それがまた、一気に彼女の身体にのしかかってきたのだ。

エリカはウサギを抱き締めたまま、ぽすりとベッドの上に倒れ込む。ぴたぴたと、ウサギの前足らしき柔らかなもので頬を突《つつ》かれたが、瞼《まぶた》が重すぎて抗《あらが》うことはできなかった。

容赦《ようしゃ》なく眠りに引きずり込まれる間、エリカは縋《すが》るように腕の中の温《ぬく》もりを抱き締める。

「私の居場所を奪《うば》わないで……」

エリカの呟《つぶや》きは、果たして言葉になったのだろうか。

柔らかい茶色の抱き枕が何者であるのか、この時の彼女にはもう分からなくなっていた。

＊＊＊＊＊

「ん……う……」

チチチッ……と、小鳥のさえずりが聞こえた。

瞼の向こうに明るい光を感じ、エリカは朝の到来を知る。しかし、まだとても眠くて、瞼を開くのが億劫《おっくう》だった。

三老婆は朝日が昇るとともに起き出すのが習慣だが、エリカにまでそれを強制することはない。

あまり遅くまで寝ていると上掛けを引き剥がしに来るが、彼女達が廊下や庭を掃《は》いて回る気配がないし、もう少し微睡《まどろ》んでいても問題ないだろう。

そう思ったエリカは、心置きなく二度寝を敢行《かんこう》しようとした。

「うう……ん……？」

ところが、今朝はどうにも枕がしっくりこない。ごつくて、硬くて、幅広で、いやに温かい気がするのだ。

そこでエリカはふと、昨夜はウサギを抱いて眠ったことを思い出した。

それが腕の中で身じろぎするのを感じる。ロロンにしては随分大きいような……と思いながらも、彼女の瞼は頑《かたく》なに閉じたままだ。

エリカは手に触れた毛をわしゃわしゃと撫《な》でると、「もうちょっとだけ」と呟いて、ウサギのはずの何かを抱き締め直した。ところが……

「ん、う～……？　チクチクする……」

エリカは顔をしかめて唸《うな》った。抱き枕代わりのそれと触れ合う頬に、刺されるような感触を覚えたのだ。ロロンのふかふかの毛とは違い、随分と硬くて肌触りがよくない。

訝《いぶか》しく思ったエリカがようやく瞼《まぶた》を上げてみれば……

「……おはよう、小さな魔女」

目の前には切れ長の緑の瞳。エリカが鷲掴《わしづか》みにしているのは茶色の毛髪。

そして、エリカの頬をチクチクと刺激するのは男性の――国王ヴァルトの顎髭《あごひげ》だった。

「――っ!?」

「うわっ！　こらっ……しー!!」

とっさに悲鳴を上げようとしたエリカの口を、ヴァルトが慌てて塞《ふさ》ぐ。

「うー！　うー!!」

「待て！　待て待て、落ち着け！　今この状態で人が来たら、あらぬ誤解を受けかねん！」

焦った声で言うヴァルトは、よく見れば服を着ていない。

彼は昨夜、エリカの魔法によってウサギに変化させられていた。その際、衣服が全て脱げてしまったのだろう。

独身の国王が全裸で魔女と寝ていた——なんてことが周囲に知られれば、確かに一大事。エリカは自分の口を覆《おお》う大きな掌《てのひら》にドギマギしつつ、なんとか悲鳴を押し殺す。

ところが、その時。

——ぐうう……

悲鳴の代わりに、エリカの腹が盛大に鳴いた。

昨夜、傷心のあまり食事が喉《のど》を通らず、何も食べないまま私室に籠《こも》ったせいだろう。

大声で空腹を主張する腹の虫に、エリカの顔はみるみる赤く染まっていく。

「ぶっ……！」

ふいに、ヴァルトが噴き出した。彼はエリカの口を塞いでいた手を離すと、腹を抱えて笑い出す。

「ははは っ……なんだ、君。腹が減ってるのか？」

「……っ！」

エリカは恥ずかしくてたまらず、くるりと背中を向けて膝を抱え込んだ。

そんな彼女の白い頭を、ようやく笑いを収めたヴァルトの手がぽんと撫《な》でる。

エリカはびくりとしつつも、おそるおそる膝から顔を上げて背後を振り返った。

ベッドから立ち上がったヴァルトは、側の椅子にかけてあった寝衣用らしきローブを纏《まと》って言う。

「朝食にしよう。君とはいろいろ話さねばならん」

「……あの、でも……帰らないと」

「昨日は日が落ちたとたんに仕事ができなくなったのでな。予定が狂って私も忙しいんだ。今しかゆっくり話す時間が取れん」

「は……はい……」

昨夜、ヴァルトが仕事をできなくなったのは、エリカの魔法でウサギになってしまったからで——つまり、彼の予定が狂ったのはエリカのせいなのだ。

エリカはあまりの申し訳なさに、しゅんと俯《うつむ》くしかなかった。

そんな彼女の頭を、ヴァルトの手が宥《なだ》めるようにぽんぽんと叩く。

「いいから、食っていけ。腹を空《す》かせた客人をそのまま帰したとなれば、私の沽券《こけん》に関わる」

腹の虫が鳴いたことを蒸し返されて、エリカはまた頬を赤らめ——それから少し唇を尖らせた。

第三幕　破壊とまやかしの魔法

「おはようございます。昨夜は随分いい思いをなさったようですね」

寝室を出てきたエリカとヴァルトの顔を見るなり、ノエルがにこりと笑ってそう言った。

どういう意味だろうと首を傾《かし》げるエリカの横で、ヴァルトは「誤解を生むような言い方はやめろ」と彼を睨《にら》む。

しかし、ノエルは笑みを深めて続けた。

「だって、お二人ともよくお眠りになられていたようでしたから」

その言葉に、エリカは確かにと頷《うなず》く。ヴァルトも否定はしなかった。

昨夜のエリカはひどく疲れていたし、ヴァルトも魔法で姿を変えられて平素と違った影響か、一緒にベッドに転がった後はすぐに眠りに落ちて、朝までぐっすりだった。

おかげで、沈んでいたエリカの心もいくらか回復し、空腹を感じる余裕も出てきた。

きゅう、とまた小さく腹の虫が鳴いて、エリカの顔が熱くなる。

「くく……」

ヴァルトが肩を揺らして笑いながら、ノエルに命じた。

「早急に、この小さな魔女に腹ごしらえをさせろ」

「かしこまりましてございます」

ヴァルトの居室には、窓際の大きな机と椅子の他に、二人掛け用のソファァに挟まれる形でテーブルが置かれている。

朝食は、そのテーブルの上にすでに用意されていた。

ブロートヒェンと呼ばれる、外がカリッとして中がしっとりふわふわの小型のパンと、数種類のチーズやソーセージ、そして新鮮なフルーツがたくさん並んでいる。

給仕には、ノエルの他にもう一人——黒い髪と青い瞳の美しい女性が立った。

彼女は食事の前に、エリカの少し寝乱れていた髪を梳《と》かしてくれた。

「あの、ありがとうございます……」

「いいえ」

彼女の優しい手を母みたいだとたとえようとして、エリカははたと口を閉ざす。

何故なら、エリカは母に髪を梳かしてもらったことなど一度もなかったからだ。記憶の中の母は、エリカの白い髪を嫌っていて、決して触れようとはしなかった。

そんな事情は知らない黒髪の女性は、エリカの髪に触れながら弾《はず》んだ声で言った。

「素敵な白い髪ねぇ。母の髪を思い出しますわ」

「……お母様？　あの、お母様は魔女だったのですか？」

「ええ、ええ。それは偉大な魔女でしたのよ」

「そうなんですか……」

エリカは背後を振り返り、黒髪の女性をじっと見つめる。母親が魔女ということは、彼女は始祖の樹の関係者なのだろうか。

考え込むエリカの前に、ノエルがお茶を注《そそ》いだカップを置いてくれる。

ヘクセインゼルでは、紅茶よりも、乾燥させたハーブを煮出して飲むハーブティーが一般的だった。魔女が薬草を煎《せん》じるのにあやかり、様々な効用を持つハーブを日常的に摂取して、健康を保つ習慣があるのだ。

本日の朝食に用意されたのは、ペパーミントとレモングラスのブレンドティー。すっきりとした目覚めを促《うなが》すのにぴったりな一杯である。

ノエルはそれをエリカに勧めつつ、黒髪の女性の素性を明かしてくれた。

「こちらは、王太后クレア様――先代の国王の奥様ですよ」

「えっ、王太后様!?　ということは、えっと……国王様のお母様？」

目を丸くして問いかけたエリカに、黒髪の女性――王太后クレアはにこりと微笑む。

エリカは目をぱちくりさせて、向かいのソファに座るヴァルトとクレアを見比べながら言った。

「王太后様のお母様が魔女ということは……国王様のおばあ様は魔女だったんですか？」

「いや……クレア様と私は実の親子ではないので、祖母は魔女ではない」

若き国王ヴァルトの出自は、ヘクセインゼル人なら誰もが知っているほど有名な話だ。

しかし、始祖の樹の天辺《てっぺん》で世情から隔離《かくり》されて育ったエリカは何も知らない。

ヴァルトはそれに呆れることなく、お茶を飲みつつ説明してくれた。

彼はそもそも前王の息子ではなく、その妹が産んだ子供。クレアが子供を望めない身体であったことから、前王は生まれたばかりのヴァルトを養子にしたのだ。

生まれる前から彼の従者になることを定められていたノエルも同時期に生まれ、二人は実の兄弟のように、王城で一緒に育てられたのだという。

「私が産んだわけではないですけれど、私が育てましたもの。ヴァルトさんもノエルさんも、二人とも私のかわいい息子ですよ」

そう言うクレアの微笑みは、国母に相応《ふさわ》しい慈愛《じあい》に満ちていた。ヴァルトもノエルも、つられて柔らかい笑みを浮かべる。

「そうですね。あなたは紛《まご》うことなき私の母上だ」

「光栄です、王太后様」

エリカはそんな三人の様子を眩しいものを見るような目で眺め、自分も母に思いを馳《は》せた。

けれど、七歳の頃に生き別れた母は、顔さえもうはっきりとは思い出せない。自分と髪の色以外はそっくりだった双子の兄の顔も、かろうじて覚えている程度だ。

　エリカにとって家族と言えるのは、やはりあの三人の老婆だけだった。

　それなのに彼女達の役に立てなかった昨日のことを思い出し、また胸が苦しくなる。

その上、自分の不完全な魔法は国王ヴァルトに迷惑をかけてしまったのだ。

エリカは俯《うつむ》き、震える声で言った。

「あの、国王様。ウサギの魔法のこと……その、申し訳ありませんでした」

「わざとではないのは分かったから、もう謝らなくていい」

ヴァルトは小さなため息をつきつつ、カップをソーサーの上に戻す。

そして、なんだか気まずそうな顔をして茶色の髪を掻き上げ、「それに……」と口を開いた。

「昨日は……私も悪かった」

「え……？」

「君の魔法をくだらないと言ったことだ。もっと言葉を選ぶべきだったと後悔している」

エリカは唇を噛《か》んで押し黙る。

さらにヴァルトは眉尻を下げ、ソファに座ったまま頭を下げた。

「心無い言葉で君を傷付けてしまったこと……反省している。——すまなかった」

とたんに、エリカの両目からぽろぽろと涙がこぼれ出す。

「あらあら、ヴァルトさんったら。女の子を泣かせるなんて……」

すかさず、クレアがハンカチを取り出してエリカの濡《ぬ》れた頬を拭《ぬぐ》ってくれる。

「いけないお兄さんね。あとできつく叱っておかなくちゃ」

「王太后様……」

クレアの優しさが余計に涙を誘い、エリカはすぐには涙を止められそうになかった。

ただ、向かいの席で心底困った顔をしているヴァルトのことを、今は怖くないと思えた。

＊＊＊＊＊

エリカが朝食を食べ終えるのを見届けると、ヴァルトはノエルと共に執務室に向かった。

ウサギに変わる魔法は不完全なものなので、陽の気が強い間は発動しない。よって、昼間はヴァルトがウサギの姿になることはないだろうから、日中の政務には支障はないはず、というのがノエルの意見だった。

エリカはクレアに見送られ、鏡を通って魔女の家の私室に戻ってきた。

エリカの部屋の姿見と魔法の鏡は、昨夜からずっと繋《つな》がったままなのだ。

いつまでこの状態なのだろうと思いつつ、エリカが鏡の向こうのクレアに手を振っていると、コンコンと扉がノックされた。

なかなか部屋から出てこないエリカを心配して、三老婆が様子を見にきたのだ。

時刻は、すでに十時を回っている。

エリカは慌てて扉を開き、自分の顔を見てほっとした様子の三老婆に元気な挨拶《あいさつ》をした。

「おはよう、おばあ様達！」

魔女殿の空中庭園では、昨夜の雨でつやつやと濡れた雑草をウサギ達が一心不乱に食《は》んでいる。

ヘクセインゼルにはかつて、ノウサギとアナウサギの、二種類のウサギが生息していた。

彼らは似たような姿形をしているが、交配が不可能であることから、種族としては全く別のものと考えられている。

現在ヘクセインゼル人の主なタンパク源となっている巨大ウサギは、アナウサギを改良して作られた。そのため、アナウサギは家畜として確固《かっこ》たる地位を得ており、小さなサイズの原種も研究用として農場で飼育されている。

一方、作物を食い荒らす害獣として駆除の対象となったノウサギは、徐々に数を減らしてしまった。それを憂《うれ》いた何代か前の魔女達が、数十匹のノウサギを保護して飼い始めたのが、魔女殿のウサギの始まりである。

本来なら繁殖期以外は単独で暮らす彼らだが、年月を重ねるごとにウサギ小屋での集団生活に順応した。寿命は四年ほどとアナウサギより短かったが、魔女に飼育されることにより平均七年、長いものでは十年以上生きるようになった。

彼らは愛らしい姿で魔女達の心を癒《いや》しつつ、魔女殿の一員として大切な仕事を担《にな》っている。

それは、空中庭園に生える雑草をせっせと食べて取り除くことである。

さらに、ウサギ達のポロポロとしたふんは、空中庭園の一角に広がる薬草畑の堆肥《たいひ》として役立っていた。時には、雑草だけではなく魔女達が大切に育てた薬草をかじることもあったが、誰も怒ったりはしない。

私室を出て三老婆の後ろを歩くエリカも、廊下の窓から見えた薬草畑の中でセージをかじっている茶色い毛並みのウサギ――親友ロロンに気づいたが、苦笑いを浮かべただけだった。

リビングにやってくると、テーブルの上には所狭しと料理が並んでいた。

シュパーゲルと呼ばれる白いアスパラガスや、グリューネゾーセのかかったウサギ肉のロースト。

グリューネゾーセというのは酸味のある緑色のソースで、魔女の料理に相応《ふさわ》しく七種類のハーブ――パセリ、チャイブ、クレソン、チャービル、ボリジ、ピンピネレ、スイバのみじん切りとヨーグルトやオリーブオイルを混ぜたものだ。肉料理や魚料理、茹《ゆ》でたじゃがいもなどにかけても美味しい。

スープには、袋状にしたパスタ生地にひき肉やほうれん草などを詰めたマウルタッシェも入っていた。いつもの朝食はパンとチーズくらいなのに、今朝は随分と豪華である。

三老婆は口々に、料理をエリカに勧めた。

「ほれ、しっかりお食べ、エリカ」

「あなた、昨夜は何も食べなかったのだからお腹が空《す》いているでしょう」

「エリカの好物をたくさん作ったのよ」

「う、うん……」

エリカの一番の好物は、最初に挙げたシュパーゲル。これの皮を剥《む》いて柔らかく茹《ゆ》で、卵黄とバターとレモン汁から作るクリーミーなオランデーズソースをかけて食べるのが、幼い頃から大好きなのだ。

しかし、ついさっき王城で朝食をいただいてきたばかりの彼女は、もちろん満腹。クレアがあれも食えこれも食えと勧めたので、普段よりも食べ過ぎたくらいだ。

そのため、エリカはせっかく用意してもらったのに申し訳ないと思いつつも、あまり食欲がないのだと告《つ》げる。

とたんに、三老婆は表情を曇《くも》らせた。

「どうしたんじゃ、エリカ。お前……まさか、まだ昨日のことを引き摺《ず》っているのか？」

「昨日のような不届き者、二度と魔女殿には入れませんよ。早く忘れておしまいなさい」

「あんな失礼な子は、どうせすぐに失脚しちゃうわ」

ヴァルトに対する三老婆の怒りは、いまだ収まらない様子だ。

エリカはというと、先ほど直接謝ってもらったことと、魔法で迷惑をかけてしまったのに少しも責められなかったことで、彼に対する印象はぐっと改善されていた。

だが、昨夜は国王のベッドで寝て、朝食をごちそうになったんです、なんて話を三老婆に告げるわけにもいかない。

エリカは「昨日のことはもう大丈夫」と笑って、なんとか彼女達を宥《なだ》める。

そして話題を変えようと、あることを質問した。

「ところで、その……魔法がかかってしまったものを、元に戻すにはどうしたらいいのかな？」

エリカの質問に、三老婆は顔を見合わせてから、それぞれ口を開いた。

「例えば、昨日エリカがリンゴにかけた魔法」

テーブルの真ん中に置かれていた果物籠《かご》から、ニータがリンゴを一つ持ち上げる。

「あれは大きな魔力を必要とする魔法で、言うなればリンゴそのものに干渉して形を壊してしまうものじゃ。一度破壊してしまったものは、もう元に戻すことはできん」

「元に戻すことができない？」

ニータの言葉に、エリカは眉をひそめる。

「壊したもの、あるいは壊れたものを元に戻す魔法はないのですよ。身体の傷を薬草で癒《いや》すことはできても、千切れてしまった腕や足を魔法で再生することはできない。そして、死んだ者を生き返らせることもできないのです」

続いたモリーの言葉に、エリカは神妙な様子で耳を傾ける。

「千年前に、ヴァルプルガがこの国にしたこともそうよ。彼女は大陸の一部を壊して海上へ移動させたけれど……いかに偉大な魔女王でも、もうヘクセインゼルを以前のヘクセンに戻すことはできないのよ」

マリアの言葉に頷《うなず》きつつ、エリカは問いを重ねた。

「えっと、じゃあ……例えば、誰かをうっかり動物に変えちゃったとするじゃない？それも、元に戻すことはできないの？」

「うっかり動物に変えてしまうだなんて、そんなドジな魔女がどこにいるんだい」

とたんに、ニータが呆れた顔をした。

そのドジな魔女は私です、と正直に言えるわけもなく、エリカは笑って誤魔化《ごまか》す。

「……あ、はは……例えばだよ……」

そんなエリカに、「生き物を別の姿に変える魔法とは、いわばまやかしだ」と三老婆が答えた。

「まやかし？」

「そうさ。まやかしは何も破壊しない。その者の本質はちっとも変わっていないんじゃ」

「魔法の作用で一時的に別の姿になっているだけですから、作用が消えれば元に戻りますよ」

ニータとモリーの言葉に、エリカは「魔法の作用はどうやったら消えるの？」と首を傾《かし》げる。

それには、マリアが答えてくれた。

「たいていは、時間が経てば自然に消えちゃうわ」

「自然に……」

実際、ヴァルトも日の出とともにウサギから人間の姿に戻ったのだと、彼自身が言っていた。

まやかしの魔法は、破壊を伴《ともな》う魔法と違い、使われる魔力も微量なのだという。その分、効果が消えるのも早いそうだ。

さらに今日は、昨夜の雨が嘘みたいな快晴。もしかしたら、エリカが無意識にかけたという魔法は、力強い朝日を浴びて自然に消滅したのではなかろうか。

ところが、楽観的になりかけたエリカに待ったをかけるように、マリアは「ただし」と続けた。

「自然に解決されない場合もあるの。何か明確な原因があって発動した魔法だったら、その原因を取り除かなければ、永遠に魔法の作用が消えないかもしれないわ」

「え……」

エリカはどきりとした。

ヴァルトをウサギに変える魔法が発動したのは、エリカが彼とロロンの共通点——どちらも毛が茶色で、瞳が緑色だと気づいたことに始まる。

あの時、とにかくヴァルトが怖くて仕方がなかったエリカは、彼をウサギのロロンにそっくりだ、だからウサギのようにかわいいのだ、と無理矢理思い込もうとした。それが一種の自己暗示のような効果を生み、無意識にヴァルトをウサギの姿にするまやかしをかけてしまったのだと推測される。

とすれば、その自己暗示をかけるに至った原因——ヴァルトに対する恐怖心をエリカが克服《こくふく》しなければ、魔法は解消されないのではなかろうか。

そう考えたエリカは、ヴァルトの姿を思い起こしてみる。

ついさっき、昨日は悪かったとエリカに謝って、涙をこぼす彼女を見守る困った顔は、怖くなかった。

けれど、寝ぼけて抱き締めた彼のがっしりとした身体や、すぐ目の前にあった切れ長の瞳、チクチクと肌を刺激した顎髭《あごひげ》。それらを思い出し、エリカは顔を引き攣《つ》らせる。

（や、やっぱり、こわいよぉっ……！）

ヴァルトに慣れるには、まだまだ時間が必要なようだ。

＊＊＊＊＊

一日はあっという間に過ぎた。

夕飯と入浴を済ませたエリカは、魔女の書斎から数冊の本を持ち出して私室に戻る。

選んだのは、ヴァルプルガの時代に近い大昔の魔女達が書き記した本だった。

まだ魔女が玉座に座っていた頃、この魔女殿には何十人もの魔女が生活していたらしい。

始祖の樹からの出入りももっと自由で、街に別宅を持っていた魔女もいたという。

現在のように厳しく管理され始めたのは、魔女が城を追い出されてからのことだ。

「わっ……」

本を抱えたエリカが私室の扉を開くと、その足もとを掠《かす》めて先に中に入ったものがあった。

魔女殿で飼われているウサギのうちの一羽――エリカの親友ロロンである。

彼は、朝から普段と様子が違っていた。

魔女の家での朝食の後、エリカが庭に出ると、薬草畑でセージをかじっていたロロンが足もとに飛んできた。ところが、抱き上げようとしたエリカの手の匂いを嗅《か》いだとたん、彼は不機嫌になったのだ。

珍しくだっこを拒《こば》み、不機嫌さをアピールするように、時折ダンダンと後ろ足を踏み鳴らす。そのくせ一日中ずっとエリカの後をついて回った。

「ロロン、何を怒ってるの？」

エリカは戸惑《とまど》いながらも、ロロンの好きにさせている。

彼は部屋の中ほどで足を止めると、後ろ足で立ち上がって辺りをきょろきょろと見回した。ふんふんと鼻を動かし、しきりに匂いを嗅いでいる。

エリカは首を傾《かし》げつつ、抱えていた本をひとまず机の上に置いた。

すると、突然、ロロンの長い耳がぴーんと立った。

かと思ったら、壁際に置かれた姿見の中から、茶色い塊《かたまり》が勢い良く飛び出してきたではないか。

驚いたエリカが見てみれば、それは茶色い毛並みの大きなウサギだった。

「こ、国王様……⁉」

昨日、エリカの魔法で食用ウサギになってしまった、国王ヴァルトだ。

朝には確かに人間の姿に戻ったはずの彼は、また日の入りとともにウサギに変化してしまったのだろうか。やはり、魔法は自然に消えたわけではなかったらしい。エリカはがっかりした。

と、その時――

「あっ、ロロン⁉」

ずっと苛立《いらだ》たしげに後ろ足をダンダン踏み鳴らしていたロロンが、いきなりウサギのヴァルトに飛びかかった。身体は比べ物にならないほど後者の方が大きい。しかし、予測もしていなかった攻撃にヴァルトが怯《ひる》んだ。

そんな彼に、ロロンは容赦《ようしゃ》なく襲いかかり、ガブリと耳に噛《か》み付いた。

「――っ‼」

「こらっ、ロロン！　やめてっ‼」

エリカが慌ててロロンを取り押さえようとするも、興奮した彼は手に負えない。ロロンはぴょんぴょんと跳ねながら、なおもヴァルトを追い回し、エリカも必死にそれを追い掛ける。

決して広くはない部屋の中で、ドタンバタンと大騒ぎをしていると……

——バン!!

「——これ、エリカ！　何をしているの！　こんな時間に騒がしい!!」

「わ、わわわわっ……!!」

ノックもなしに、寝間着姿のモリーが目をつり上げて扉を開けた。

エリカはとっさにロロンを自分の懐《ふところ》に突っ込み、ヴァルトを背中に隠す。

「ご、ごめんなさい、モリーおばあ様。あの、ロロンがちょっと暴れちゃって……」

「あなた、またロロンを部屋に入れているのですか？」

そう言って眉をひそめたモリーは、部屋の中を覗《のぞ》き込むと首を傾《かし》げた。

「あら、ロロン……なんだか急に大きくなったかしら……？」

「えっ、そ、そうかな!?」

「まるで、食用ウサギのように大きいのではなくて？」

「そ、そんなことないよ！　ちょっと太っちゃっただけだよ！」

エリカは自分の背中からはみ出しそうになるヴァルトの茶色の毛を、後ろ手で懸命に押さえる。

「エリカも、急に胸が大きくなったような……」

「そうかな？　やった！　ほら、私、成長期だからっ‼」

ロロンが胸元でもぞもぞしてくすぐったいのを我慢しながら、エリカは必死に誤魔化《ごまか》した。

モリーは湯を浴びてきたばかりなのか、かけている眼鏡が白く曇《くも》っている。そのため、視界が少々頼りない様子。

幸い、彼女は部屋の中にまで踏み込んでくることはなかった。

モリーは片手で口元を隠して上品な欠伸《あくび》をすると、「まあ、いいわ」と言った。

「ニータもマリアももう休んでいますから、お静かになさい。それと、ロロンをベッドに入れるんじゃありませんよ」

「は、はぁい……」

「おやすみ、エリカ」

「おやすみなさい、モリーおばあ様」

モリーが扉を閉めると、エリカはほーっとため息をついた。

それから、彼女は懐に入れていたロロンを引っ張り出す。エリカの狭い懐の中で、ロロンはひとまず落ち着きを取り戻したようだ。

エリカは彼と額を合わせ、じっとその緑色の瞳を見つめて言った。

「聞いてロロン。この方は、今はウサギの姿をしているけど本当は人間なの。この国の王様なんだよ」

ロロンは鼻をヒクヒクさせながら、エリカの話に耳をそばだてている。

大人しくなった彼をベッドの上に乗せてから、エリカは今度は大きなウサギ――ヴァルトへ向き直ると同時に頭を下げた。

「国王様、ごめんなさい。私がうっかりしてました」

顔を上げたエリカは、ロロンに噛《か》み付かれたヴァルトの耳に、血が滲《にじ》んでいるのに気がついた。

彼女はそれを見て蒼白《そうはく》になり、慌てて自分の机の引き出しから小さなビンを取り出した。

ビンに入っているのは、ニータに習ってエリカが薬草から作った傷薬。それを指で掬《すく》ってヴァルトの傷口に塗り込めながら、エリカは言葉を重ねた。

「ウサギはとても縄張り意識が強いんです。私が国王様の匂いをつけたまま会いに行ったから、ロロンはきっと怒ったんです」

ベッドの上のロロンが、エリカとヴァルトを凝視《ぎょうし》している。ウサギ姿のヴァルトも、じっと彼を見つめ返した。ウサギはそもそも声帯が退化しているために鳴かないが、彼らは何か言葉ではないもので会話をしているように見える。

と、その時──彼らの長い耳が、同時にピンと立ち上がった。

「──あら、ここはどこかしら？」

「えっ……？」

突然聞き覚えのない声がして、エリカもはっと顔を上げる。

すると、壁際に立て掛けられた姿見から、見知らぬ女性が現れた。

（わあっ……！）

その女性は、エリカが誰何《すいか》するのも忘れて見蕩《みと》れてしまうほど、とにかく美しかった。

緩《ゆる》やかに波打つ長い髪は、眩《まばゆ》いばかりに輝くブロンド。意思の強そうな濃紺色の瞳を、長い睫毛《まつげ》が縁取っている。すっと通った高い鼻筋と、ぷるりと瑞々《みずみず》しい薔薇色《ばらいろ》の唇。

すらりとした手足にきゅっと締まった腰なのに、胸元は豊満だ。女性らしい完璧な曲線美が、薄紅色の上品なワンピースで包まれている。

エリカは思わず、ほうと感嘆のため息をこぼした。

「まあ、あなた……」

美しい女性は、ベッドの端に座っているエリカに気づくと、カツカツと踵《かかと》の高い靴を踏み鳴らして近づいてきた。何故か、ウサギ姿のヴァルトがじりじりと後ずさりを始める。

女性はエリカの前までやってくると、すっと片手を伸ばしてきた。その白魚《しらうお》のような指がエリカの顎《あご》を掴み、いささか強引に上を向かせる。

そうして、鼻の先同士がぶつかるほどぐっと顔を近づけ、彼女は口を開いた。

「……白い髪に琥珀色《こはくいろ》の瞳──驚きましたわ。あなた、魔女でしょう」

「あ、あの……えっと……」

間近に迫った美しい顔に、エリカはドギマギしてしまう。

すると、女性は濃紺色の目を細めてぴしゃりと言った。

「もじもじしていないでさっさとお答えなさい。魔女なんでしょう？」

「は、はいいっ……魔女、ですっ‼」

エリカは背筋をピンと伸ばし、慌てて答えた。

なんだか、ヴァルトとの初めてのやり取りを彷彿《ほうふつ》とさせる。

女性はなおもエリカの顎を掴んだまま、彼女の顔をあっちへ傾けこっちへ傾け、じろじろと眺めながら言った。

「ヴァルトも隅に置けないですわね。魔女を囲っているだなんて」

「か、かこう？」

「まだ子供みたいですけど……あなたおいくつ？」

「じゅ、十六になりました」

あらそう、と美女は頷《うなず》く。そんな彼女は、エリカよりはいくらか年上に見えた。

国王であるヴァルトを呼び捨てにしていることから、それなりに高い身分と予想できる。

ヴァルトはまだ独身らしいが、もしかしたら、この美しい女性は彼の恋人か婚約者かもしれない。

だとしたら、ヴァルトの私室が他の女の部屋と簡単に行き来できるようになっているなんて、彼女としては気分が悪いのではなかろうか。

そう考えたエリカは、目前の女王の風格を漂《ただよ》わせる美女に向かって言った。

「あ、あのっ……訳あって部屋が繋《つな》がってしまってますけど、国王様とはなんでもありませんから！」

「あら、そうなの？　てっきり、あなたを愛人として囲っているのかと思いましたわ」

「あ、愛人⁉」

愛人なんてとんでもない、とエリカはもげそうなほど激しく首を横に振る。

その拍子にエリカの顎から外れた手を、女性は今度は自分の顎に当てた。そして、改めてエリカを眺めて「うーん」と唸《うな》る。

「確かに……愛人と言うには、色気が足りませんわね」

初対面のエリカを相手に、彼女はなかなか失礼なことを呟《つぶや》いた。その時――

「――ああ、ヴァルト様、私室にいらっしゃらないと思ったらこちらでしたか。……うわっ、メーリアさんまで！」

「うわっ、とはなんですの。うわっ、とは」

また新たな人物が姿見から現れた。ヴァルトの従者、ノエルである。

メーリアと呼ばれた美女は濃紺色の目でノエルを睨《にら》みつつ、側《そば》にやってきた彼に問うた。

「ところで、ヴァルトはどこへ行ったのかしら？　せっかくいいワインを手に入れたから一緒に飲もうと思ったのに、部屋を訪ねたらウサギしかいなかったのよ」

「ああ、なるほど！　メーリアさんを見たから、ヴァルト様は賢明にもこちらに逃げていらっしゃったんですね！」

どうやらヴァルトは、再びウサギに変化してしまった時のことを考えて、日暮れ前に私室に戻っていたらしい。うっかりウサギになる魔法をかけられてしまったなんて、他人には知られたくないのだろう。

そうして、案の定ウサギに変化してしまったところに、何も知らないメーリアが押し掛けたのだ。ワインの誘いに来たと言った通り、彼女の手にはワインボトルが一本握られている。

ノエルは、そんなメーリアとエリカの間に立つと、にこりとして言った。

「魔女様、メーリア様にはこの度のことを知られても問題はありませんよ」

ノエルは笑顔のまま、メーリアについて紹介してくれた。メーリアは前国王の代より宰相《さいしょう》を務める人物の末娘で、ヴァルトやノエルと同じ二十歳。

幼い頃から父親について毎日のように王城を訪れており、二人とは幼馴染《おさななじみ》の関係だ。

さらに、ヴァルトの実の父親は宰相の弟なので、メーリアは彼の従姉《いとこ》ということになる。

「いとこ……？　お妃様になられる方かと思いました」

「世間的にもそう思われておりますが……」

エリカの言葉に、ノエルが苦笑する。

彼の言う通り、完璧な美貌《びぼう》を備え、家格も文句なしのメーリアを、周囲は次期王妃に最も相応《ふさわ》しい女性だと思っている。

ところが、当の彼女は「馬鹿おっしゃい」と言って、エリカの額をビシリと指で弾《はじ》いた。

「いたいっ」

「ヴァルトなんて全然好みじゃありませんし、王妃なんて堅苦しい肩書きもお断りですわ」

今をときめく国王陛下を前にして、あんまりな言い様である。

エリカはじんじんと痛む額を片手で押さえつつ、気まずそうに背後のヴァルトを振り返る。

ウサギ姿のヴァルトが長い髭《ひげ》を揺らし、いやに人間臭いため息をついた。

そんなエリカとヴァルトをよそに、メーリアはノエルの腕に自分のそれを絡《から》めて宣言する。

「私はノエルと結婚するのだと、産まれる前から決まっておりますの」

「それ、初耳です。誰が決めたんですか？」

「私が私のことを、私以外の誰に決めさせるとお思い？」

「……すみません」

メーリアはノエルをたじたじにさせてから、再びエリカの部屋の中をきょろきょろと見回して問うた。

「それで、結局ヴァルトはどこへ行ったんですの？」

それを聞いたエリカはそっと身体を横にずらし、自分の背後にいた大きなウサギを指し示す。

「あの……国王様は、こちらに」

「それはウサギよ。まるまると太った美味しそうなウサギ。ちなみに、私の好物ですわ」

「そ、それがその……私の魔法のせいで、国王様は夜だけこのお姿に……」

「なんですって？」

エリカの言葉に、メーリアは一瞬驚いたような顔をした。

だが、すぐに冷静な表情に戻ったかと思ったら、ノエルの腕に絡めているのとは逆の手に握るワインボトル——そのラベルを眺めながら口を開いた。

「……このワインね……肉料理にとっても合うんですって」

「えっ……」

「……美味しそうですわねぇ、ヴァルト。ちょっと、お尻のお肉だけでもかじらせてちょうだいな」

「だ、だめだめだめ……っ‼」

舌なめずりをするメーリアに、エリカは真っ青になって飛び上がる。

エリカは慌ててウサギ姿のヴァルトに覆《おお》い被《かぶ》さると、守るために抱き締めた。

「この子を食べちゃ、だめですっ‼」

この時のエリカは、彼の本当の姿は顎鬚《あごひげ》が怖い年上の男性であるなんてことはすっかり忘れていた。ロロンを大きくしたようなこの茶色のウサギを、メーリアの薔薇色《ばらいろ》の唇から守らねばならないとしか考えていなかったのだ。

抱き締めた茶色の毛並みは、昨夜と同じくかすかな石鹸《せっけん》の香りと、それからわずかにインクの匂いがした。

ベッドの上で、ロロンが再び後ろ足をダンダンと踏み鳴らし始める。

「いやぁね。冗談ですわよ」

「冗談って顔じゃなかったですよ」

とにかく必死にヴァルトを庇《かば》おうとするエリカに、メーリアは呆れた顔を向ける。

苦笑するノエルに腕を絡《から》めたまま、彼女はくるりと背を向けた。

「ウサギじゃあワインは飲めないですわね。代わりに、ノエルを借りていきますわ」

「えっ？　……あっ、ちょっと……!?」

メーリアは慌てるノエルを引き摺《ず》って歩き出す。そうして、さっさと姿見をくぐり、渋る彼を強引に引っ張った。

その時、荒っぽい扱いを受けたノエルの身体が縁にぶつかり、姿見がぐらりと傾《かし》いだ。

「わわっ……！　ま、待ってください、メーリアさん！　鏡がっ……」

そんな言葉を残して、ノエルの姿が鏡面へ消えたとたん……

――ガシャン！

姿見は、床へうつ伏せに倒れてしまった。

部屋の中が静かになり、エリカはようやくヴァルトを抱き締めていた腕を緩《ゆる》める。そして、倒れてしまった姿見におそるおそる近づいた。ウサギ姿のヴァルトも一緒だ。

エリカが姿見を起こし、二人――今は一人と一匹がそれを覗《のぞ》き込む。

「あれっ？」

すると、鏡面には、エリカの驚いたような顔と大きな茶色のウサギが映し出された。

魔法の鏡と繋《つな》がる前の、普通の姿見に戻ってしまったのだ。鏡面の右上の角にヒビが入っている。

「と、通れなくなっちゃった……」

エリカは呆然と呟《つぶや》き、ヴァルトはまた人間臭いため息をつく。

そしてロロンは、いまだにベッドの上で、ダンダンと後ろ足を踏み鳴らし続けていた。

第四幕　魔女の恩恵と綻《ほころ》ぶ魔法

エリカの部屋にあった姿見が割れてしまった翌朝。

太陽が、カーテンの隙間《すきま》からそっと部屋の中を覗《のぞ》いていた。

そんな中、コンコンと小さく窓を叩く音がする。

しかし、この部屋の主であるエリカはまだぐっすりと眠っていて、訪問者に気づかない。

すると、明らかに十六歳の少女のものではない大きく骨張った手がカーテンを開け、さらには窓の鍵を静かに外した。

「おはようございます、ヴァルト様。昨夜はたっぷりお楽しみになられました？」

「……だから、そういう誤解を受けるような言い方はやめろ」

窓を叩いていたのはノエル、鍵を開けたのは国王ヴァルトだった。

ヴァルトは今朝もまた、朝日の登場とともにウサギの姿から人間の姿に戻っていたのだ。

彼は気怠《けだる》げに茶色の前髪を掻き上げながら、窓より室内に入るノエルを睨《にら》む。

鏡を介したヴァルトの私室とエリカの私室の繋《つな》がりは、昨夜のメーリアの行動によって断《た》たれてしまっていた。エリカの私室の姿見が倒れてヒビが入ったため、そこにかけられていた魔法が消滅したのだ。鏡の魔法はなかなか繊細《せんさい》らしい。

とはいえ、ヴァルトは慌てなかった。ノエルがまた始祖の樹から魔女殿へ忍び込んで、通路を開きにくるだろうと楽観的に考えていたのだ。

しかし、ノエルは夜のうちにやってくることはなかった。

おかげでヴァルトは、ウサギの姿のままエリカの私室に泊まることになり、ロロンと一緒に彼女のベッドで眠ったのだった。

「……随分と、ゆっくりとした迎えだな」

責めるようなヴァルトの言葉に、ノエルが肩を竦《すく》める。彼は前回同様、始祖の樹に巻かれたランプの飾りを縄代わりに素手で登ってきたらしい。

「ヴァルト様の身代わりに、メーリアさんの酒盛りに付き合わされていたので」

「メーリアのお目当ては、最初からお前だろう」

メーリアがノエルに惚れ込んでいるのは、幼い頃から付き合いのあるヴァルトがよく知るところである。メーリアはヴァルトを好みではないと言ったが、それはお互い様だ。

ヴァルトとメーリアはお互いに恋愛対象には決して成り得ない、そんな間柄であった。

ただし、周囲が彼女を王妃候補と囃《はや》し立てるのを、ヴァルトは黙認している。

何しろメーリアの美貌《びぼう》と家柄は飛び抜けていて、彼女のライバルになろうという女性はそうそういない。つまり、メーリアが王妃候補だと思われているおかげで、ヴァルトは王妃の座を狙う女性からのアプローチに煩《わずら》わされずに済んでいるのだ。

玉座に就《つ》いてまだ半年。政務に専念したい彼には、実にありがたいことであった。

しかし、そんな女っ気のなかったヴァルトは、図らずもこの二日間、エリカとベッドを共にすることになった。

「う……ん……」

「おっと……」

ノエルを迎え入れるために開いた窓から朝日が差し込み、ベッドで眠る彼女の瞼《まぶた》を照らしていた。ヴァルトは慌ててカーテンを閉じ、光を遮断《しゃだん》する。

すると、エリカはむにゃむにゃと寝ごとを呟《つぶや》いてから、またすうっと眠りに落ちた。

ヴァルトはほっとしつつ、ノエルが差し出してきた衣服を受け取る。ウサギの姿から人間に戻った彼は、今の今まで全裸だったのだ。

男子禁制の魔女殿、しかもヴァルプルガの再来と言われるエリカの私室に全裸の男がいるなんて、万が一にもあの三老婆に知れればただでは済むまい。

「もし、おばあ様方に知られたら、八つ裂きにされるでしょうね。ヴァルト様が」

「王家と魔女の関係は、余計にこじれるだろうな」

ヴァルトはうんざりとため息をつきながら、衣服に袖を通す。

そんな彼をふと見たノエルが、おや？　と小さく首を傾《かし》げた。

「ヴァルト様、耳をどうされました？」

茶色の髪から覗《のぞ》くヴァルトの右耳の先が赤くなっている。

「もしやそれは、魔女様からの熱烈なキスの痕《あと》では……」

「そんなわけあるか。これは昨日、この部屋に来て早々あいつにやられたんだ」

そう言ってヴァルトが顎《あご》をしゃくった先――すやすやと眠るエリカの隣には、魔女殿のウサギ、ロロンがいた。彼は鼻をひくひくさせながら、ヴァルトとノエルをじっと見つめている。

一見愛らしいモフモフ――だが、ヴァルトはそれはまやかしだと、昨夜身をもって思い知った。

「人畜無害そうな顔してるが、あいつすごいぞ」

「ウサギは見た目に反し、なかなか荒っぽい動物ですからね。あと、けっこう短気です」

ウサギ姿になったヴァルトは、なんとロロンと会話ができたのだという。

ヴァルトは口の端を引き攣《つ》らせつつ続けた。

「信じられるか？　あいつ、あんな円《つぶ》らな瞳をしておいて、一人称〝オレ〟だぞ」

「ああ、男の子なんですね」

「オレの女に手を出すな、と凄《すご》まれた」

「誰ですか、その〝オレの女〟って」

きっとエリカのことなのだろう。ヴァルトとノエルは顔を見合わせた。

ベッドの中のエリカは、相変わらずすやすやと寝息を立てている。

それをいいことに、男二人は彼女の部屋の中を改めて見回した。

「年頃の娘さんらしい、かわいらしいお部屋ですよね」

「……ああ」

木造の素朴《そぼく》な部屋の中は、温かみのある調度ばかりが置かれていた。

魔女の家で使われている家具は、全て始祖の樹の枝や幹から作られるのだという。エリカが眠る小振りなベッドも、その横に置かれた机や椅子も、姿見の枠や窓枠さえも、それらを材料に手作りされたものだろう。

始祖の樹に守られて眠る、まだあどけなさを残す魔女を、ヴァルトは目を細めて眺める。

そんな彼を横目に見つつ、ノエルは壁際に立て掛けられた姿見の前に移動した。

鏡面の右上の角には、昨夜、床に倒れた衝撃でヒビ割れができていた。

ノエルはふむと一つ頷《うなず》くと、腰に着けてきたポーチの中から何やら取り出す。

彼は小さな器《うつわ》の中に白い粉末と水を入れて木のヘラで練《ね》り、姿見にできたヒビの隙間《すきま》を埋めるように塗り込める。それは乾けば硬化し、パテの役目を果たすのだ。

ノエルが姿見の補修をしている間も、ヴァルトは静かにエリカの寝顔を眺めていた。

ノエルはにこりと微笑んで、そんな主人に声をかける。

「こんな年頃のお嬢さんと二夜連続同衾《どうきん》とは……憎いですね、ヴァルト様」

「何が同衾だ。二夜とも私はウサギの形をした抱き枕だった」

「それでも満更《まんざら》ではなかったんじゃないですか？　よく眠れたって顔をしてらっしゃいますよ」

ノエルはからかうような表情を、柔らかい笑みに変えて言った。

若くして王位に就《つ》いたヴァルト。

彼は生まれた時から国王となる運命にあり、そのために前王の養子になって相応の教育を受けてきた。とはいえ、玉座の座り心地はよいものではない。

ヘクセインゼルは絶対君主制ではなく、宰相《さいしょう》や大臣、各市の市長の発言力も大きい。

宰相は血の繋《つな》がりからすると伯父に当たるので、何かとヴァルトの味方になってくれる。だが、年嵩《としかさ》の大臣や市長などは、若いヴァルトには扱いにくいことも多い。なかなか思い通りにことが進まず、鬱屈《うっくつ》とした思いを酒で紛らわせる夜もあった。

ノエルは、そんなヴァルトをいつも一番近くで見守ってきたのだ。

「ずっとお疲れでしたからね。思いがけず、魔女様に癒《いや》していただけてよかった」

「そうだな……」

ウサギの姿でエリカに抱かれていると、ヴァルトは何も考えずに眠りに落ちることができた。

煩《わずら》わしい現実を忘れ、まるで胎児《たいじ》に戻って母の腹の中――温かな羊水《ようすい》の中で眠っているような心地よい感覚だった。目覚めもよく、頭の中もすっきりと晴れていると感じる。

「それも、もしかしたら魔女様が無意識にかけている魔法なのかもしれませんね。魔力の源は子宮にあるといいますから」

「こんな小さな魔女に守られるとはな」

ノエルの言葉を聞いて、ヴァルトは苦笑する。

現王家の人間は、祖先が魔女から玉座を奪《うば》ったことに対して罪悪感を抱いている。ヴァルトにもその思いは漠然《ばくぜん》とあった。

同時に、始祖たる魔女王ヴァルプルガを敬愛する気持ちも強く持っている。

ヴァルトの名前に〝ヴァル〟とヴァルプルガの名前の一部が入っているのは、魔女王のご加護があるようにとの願いを込めて、王太后クレアが付けてくれたもの。彼はそれを誇りに思っている。

だが、個人的な感情を排除した〝ヘクセインゼル国王〟としてのヴァルトが見た魔女や魔法は、最初にエリカや三老婆に向かって告《つ》げた通り、時代遅れの代物だった。

「彼女のように魔法を使える存在が、今は突発的な先祖返りとして産まれるだけになってしまっている。ヘクセインゼルからは、遠からず魔女も魔法も完全に消えてしまうだろう」

エリカの寝顔を見下ろして告《つ》げたヴァルトに、ノエルは苦笑する。

「それは、あまり魔女様方の前でおっしゃらない方がいいですよ」

「分かっている。だが事実であり、時代の流れであって仕方のないことだ」

とは言いつつも、国民の心に魔女に対する崇拝《すうはい》が残っている限り、彼らの拠《よ》り所《どころ》として魔女殿や始祖の樹は存続させていかなければならない。

できれば魔女を完全な〝象徴〟――ヘクセインゼルが魔女を始祖に持つ国である、という事実を証明するためだけの存在としてしまいたい。

そんなことを考えていたヴァルトに、魔女達との対話を進言したのは、ノエルだった。

彼に促《うなが》されて、ヴァルトは数日前、まずは魔女達に登城を要請した。しかし、「呼びつけられてやるような義理はない」との返事が来たので、それならば、と自ら始祖の樹に出向いたのだ。

いきなり訪ねてきた国王に驚きながらも、管理長のマリオはヴァルトを追い返さなかった。

賢明なマリオは三老婆に話を通し、三老婆もヴァルトを魔女殿へ迎え入れた。

おそらくは、若い国王にエリカの魔法を見せ付けて驚かせ、魔女へ敬意を持たせたいと考えてのことだろう。

結局、ヴァルトの前で披露《ひろう》された魔法は、国政への影響を懸念《けねん》させるような恐ろしいものではなく、むしろ魔女や魔法の衰退《すいたい》を彼に確信させただけだった。

この時、ヴァルトは、人生で最も魔女や魔法に対しての敬意が薄れていた。

だが、その不敬を罰するように、日の入りとともに彼はウサギの姿に変えられてしまう。

それを理由に、再び相見《あいまみ》えることになったエリカ。

ウサギ姿のヴァルトの緑の瞳に映ったのは、ヴァルプルガの再来と言われる特別な魔女ではなく、素直で優しくて、それでいて傷つきやすい十六歳の少女だった。

ヴァルトは彼女の温《ぬく》もりに眠りを守られ、心を癒《いや》され、そして……

「魔女とは、不思議なものだな」

右耳の先にできた傷に触れつつ、彼はぽつりと呟《つぶや》く。

昨夜ロロンから受けた傷は、なかなか深いものだった。噛《か》みつかれた時は正直、耳を食いちぎられたかと思ったほどだ。

しかし、エリカが魔女の薬を塗ってくれたとたんに痛みは消え、今はもうすっかり傷が塞《ふさ》がっている。

即効性では薬草よりも優れていると言われる化学薬でも、こうはいかない。

これが魔女が作る〝魔女の薬〟の力なのだと、ヴァルトも認めずにはいられなかった。

ヴァルトは腰をかがめ、そっとエリカの寝顔を覗《のぞ》き込んだ。

ロロンが警戒した様子で身じろぎしたが、エリカを起こしたくはないのか、昨夜のように騒ごうとする様子はない。

ヴァルトの傍《かたわ》らからノエルもベッドを覗き込み、にこにこしながら言った。

「ああ、かわいらしい。無邪気なお顔で眠っていらっしゃいますね」

「そうだな……」

「こんな愛らしい魔女様に怖がられるなんて、ヴァルト様はお気の毒ですね」

「……何が悪いのだと思う？」

人間の姿をしている時の自分がエリカに怖がられていると、さすがにヴァルトは気づいている。呟いたところ、ノエルは彼の顔をまじまじと見て答えた。

「男だということじゃないですか？」

「それはどうにもならん」

「じゃあ、目付きが鋭いのと、声が低いのと、背が高いのと……」

「どれも、どうにもならん」

不貞腐《ふてくさ》れたような顔をするヴァルトに、ノエルは苦笑いを浮かべる。

「でしたらあとは……と言いますか、一番問題なのは、その顎髭《あごひげ》じゃないでしょうか」

「……やっぱりそうか」

ヴァルトの顎髭は、年嵩《としかさ》の大臣や市長達になめられないようにと、玉座に就《つ》いた時から伸ばし始めたものだった。ファッションとしても、彼自身、結構気に入っている。

しかし……

「……剃《そ》るべきか？」

「それが賢明でしょうね」

名残《なごり》惜しげに顎を撫《な》でつつため息をついたヴァルトに、ノエルはくすりと笑いをこぼした。

＊＊＊＊＊

エリカが目覚めた時、部屋の中には彼女とロロンしかいなかった。

その代わり、ベッドの横の机の上に書き置きが残されている。

そこには、昨夜は騒がせて悪かったという言葉に始まり、今日も日暮れ前に私室に戻るつもりなので、エリカも都合のつく時間になったら鏡を通って顔を出してほしい、という旨《むね》が記されていた。

書き置きの最後には、〝ヴァルト〟の署名。

力強く秀麗な文字を指でなぞりつつ、エリカは小さくため息をつく。

ヴァルトにかけてしまったウサギになる魔法は、一日が経っても解けなかった。

忙しい国王に、どれほど迷惑をかけてしまっていることだろう。

「それなのに……国王様は一言も私を責めない……」

初めてヴァルトに会った時は、なんて怖くて無愛想で、そして意地悪な人なんだろうと思った。

けれど今、エリカの中でその認識は随分と改められている。

エリカはふと、自分の両腕を見下ろした。

昨夜も、その前の夜も、あの顎鬚《あごひげ》のある精悍《せいかん》な顔つきの国王が、ふかふかモフモフのウサギになってこの腕の中で眠ったのだと思えば、おかしい気持ちになってくる。彼の温《ぬく》もりがまだ腕に残っているような気がして、エリカは自分で自分を抱き締めた。

すると、ぴょんと、もの言いたげにロロンがベッドの上で跳ねる。

エリカはにこりと微笑み、彼に向かって言った。

「おはよう、ロロン」

始祖の樹の袂《たもと》には、魔女王ヴァルプルガを祭る聖堂が、樹に寄り添うようにして立っている。

聖堂の一階は大きなホールになっており、この日の午前中、とある式典が執《と》り行なわれた。

出席者は、魔女と前の月に産まれたばかりの新生児、その母親。新生児の健《すこ》やかな成長のため、魔女がヴァルプルガに代わって祝福する、というものだ。

始祖の樹としては、新生児の中に魔力を持つ者がいないか――新たな魔女の存在を探るという意図もある。エリカの母もこの式典で三老婆に見出されたし、ニータとモリーもそうして魔女殿に迎えられたのだ。

ヴァルプルガの祝福と呼ばれる、月に一度のこの式典の時ばかりはエリカも始祖の樹の下に降り、三老婆とともに新生児達に祝福を与える役目を担《にな》う。さらに、ヴァルプルガの再来と言われる彼女には、もう一つ特別な役目があった。

この日の聖堂には、祝福を受ける新生児と母親だけが入ることを許される。

三老婆とともに白いローブに身を包んで一階のホールに現れたエリカは、中央に用意された椅子に一人腰掛けた。

すると、モリーが小さな剃刀《かみそり》を持ってエリカの後ろに立つ。そして、固唾《かたず》を呑んで見守る若い母親達の前で、彼女はそれをエリカに――その真っ白い髪に当てた。

かつて、ヴァルプルガの白い髪には魔力が宿っていると信じられていた。エリカが生まれて魔女として育てられ始めると、彼女の髪をお守りとして欲しがる声が多く寄せられたのだ。

とはいえ、望まれるままに髪を差し出していては、エリカは坊主になってしまう。三老婆は話し合いの末、ヴァルプルガの祝福に訪れた新生児にのみ、それを与えることにしたのだった。

こういうわけで、エリカは毎月髪を切り続けている。

だいたい一月《ひとつき》の間に伸びた分だけ切られてしまうので、彼女の髪の長さは肩を越えることがなかった。

ザリ……ザリ、ザリ……

しんと静まり返ったホールの中、剃刀がエリカの髪を削《そ》いでいく音だけが響く。

その間、不思議と新生児達まで、示し合わせたかのように口を閉じていた。

エリカの髪は少量ずつ、ニータが育てた薬草とともに小さな布袋に詰められる。この布袋もまた、三老婆とエリカがせっせと縫《ぬ》ったものだ。

こうして出来上がった魔女のお守りが、式典に集まった新生児達に無償で配られる。

新生児達の中には、始祖の樹で生まれ、産婆であるマリアに取り上げられた者も多い。

街の産院で生まれた者でも、モリーの占いで名前を授《さず》かっていたり、受胎《じゅたい》や分娩《ぶんべん》の際にニータの薬に助けられていたりと、ヘクセインゼルの人間は、生まれる時から何かしら魔女の世話になる。

魔女の恩恵——それは、ヘクセインゼルに生を受けた誰しもに平等に与えられる、無償の愛だ。

もちろん、魔女であった母から産まれたエリカも例外ではない。

エリカは双子の兄とともにマリアによって取り上げられ、モリーの占いによって名を決められた。今のエリカと同じ年で双子を身籠《みごも》り、ひどいつわりで苦しんだらしい母には、ニータが毎日薬草を煎《せん》じて飲ませていたという。生まれた翌月には、今日ここに集まった新生児と同じように、兄とともにヴァルプルガの祝福も与えられた。

ヘクセインゼル人にとって、魔女から与えられる恩恵と祝福はとても重要なものだった。

「どうぞ」

エリカが差し出したお守りを、若い母親が嬉しそうに受け取り、我が子の小さな手に握らせる。

「お会いできて光栄です、魔女様。どうか、この子に祝福をくださいませ」

そう言って、母親がエリカに差し出してきた新生児は、茶色い髪と緑色の瞳をしていた。

「ヴァルプルガのご加護がありますように」

お守りを握り締めた小さな手を両手で包み込んで、エリカはそっと告《つ》げる。

その時ふと、この新生児と同じ色を持つ人物——国王ヴァルトの姿が脳裏《のうり》に浮かんだ。

ヘクセインゼルの誰しもに平等に与えられるはずの、魔女からの無償の愛。しかしそれが、決して与えられない例外があった——王族である。

魔女王が創ったヘクセインゼルの玉座から、魔女を引き摺《ず》り下ろした現在の王家。魔女は、彼らを許せないのだ。

始祖の樹の周囲には、それぞれの大街道に面した五つの大きな門がある。

しかし、真北に位置する門——白亜の城と向かい合う正面の門だけは、この五百年間一度も開かれたことがなかった。

王族は、ヴァルプルガに関する式典に参加することを許されない。

王妹の子として生まれ、すぐに前王の養子となったヴァルトも、この聖堂でヴァルプルガの祝福を受けることはできなかったはずだ。

（国王様……きっと、お守りも持っていらっしゃらないんだよね……）

そう思ったエリカは、この日配るお守りの中から一つだけ、こっそりポケットに忍ばせた。

＊＊＊＊＊

「それじゃあ、エリカ。行ってくるよ」

「玄関の扉には、一応鍵をかけておきなさい」

「帰りは遅くなるから、先に寝ていてちょうだいね」

新生児達を祝福した日の夕刻。いつもなら日の入りとともに就寝の準備を始める三老婆が、魔女の正装たる白いローブを身に着けたまま出掛けようとしていた。

今宵《こよい》は、始祖の樹が主催する晩餐会《ばんさんかい》が開かれるのだ。各市の市長達を招き、およそ十日後に迫った年に一度の大祭『ヴァルプルガ生誕祭』の打ち合わせも兼ねている。

ただし例に漏《も》れず、祭りへの参加を許されていない王族は、誰も晩餐会に招待されていない。

「いってらっしゃい、おばあ様達」

エリカは一人、魔女の家の玄関で老婆達を見送る。

酒が提供される晩餐会などには、エリカは出席させてもらえない。酒精の入った男達がいる場所に、三老婆は彼女を連れて行きたくないのだという。

三老婆は、エリカの母が魔女の最大のタブーを犯した時のショックを引き摺《ず》っている。エリカが母親と同じ過《あやま》ちを犯しはしまいか、という恐怖を抱いているのかもしれない。

三老婆を見送ると、エリカは言われた通りに玄関の扉に鍵をかけた。

ふと一人きりなのを寂しく思ったが、残念ながら今日はロロンに頼るわけにはいかない。

昨夜シーツを抜け毛だらけにしたことをモリーに咎《とが》められ、しばらく彼を部屋に入れないと約束させられてしまったのだ。

エリカが私室に戻ると、かろうじて西の空に留まっている太陽の光が窓から差し込んでいた。

「もうすぐ、日が沈んじゃう……」

今朝のヴァルトからの置き手紙には、日暮れ前に彼も私室に戻るつもりだと書かれていた。

そして、都合のつく時間に自分の方に顔を出してほしい、とも。

うっかりかけてしまった魔法が解けない限り、エリカはヴァルトに頭が上がらない。

だから、彼が来いと言うのならば行かねばならないだろう。

ただ、男らしいヴァルトに対してはいまだに恐怖心があり、できれば日が暮れて彼がウサギの姿になってからお邪魔したい、というのがエリカの本音だ。

「でも……国王様がウサギになっちゃうと、お話ができないんだよね……」

エリカは小さくため息をつきつつ呟《つぶや》く。そして、やはり人間の姿をしたヴァルトに会わねばならないと覚悟を決め、姿見の前に立った。

昨夜、ヴァルトの従姉《いとこ》だという美しい女性メーリアが、ノエルを引き摺るようにして通り抜けた拍子に、それは床に倒れてヒビ割れ、ただの姿見に戻ってしまった。

けれど今朝、エリカが目を覚ました時、姿見には再び魔法がかけられていたのだ。右上の角にできていたヒビ割れも、白いパテで丁寧に補修されている。

エリカは姿見の縁に手をかけて、おそるおそる片足を差し入れてみた。

すると、足は何の抵抗もなく向こう側の空間へと到達する。

エリカはつくづく不思議だなぁと思いながら、今度はするりと全身を滑り込ませた。

そうしてやってきたヴァルトの私室は、日が傾いて薄暗くなってしまっているというのに、まだ灯りがついていない。

そんな中、窓際に置かれた大きな机につき、黙々とペンを走らせている広い背中がある。

手元が暗くはなかろうか、目を悪くしてしまわないだろうかと思いつつも、エリカは邪魔をしてはいけないと考えて、すぐに声をかけることができなかった。

エリカの逡巡《しゅんじゅん》する気配に気づいたのか、ヴァルトがふと手元から顔を上げて振り返る。

「ああ、来たか」

「は、はい……」

窓からは強い西日が差し込み、逆光のせいでエリカからはヴァルトの顔が影になって見えない。

おかげでこの時、エリカは彼に真っ直ぐ向かい合うことができた。

すると、ヴァルトが突然「ん？」と訝《いぶか》しげな声を上げた。

エリカは何を言われるのだろうかと、慌てて背筋を伸ばす。

「君……髪を切ったか？」

「え？　あ、はい……少しだけ……」

ヴァルトの問いかけに、エリカは自分の白い髪に手をやりながら答える。

今日は赤ちゃんを祝福する日だったので……と続けると、ヴァルトが首を傾《かし》げる気配がした。

「赤子？　……ああ、新生児を集めた式典だったか。そこで君の髪を切るのか？」

「あの……私の髪をお守りに入れるんです」

ヴァルトはエリカの言葉にそうかと頷《うなず》きつつ、ペンを置いて椅子から立ち上がる。

一方のエリカは、内心とても驚いていた。

髪を切ったと言っても、ほんのわずかな長さである。なのに、ヴァルトは気づいてくれた。

それがなんだか嬉しいようなくすぐったいような、エリカは今まで経験したことのない不思議な感覚を覚えた。

西日を背負ったヴァルトが、ゆっくりと近づいてくる。

急に落ち着かない気持ちになったエリカは俯《うつむ》き、スカートを両手でぎゅっと握った。

すると、片方のポケットに何かが入っていることに気づく。

エリカははっとして、慌ててそれをポケットから取り出した。

「あの、国王様。これ……よろしければお持ちください」

「私に？　もしやこれは、魔女の……」

ヴァルトは、エリカのすぐ目の前で立ち止まった。

エリカは顔を上げることができないまま、彼の靴の先を凝視《ぎょうし》しつつ、ポケットから取り出したものをずいと差し出す。

「はい、お守りです。おばあ様達が張り切って多めに作るので、いつも少し余るんです。国王様は、その……お持ちじゃないかもと思ったので……」

「ああ、持っていない。王族は誰も持っていないぞ」

エリカが取り出したものは、今朝、ヴァルトのことを思ってこっそりポケットに忍ばせた魔女のお守りだった。あの時着ていた白いローブは式典が終わるとすぐに脱いだのだが、ポケットの中身は忘れずに移してあったのだ。

エリカは自分の魔法で迷惑をかけてしまっているヴァルトに、せめてものお詫びのつもりでお守りを渡したかった。

「魔女のお守りをもらったなんて他の王族連中に知られれば、妬《ねた》まれそうだな」

ヴァルトがそう言って苦笑する気配がした。

彼の手が、お守りではなく、それを持つエリカの手を掴む。

突然のことに、エリカはとっさに手を引こうとしたが、ヴァルトにやんわりと押さえられる。

「あ、あの……?」

男性らしい骨張った大きな手に戸惑《とまど》い、エリカはおそるおそる顔を上げる。

次の瞬間――彼女は目を見開き、あっと叫んだ。

「――あ、あれっ?　あれれっ!?」

見上げた先にあったヴァルトの顔。近づいたおかげで逆光の中でも判別できるようになったその顔が、エリカの知っているものと違っていた。

顔の造り自体が変わってしまったというわけではない。ただ、エリカに強烈な印象を与えていたあるものが、ヴァルトの顔から消えてしまっていたのだ。

それは、エリカが怖くて仕方がなかった――あの、顎髭《あごひげ》である。

「え、えええ?　どうしてっ!?」

エリカは思わず両手を伸ばし、滑《なめ》らかになった彼の顎を包み込んで撫《な》で回す。

その拍子に放り出されたお守りは、無事ヴァルトの手に受け止められた。

「ひ、ひげはっ？　どこどこ？　どこ行っちゃったんですか⁉」

「どこへ行ったも何も、剃《そ》ったんだ」

「どど、どーして剃っちゃったんですか⁉」

「……君と、ちゃんと向かい合って話をしたかったからだ」

ヴァルトの言葉に、エリカは一瞬ぽかんとする。

彼の顎《あご》を撫《な》でていたエリカの手は引き剥がされ、そのまま大きな掌《てのひら》に包み込まれた。

「こ、国王様……」

「ヴァルト、だ。　エリカ」

「……え？」

「名前で呼んでくれ。きっかけはどうあれ、こうしてお互いの部屋を行き来するようになったんだ。いつまでも他人行儀では寂しいではないか」

エリカ、と彼に名で呼ばれたのは、半《なか》ば無理矢理名乗らされた最初の時以来だった。

だが、あの時よりもずっと柔らかい声で自分の名を紡《つむ》がれ、エリカの頬は急激に熱を帯《お》びた。

怖くて直視できなかったヴァルトの顔が、また違う理由で見れなくなって、エリカは俯《うつむ》く。

「エリカ、ヴァルトだ」

するとねだるみたいに繰り返されて、エリカの頬はますます赤くなる。

しかし、包まれた掌の温《ぬく》もりに背中を押されるようにして顔を上げ、彼女もそっと唇を開いた。

「ヴァ、ヴァルト様……？」

「ああ」

そのとたん、エリカを見下ろしていたヴァルトの顔が綻《ほころ》んだ。

顎鬚《ひげ》がなくなった彼の笑顔は、エリカの警戒心をも綻ばせる。

ヴァルトはようやくエリカの手を解放すると、彼女にもらったお守りを握り締めた。

「このお守りは、ありがたくいただいておく」

そう告《つ》げたヴァルトに、エリカはこくりと頷《うなず》く。

だが、ふと、彼が先ほど呟《つぶや》いた言葉を思い出して首を傾《かし》げた。

「さっき、妬《ねた》まれそうだっておっしゃいましたけど……王族の方々も、魔女のお守りを必要としてらっしゃるんですか？」

長きにわたって関係を絶ってきた魔女と王家。

魔女が王家を敵視するのを三老婆を通して見てきたエリカは、王家の方も魔女を疎《うと》んじているのではないかと思っていた。だから、ちっとも仲直りができないのだと考えていたのだ。

それをエリカが告《つ》げると、ヴァルトは静かに首を横に振った。

「王族とてヘクセインゼル人だ。ヴァルプルガを崇拝《すうはい》し、魔女を敬《うやま》う心は持っているんだぞ」

「魔女を敬う気持ちがあるのに、昔の王族はどうして魔女をお城から追い出したんですか？」

エリカは再び首を傾《かし》げ、率直な問いを投げ掛ける。

魔女達の積年の恨みつらみは、魔法の知恵とともに受け継がれてきた。それは、もはや呪いのように魔女の心に深く根付いている。

しかしニータとモリー、マリアは比較的冷静だった。彼女達自身は確かに王家を敵視しているが、エリカにそれを強要することはなかったのだ。

五百年前の玉座を巡る史実のみを告げ、三老婆はエリカに判断を委《ゆだ》ねていた。

おかげでエリカは、魔女の仇《かたき》——王家の頂点たる国王ヴァルトの言い分にも、素直に耳を傾けることができた。

「魔女から玉座を奪《うば》った先祖の行いは、この国を存続させるためには必要なことだった。

少なくとも、私はそう信じている」

揺るぎない声で告げたヴァルトの緑色の瞳を、エリカの琥珀色《こはくいろ》の瞳が真っ直ぐにとらえる。

ヴァルプルガと同じ色の彼女の瞳に見つめられれば、ヘクセインゼル人は嘘をつけない。

ただし、これは魔法ではない。

人々の心の根底にあるヴァルプルガへの崇敬《すうけい》が、そうさせるのだ。

ヴァルトもじっとエリカの瞳を見つめ返し、王家で受け継がれてきた想いを吐露《とろ》する。

「けれど同時に、ヴァルプルガに許されたいと思っている。魔女に疎《うと》まれていることを自覚すればするほど……ヴァルプルガだけはどうか我々を拒《こば》まないでくれ、と祈るのだ」

「ヴァルプルガに……」

ヴァルトは重々しいため息をついて続けた。

「我々が最も辛いのは、子が産まれた時だ。始祖の樹は王族を受け入れない。王家に産まれた赤子は、ヴァルプルガの祝福さえ受けることができないのだ」

その言葉を聞いたエリカは、今朝の光景を思い出す。

新生児を抱いた母親達は、エリカや三老婆の祝福を受けて幸せそうに微笑んでいた。受け取った魔女のお守りを赤子の小さな手に握らせ、我が子の健《すこ》やかな成長を一心に願っていた。

そんな些細《ささい》な幸せと祈りも、王家の母親達には許されないのだ。

それがどれほど辛いことか——子供を産んだことのないエリカにだって想像はつく。

『ヘクセインゼルの民はヴァルプルガの子供達』

王家だけを例外にしてしまうのは、始祖の樹の信念に反すること——きっと、ヴァルプルガの望むところではない。

「ヴァルト様」

エリカは、魔女のお守りを握り締めたヴァルトの右手を両手で包み込んだ。そして、ありったけの真心を込めて告《つ》げる。

「——あなたに、ヴァルプルガのご加護がありますように」

「エリカ……」

ヴァルトの産みの母、あるいは養母となった王太后クレアが二十年前に経験したであろう辛さを思い、今まで与えられなかった二十年分の恩恵がヴァルトにもたらされるよう——エリカは真剣に彼を祝福した。

そうこうしている内にも、この日の太陽は着実に役目を終えようとしている。

二人がいる部屋の中は闇が濃くなり、エリカの魔法の効果を抑えているとされる陽の気がみるみる力を失っていく。

魔法が解けていないヴァルトは、日が沈めばまたウサギになってしまう。

お守りを持つ彼の手を包み込んだ両手に、エリカはぎゅっと力を込めた。

このお守りが、そして偉大なるヴァルプルガが、どうか彼を守ってくれるようにと必死に祈る。

やがて、窓の向こうで太陽が遠い水平線の彼方《かなた》へと姿を消した。ところが……

「――エリカ」

暗闇の中で、ヴァルトの口がエリカの名を紡《つむ》いだ。それは、ウサギの口では不可能なこと。

エリカが両手で包み込んだ彼の右手も、硬くて骨張った人間の男のもののまま――ウサギの前足にはならなかったのだ。

「ヴァルト様……？」

エリカがそっと両手を開くと、ヴァルトは傍《かたわ》らの戸棚の上に置かれていたランプに手を伸ばし、火を灯《とも》す。部屋の中がぱっと明るくなり、エリカの目に、人間の姿のままのヴァルトの姿が映った。

「ま、魔法が……解けた……？」

「どうやら、そのようだな……」

ヴァルトも自分の身体を見下ろして、ほっと安堵《あんど》のため息をつく。

ところが、エリカはふと視線を上げてすぐ、彼の頭を指差し素《す》っ頓狂《とんきょう》な声を上げた。

「み、みみっ⁉　耳がっ‼」

「耳がどうした？」

エリカの反応に首を傾《かし》げたヴァルトは、耳に触れようとして眉をひそめる。

次いで、両手を頭に持っていき……

「なんだ、これはっ……⁉」

彼もまた、素っ頓狂な声を上げることになった。

それもそのはず。本来あるはずの場所に耳がないと思ったら、頭の上に突っ立っていたのだから。

なんとヴァルトは、今夜は耳だけがウサギのそれに変化してしまったのだ。

「……ぷっ」

しばしの間、彼をぽかんと眺めていたエリカだったが、やがて、たまらず噴き出した。

ヴァルトのきりりとした男らしい顔と、ふわふわの毛をしたかわいらしいウサギの耳。そのギャップたるや凄《すさ》まじいものがある。

「ぷぷ、ぷぷぷぷっ……ぷはっ！　あはっ、あははははっ!!」

「おい」

エリカはついに腹を抱えて笑い出した。

ヴァルトはそんな彼女を見下ろし、不貞腐《ふてくさ》れた顔をする。

「大の男にウサギの耳なんて……いったいどんな嫌がらせだ」

「でも、ふさふさしててかわいいです」

「まったくもって嬉しくない」

「ふふっ」

ヴァルトは眉間に深々と皺《しわ》を刻んでいるが、頭に突っ立ったウサギの耳のおかげで、エリカはちっとも怖くなかった。

それよりも、持ち主の感情を表すようにピコピコと動いているのが気になって仕方がない。

好奇心に突き動かされるまま、エリカはうんと背伸びをして両手を伸ばし、その耳に触れてみた。

ヴァルトは一瞬ぎょっとした顔をしたが、エリカの手を避けるつもりはないらしい。

ウサギの耳には毛細血管《もうさいけっかん》がたくさん通っているので、決して乱暴に掴んではいけない。

エリカが茶色の髪との境《さかい》にある付け根を優しく揉み解すと、長い耳はペタンと後ろに倒れてしまった。

「ヴァルト様、これ気持ちいいんですか？」

「あのな……」

幼い頃からウサギを飼育してきたエリカは、彼らが耳を後ろに倒すのはリラックスしているサインと知っていた。そのため、ヴァルトがいささか困ったような顔をしようとも、気にせずマッサージを続ける。

「ロロンはこうすると、いつもすぐに眠っちゃうんですよ」

「……」

二人はこの時、廊下に面した扉が少しだけ開いていることを知らなかった。

「……小さな魔女様の愛撫《あいぶ》に悶《もだ》える主人を前に、僕は今、とてつもなく複雑な心境です」

「あらあら、あの子達が仲良くなれてよかったじゃなぁい」

扉の向こうでこそこそと囁《ささや》き合うのは、ヴァルトの従者ノエルと王太后クレアである。

にこにこしながら、ヴァルトの頭に生えたウサギの耳に触れるエリカ。そして、複雑そうな表情ながらも、小柄な彼女を気づかってか、さりげなく腰をかがめているヴァルト。

そんな二人の様子を扉の隙間《すきま》から見守りつつ、ノエルとクレアは目を細める。

「お茶をお出しするのは、少しだけ待ちましょうか」

「馬には、蹴《け》られたくないですからね」

彼らはそう言って頷《うなず》き合うと、静かに扉を閉めた。

第五幕　大人の階段を上る魔法

始祖の樹の上にある魔女の家で、老《お》いた三人の魔女がすっかり眠りに就《つ》いた頃。彼女達の秘蔵っ子である若い魔女エリカは、白亜の城の一室で男と見つめ合っていた。

男は、ヘクセインゼルの若き国王ヴァルト。

ヴァルトとエリカは二人掛け用のソファに並んで座り、お互いの片膝をくっつけるようにして相対していた。

「いいか、エリカ。よく見てみろ」

真剣な顔をしたヴァルトが、緊張した面持ちのエリカをじっと見下ろして告《つ》げる。

「この耳の毛色は、髪と同じ色だろう」

「はい、同じ茶色です」

「そうだな。だからこれは耳ではなく髪だ。いいか？　耳じゃなくて髪。――復唱」

「耳じゃなくて髪、耳じゃなくて髪、耳じゃなくて髪……」

促《うなが》されるままに、エリカはヴァルトの言葉をぶつぶつと繰り返す。

彼女の瞳は彼の頭の上――そこに突っ立っている二本のウサギの耳を見据《みす》えていた。

「耳じゃなくて髪、耳じゃなくて髪……」

しばらく唱え続けていると、やがてウサギの耳は、左右に開くようにしてへなへなと倒れる。かと思ったらそれは、本来人間の耳がある部分の横に垂れ下がり、みるみる内にヴァルトの茶色い髪と同化してしまった。

とたんに、パチパチパチと拍手が起こる。

「まやかしをまやかしで上書きするとは……考えましたね、ヴァルト様」

にこやかに声をかけてきたノエルに、ヴァルトはうんざりした声で答える。彼は普段よりも若干長くなったサイドの髪を鬱陶《うっとう》しそうに掻き上げつつ、ため息をついた。

「苦肉の策だ」

エリカがヴァルトに魔女のお守りと祝福を与えた日、そして彼の顎鬚《あごひげ》が剃《そ》られた日から五日が経っていた。

あの日からこまめに髭を剃るようにしているヴァルトを、エリカも随分と見慣れた。

しかし、彼にかかっている魔法の解除に関しては、あれから少しも進展していない。

つまり、日暮れとともに、ヴァルトの頭にウサギの耳が生える現象が続いているのだ。

そんな中、王城では、以前から予定されていた夜会の日が迫ってきていた。

夜会という名の通り、それが開催されるのは魔法の効果が現れている夜である。

国王の即位半年を祝うための慣例行事なので、主役であるヴァルトが出ないわけにはいかない。

かといって、ウサギの耳を生やしての出席も、彼は御免蒙《ごめんこうむ》りたかった。

もちろん魔法が完全に解除されるのが一番望ましいが、今のところ確実な方法が分からない。

そのためヴァルトは、夜会の間だけでもウサギの耳を誤魔化《ごまか》せないかと考えたのだ。

そうして思いついたのが、先ほどノエルが言った通り、まやかしをまやかしで上書きする方法だった。

「そもそもの魔法が、エリカが私をウサギだと思い込もうとして発動したのだとしたら――」

「今度は逆に、ウサギの耳を髪だと思い込むことで新たな魔法がかかる、というわけですね」

ヴァルトとノエルは言葉を交わしつつ、今まさに魔法を使ったエリカを見る。彼女はウサギの耳が消えたことに安堵《あんど》した様子で、膝に乗せたロロンの背中を撫《な》でている。

そのロロンと、ヴァルトはふと視線が合った。

するとと何を思ったのか、ロロンがエリカの膝からヴァルトの膝へと移動してきて、そこに置かれていた彼の右手の甲に顎《あご》を乗せた。

「おい、なんだ。急に懐《なつ》いてくれたのか？」

まるで、ヴァルトに甘えているかのようなロロンの仕草。柔らかなウサギの毛並みを手の甲に感じて、ヴァルトは思わず頬を緩《ゆる》める。

ところが彼の隣では、エリカが気まずそうな顔をしていた。

「あ、あの……それは……」

ウサギと付き合いが長く、ヴァルトよりはその習性に詳しいエリカは知っていたのだ。顎を乗せるという行為――それが、ウサギの社会でどういう意味があるのかを。

ヴァルトに伝えるべきか逡巡《しゅんじゅん》するエリカに代わり、お茶の用意をしていたノエルが口を開いた。

「水を差すようで申し訳ないですが……ヴァルト様、ビックリするくらい舐《な》められてますよ？」

「なに？」

訝《いぶか》しげな顔をするヴァルトに、ノエルは苦笑しながら告《つ》げる。

「ウサギの顎の下には臭腺《しゅうせん》があるといいます。人間には嗅《か》ぎ取れないくらいの臭いですが、それを擦り付けることによって彼らは縄張りを主張するそうです。ウサギはそもそも順位付けをする動物ですから、必然的に上位者は下位者を支配するわけです」

「待て……お前の言いたいことが分かってきたぞ」

ノエルの話を聞いている内に、ヴァルトの眉間には皺《しわ》が刻まれていった。

彼は、なおもスリスリするロロンの顎《あご》の下から右手を引き抜く。

「ヴァルト様に懐《なつ》いたわけではなく、ただ自分の方が上位だと主張していただけなんですね」

「――上等じゃないか」

ヴァルトはこめかみをピクピクさせつつ、生意気なウサギを捕まえようとする。

ところが、それを察知したらしいロロンは、さっさとエリカの膝に逃げ帰った。

そうして後ろ足で立ち上がり、今度は彼女の顎の下に頭を擦り寄せる。顎を乗せられるのを受け入れるということは、ウサギにとって降伏や服従を意味していた。

「私とエリカで、えらく態度が違うではないか」

ムスッとした顔でそう言うヴァルトに、エリカは困ったように微笑む。

「ロロンが産まれた時から一緒だから……私を、お母さんだと思ってるのかも」

それを聞いたヴァルトは、ロロンが彼女を〝オレの女〟呼ばわりしていたことを言ってやろうかと思っていた。

そんな他愛無いやりとりをしながら、エリカはヴァルトとノエルと三人でお茶を楽しんだ。

やがて、夜が更ける前に自分の部屋に引き揚げようと、エリカはロロンを抱き上げる。

ところが、その時……

「あっ……」

「あ～、ヴァルト様……」

エリカとノエルは、ヴァルトを――彼の頭の上を見て同時に声を上げた。

二人の反応に、ヴァルトがまさかと頭に片手を持っていく。

「……耳」

案の定、それまでサイドの髪と同化していたはずのウサギの耳が、再びぴょこんと立ち上がっていたのだ。とたんに、三人の間に気まずい空気が流れる。

「もういっそ、夜会を仮装パーティーにしちゃいます？　そうしたらヴァルト様、このまま出られますよ」

「馬鹿言え」

ノエルの提案を苦虫を噛《か》み潰したような顔で一蹴《いっしゅう》すると、ヴァルトは再びエリカに向き直った。

「エリカ、もう一度魔法をかけてくれ」

「え？　ええっと、はい……」

ヴァルトに頼まれたエリカが、再び先ほどの言葉を繰り返す。

「耳じゃなくて髪、耳じゃなくて髪、耳じゃなくて……」

すると、またもウサギの耳は垂れ下がって髪に紛れたものの、やはり一時間ほど経つと元に戻ってしまった。このことから、今回の魔法の効果には制限時間があることが分かった。

大本のウサギになる魔法は、エリカが無意識の内に発動させたことに加え、あの時、彼女はヴァルトへの恐怖心を抑えようと必死だった。

一方、今夜の魔法はヴァルトに言われるがままかけたものだ。

二つの魔法に臨《のぞ》んだ時のエリカの精神状態には大きな差がある。必死だった分、大本の魔法の方が強力に表れたのではないかと推測される。

「制限時間は一時間、というところか」

「夜会は大体三時間弱ですから……人間の姿で乗り切るには、途中で二度ほど魔女様のお世話にならないといけませんね」

「では、夜会の間はエリカを近くの部屋に待機させ、私は手水《ちょうず》に立つふりをして魔法をかけ直してもらいに行くか」

「事情を知っていらっしゃるクレア様にもご協力願いましょう」

ロロンを膝に抱き直したエリカの頭の上で、ヴァルトとノエルが話し合う。

エリカはしばらく黙って二人を見上げていたが、ふと気になったことを口にした。

「あの……夜会って、パーティーみたいなものですか？」

「まあ、そうだな。始祖の樹でも、時々市長達を集めてやっているだろう？」

「晩餐会《ばんさんかい》なら。でも私、まだ出たことがないのでよく知らないんです」

「そうなのか？」

男性を交えた会合――特に酒が出される晩餐会に、三老婆はエリカを出席させない。

そのため、晩餐会の夜はいつも一人で留守番なのだ。

そうエリカが告《つ》げると、ヴァルトは髭《ひげ》のなくなった顎《あご》に片手を当てて、何やら考え込み始めた。

しばしの後、彼はエリカをじっと見つめて口を開く。

「――よし、出てみるか」

「え？」

「エリカも夜会に出るんだ」

「ええっ⁉」

突然の申し出に、エリカはびっくり仰天する。しかし、ヴァルトはエリカの返事も聞かぬまま、彼女を夜会に参加させる手筈をノエルと相談し始めた。

というのもヴァルトは、エリカについて思うところがあったのだ。

稀少《きしょう》な魔女として、また始祖たるヴァルプルガの再来と崇《あが》められ、閉鎖的な環境で育てられたエリカは、彼の目にはひどく世間知らずで危なっかしく映る。

そんなエリカと接すれば接するほど、ヴァルトの中には彼女を守ってやらねばという庇護《ひご》欲《よく》と、もっと視野を広げるべく様々な経験をさせてやらねばという使命感がむくむくと湧き上がってきた。

それはヘクセインゼルの国王としてというよりも、ここ数日で急激に自分に懐《なつ》き始めた彼女をかわいく思う、兄のような気持ちからだ。

「あの……せめて、おばあ様達に相談してから……」

「相談したら、ばあ様達が許すと思うか？」

ヴァルトの言葉にエリカはうっと呻《うめ》き、ふるふると首を横に振った。

「これまでの王家と魔女の関係から考えると、正式に招待したところでばあ様達は頷《うなず》かないだろう。だからエリカは魔女としてではなく、一般の招待客として参加するんだ」

「魔女としてではなく……？」

「髪はカツラで隠そう。着る物もこちらで用意する。クレア様に任せればうまく取りはからってくれるだろう」

「でも……」

強引に進められる話に、エリカは戸惑《とまど》う。とはいえ、彼女自身も夜会に興味があった。

エリカは期待に高鳴る胸の鼓動《こどう》を抑えようと、ロロンをぎゅっと抱き締める。

しかし、好奇心は隠し切れず、彼女の琥珀色《こはくいろ》の瞳はいつもよりキラキラと輝いていた。

それを目にしたヴァルトは、これは是が非でもエリカに夜会を体験させてやらねばと思った。

＊＊＊＊＊

夜会が行われるのは、王城の中でもっとも広い祝宴広間である。

エリカがずっと出入りしていた国王の私室も広くはあったが、調度や装飾は比較的質素。見栄えよりも機能性を重視した造りは始祖の樹に通じるところがあり、居心地がよかった。

だが、戴冠《たいかん》の儀も執《と》り行なわれるという祝宴広間は、一転して豪華絢爛《ごうかけんらん》。高い天井には見事な漆喰細工《しっくいざいく》が施《ほどこ》され、豪奢《ごうしゃ》なシャンデリアがいくつもつり下げられている。

大きな窓の枠に施された装飾も、細やかで実に優美。

床は石ではなく寄木張《よせぎば》りで、小さな木のピースを組み合わせて見事な模様を作り上げている。

夜会当日の夜、エリカはその床の上を、いつもは履《は》かない踵《かかと》の高い靴でおそるおそる歩いた。

「エリカさん、ゆっくりでよろしいのよ」

そう優しく声をかけ、危なっかしい足取りのエリカを支えてくれたのは、王太后クレアである。

エリカは魔女のシンボルともいえる白い髪を隠すため、黒いカツラを被《かぶ》っていた。

クレアが黒髪であったことから、今夜のエリカは彼女の遠縁の娘という設定だ。

エリカがクレアに手を引かれて祝宴広間に入ると、ヴァルトはノエルとともに誰かと立ち話をしていた。相手は黒い髪の壮年の男性で、左には黒い眼帯、右の眼窩《がんか》には片眼鏡をはめている。

ヴァルトはエリカに気づくと、彼女をその男性に紹介した。

「父上、彼女がエリカです」

「おお、君が……」

ヴァルトが父と呼んだということは、この男性は先代の国王、ロベルト・ヘクセインゼルに違いない。彼の顎《あご》は、以前のヴァルトのそれとは比べ物にならないほど豊かな髭《ひげ》で覆《おお》われていた。

ロベルトの手がすっと伸びてきて、唐突にエリカの顎を掴む。

さらには、親指の腹で彼女の下瞼《まぶた》をべろんと捲《めく》り、剥き出しになった眼球をまじまじと見つめた。

「ほう、確かに琥珀色《こはくいろ》の瞳だ。実に美しいな……おや、どうした？」

すぐ目の前に迫った髭面に、エリカはたちまち硬直してしまう。

ヴァルトは苦笑を浮かべつつ、かちこちになった彼女をロベルトから引き離した。

「女の園で育てられた筋金入りの箱入り娘なもので、父上の髭が怖いんですよ」

「なるほど。では、ヴァルト――お前が髭を剃《そ》ったのは、もしかしなくても彼女のためか？」

からかうようなロベルトの質問には、すかさずノエルが答えた。

「そうなんですよ、ロベルト様。ヴァルト様ったら、こちらのお嬢様に懐《なつ》いてもらうにはどうしたらいいかと、そりゃあもう悩みに悩まれた末に……」

「ノエル、うるさい」

そんな二人のやりとりに、ロベルトははははと豪快に笑った。

そして、彼の笑い声にさえビクビクしているエリカに向かい、柔らかい声をかける。

「驚かせてすまなかったね。目が悪いもので、近づかないとよく見えんのだよ」

「目が……？」

ロベルトの言葉を聞いて、エリカはおずおずと顔を上げて彼を見る。

ロベルトの瞳はクレアと同じ青い色をしていた。数年前までは眼帯はつけず、聡明そうな両目を露《あらわ》にしていたそうだ。だが、病を患《わずら》い左目を摘出、かろうじて失明を免《まぬが》れた右目も、眼鏡なしではほとんど見えないらしい。

ロベルトがヴァルトに早々と玉座を譲《ゆず》ったのは、目が不自由になったことが原因だった。

それを聞いたエリカは、先日魔法の解除について尋ねた時、三老婆が教えてくれたことを思い出す。壊したもの、あるいは壊れたものを元に戻す魔法はない、と彼女達は言った。

薬草で傷を癒《いや》すことはできても、失ってしまった身体のパーツを再生する魔法はない。空《から》っぽになったロベルトの左の眼窩《がんか》に目玉を戻すような魔法も存在しないのだ。

「治して差し上げられればよかったのですが……」

魔法が万能ではないことは承知していたエリカだったが、今はそれが残念に思えてならない。

しかし、ロベルトは「いや」と首を横に振った。

「目が不自由だというのは確かに不便ではあるが、私にはクレアがいるからな。おかげでなかなか快適な隠居生活を送っているぞ」

「はい。私が目となりますのでなんの問題もございません。私はロベルト様と一生一緒。最後の瞬間まで寄り添わせていただきますから」

そう言って、ロベルトとクレアが微笑み合う。

仲睦《なかむつ》まじい前王夫妻の姿に、エリカは思わずほうと見蕩《みと》れた。

ノエルも「当てられちゃいますね」と笑い、ヴァルトは黙って肩を竦《すく》める。

そんな三者三様の反応に口の端を持ち上げ、ロベルトはしみじみと呟《つぶや》いた。

「ヴァルトにも、早く一生添い遂げたいと思うような相手が現れてくれればよいのだがな」

自分に話の矛先が向けられたとたんに、ヴァルトは口をへの字にする。

「まだ玉座を継いで半年ですよ。結婚など、今は考えておりません」

「まだ半年、されど半年だぞ。家庭を持てば、顎髭《あごひげ》などなくても自然と貫禄《かんろく》が出ると思うがな」

悠々《ゆうゆう》と髭を撫《な》でつつ言うロベルトに、ヴァルトは眉をひそめる。

「そうはおっしゃいますが、父上は今も髭を生やしていらっしゃるじゃありませんか」

「私のは単なるお洒落《しゃれ》だよ。幸い、クレアはこれを気に入ってくれたからな」

そのロベルトの言葉にクレアが頷《うなず》くと、ヴァルトはじとりとした目をエリカに向けた。

エリカはびくりと飛び上がり、ささっとクレアの後ろに隠れる。

それを見たロベルトは朗《ほが》らかに笑い、ヴァルトの肩をぽんぽんと叩いた。

「せっかく懐《なつ》き始めているのだから、焦りは禁物だぞ」

「……別に、何も焦ることなどありません」

その時のヴァルトの表情は、まるで不貞腐《ふてくさ》れた少年のようだった。エリカからは隙のない大人に見えていた彼も、父親の前では随分無防備になるらしい。

（ヴァルト様は、お父様が好きなんだな……）

父親というのは、エリカにとってはとても縁遠い存在だった。奔放《ほんぽう》な母は、エリカと双子の兄の父親は誰だか分からないと言ったし、自分が父親だと名乗り出てくる者もいなかったのだ。

始祖の樹の天辺《てっぺん》で隔離《かくり》されて育てられる魔女にとって、父親は唯一自由に面会することができる男性。だがエリカには、会いに来てくれる父親がそもそもいない。

顔も知らない父親を恋しいと思うことは、これまでなかった。

けれど、ヴァルトとロベルトを見ていると、エリカは少しだけ羨《うらや》ましいと感じてしまう。

そんな彼女の頭を、再び伸びてきたロベルトの手が、黒いカツラの上からゆったりと撫でた。

「こうして君と会えたのも、ヴァルプルガのお導きか。今宵《こよい》は楽しんでいきなさい」

玉座を降りた男の静かな声は慈愛《じあい》に満ちていて、エリカを優しく包み込む。

その落ち着いた声も、大きな掌《てのひら》で頭を撫でられるのもなんとも心地よく、エリカはロベルトの顔をじっと見上げる。

苦手なはずの髭に覆《おお》われた彼の顔は、もう怖くなかった。

「……おっと、エリカ。そろそろ時間だ」

と、懐《ふところ》から懐中時計を取り出して時間を確認したヴァルトが、声をかけてきた。

エリカはまだこの祝宴広間にやってきたばかりだが、夜会自体は始まって一時間近く経っていた。クレアがエリカの身仕度に時間をかけたため、控え室を出るのが予定よりも遅くなってしまったのだ。

周囲にはすでにほろ酔い気分の者も多く、あちこちで陽気な声が上がっている。かと思ったら、真剣な顔をして話し込んでいる一団もあり、それぞれ社交にも余念がない。

エリカは今宵《こよい》、彼らの数多《あまた》の視線からヴァルトの頭に生えるウサギの耳を回避させるという使命があった。

慣れない靴を履《は》いたエリカはヴァルトに手を引かれ、祝宴広間の奥にある王族用の扉に向かう。

二人の背中を守るように、ノエルもそれに続いた。

ロベルトは、ヴァルトが目の不自由な父親のために用意したソファにゆったりと腰を下ろす。

視力の心許《こころもと》ない片目では、離れていく三人の後ろ姿がすっかりぼやけてしまっている。

だが、ロベルトは愛《いと》おしそうに彼らを見つめていた。

「誇らしいな、クレアよ。我々の一人息子は、魔女をエスコートした初めての国王となったぞ」

「ええ、ロベルト様。それもとびきりかわいらしい魔女さんです」

クレアも微笑みを浮かべ、そっと彼の隣に腰を下ろす。

仲睦《なかむつ》まじいことで有名な前王夫妻は、こうして寄り添ったソファの上から、今宵の祝宴広間を静かに眺めた。


「耳じゃなくて髪、耳じゃなくて髪、耳じゃなくて髪……」

王族用の扉を通ると、扉を押さえてくれているヴァルトに向かい、エリカは件《くだん》の呪文を唱えた。

祝宴広間を出ると同時にヴァルトの頭に現れたウサギの耳は、またへにゃりと垂れ下がってサイドの髪に同化する。

ヴァルトはそれに手で触れて確認すると、今度はその手をエリカの頭に持っていき、カツラの具合を確かめた。

「髪の色が違うだけで、随分印象が変わるものだな」

「魔女様、黒い髪もお似合いですよ」

自分をまじまじと見つめて言うヴァルトとノエルに、エリカはクレアに着せてもらったドレスの裾を摘《つ》まんで、ちょこんとお辞儀をした。

鮮やかな青い色のドレスは、袖口や裾に白いレースがあしらわれているかわいらしいデザイン。

背中に結んだ大きなリボンは歩く度にゆらゆら揺れて、まるで南国の蝶《ちょう》のように華やかだった。

普段とは違う装《よそお》いが、エリカの気持ちをうきうきとさせている。

それを彼女の表情から感じ取ったヴァルトも、自然と頰を綻《ほころ》ばせた。

しかし、王という立場がある彼は、いつまでもエリカの晴れ姿を愛《め》でているわけにはいかない。

ヴァルトは祝宴広間に戻る前に、エリカの方に向き直った。

「君はまだ、酒を口にしたことがないと言っていたな？」

「はい。おばあ様達が、もう少し大人になるまで飲んではいけないと……」

とはいえ、ヘクセインゼルでは飲酒に年齢制限はない。祝宴広間を回る給仕は、エリカにも酒を勧めてくるだろう。

「タンブラーグラスの中身はジュースなので安心して飲んでいいが、それ以外を勧められた場合は断るんだぞ」

「えっと……はい」

ヴァルトの忠告に、エリカはこくりと頷《うなず》いた。

三人で祝宴広間に戻ると、すぐに年配の男性がヴァルトに声をかけてきた。

ヴァルトは相手に聞こえないようにため息をついてから、エリカをノエルに任せて、その男性の方へ足早に向かう。

エリカは彼の背を見送りつつ、ぽつりと呟《つぶや》いた。

「ヴァルト様のお祝いをする会なのに、お忙しいんですね」

「即位半年の祝宴なんて、ただの慣例ですからね。こうして人が集まれば、それぞれ話し合いたいことがたくさんあるのですよ。市長達も、若い国王がどれほどの器《うつわ》なのか試したくて仕方がないようですしね」

ノエルの言葉に、エリカは傍《かたわ》らに立つ彼を見上げて首を傾《かし》げる。

「ヴァルト様、試されてるんですか？」

「魔女から玉座を奪《うば》って以来、国王達はずっと国民に試されていますよ」

エリカはノエルの顔をじっと見つめた。ノエルも、エリカを見下ろして続ける。

「ヘクセインゼルの国民にとって王族は、言うなれば敬愛すべき魔女から権力を奪った逆賊です。それでも国民に認められているのは、これまでの国王達にそれだけの手腕があったから。その統治の下でヘクセインゼルの平和と繁栄《はんえい》が保たれていたからです」

「では……もしもこの国が乱れれば、その時はどうなりますか？」

おそるおそる問うエリカに、ノエルは緑色の目を細めて口を開いた。

「国王が全ての責任を負うことになり、過去五百年間の魔女への不敬も遡《さかのぼ》って断罪されることになるでしょうね。よくて国外追放、最悪の場合は公開処刑と相成りますか」

「そ、そんなっ……！」

ノエルの答えに、エリカは愕然《がくぜん》とした。

祝宴広間の中央には、ヴァルトを中心に何人もの男達が集まって、ワイングラスを片手に歓談している。

その輪の中で、ヴァルトは飛び抜けて若い。

彼の広い背中はしゃんとしていて、頼もしく見える。だが、そこには目に見えない重い荷が背負わされていて、ふとした拍子に彼を押し潰してしまうかもしれないのだ。

せめて誰かがその背を支えてやれれば、ヴァルトも少しは楽になるのではないか。

そう考えて、エリカははっとする。ヴァルトを支えられる人物が、自分の隣にいることに気づいたのだ。

「あのっ、ノエルさん」

「はいはい、魔女様？」

「私は一人でも大丈夫ですから、どうかヴァルト様のお側《そば》にいてください」

「おや……しかし、私はそのヴァルト様からあなたを任されたんですよ？」

ノエルがヴァルトと同じ色の髪をさらりと流して首を傾《かし》げ、ヴァルトと同じ色の瞳でエリカの顔を覗《のぞ》き込む。

顔の造作や雰囲気は全然似ていないが、二人はどこか兄弟のようだ。

「ヴァルト様には、私は一人で平気だとお伝えください。少しだけ夜会の雰囲気を味わって……もしも心細くなったら、クレア様のお側においていただきます」

そう告《つ》げたエリカの顔を、ノエルはじっと見つめて問いかける。

「本当に……お一人で大丈夫です？」

「はい」

エリカがこくりと頷《うなず》くと、ノエルはにこりと微笑んで言った。

「あなたが、優しい魔女様でよかった」

ノエルは自分の胸に飾っていた白い薔薇《ばら》を取ると、彼女の髪に差し込む。黒髪のカツラに、白い薔薇はよく映《は》えた。

「魔女様の気遣いが、ヴァルト様には何よりの支えになりましょう。それではお言葉に甘えて、主人のもとに行って参ります」

「いってらっしゃいませ」

こつこつと靴音を響かせて、ノエルが寄木張《よせぎば》りの床を歩いていく。その背中を見送り、エリカはほっと息をついた。

年嵩《としかさ》の男達の輪にいたヴァルトは、側《そば》にやってきたノエルに驚いた顔をする。慌てて自分の方を向いた彼に、エリカは心配ないという風に微笑んで見せた。

ヴァルトはまだ何か言いたげだったが、先ほどとはまた別の男性に声をかけられて、やむを得ず歓談の輪に戻った。

エリカはそれを見届けると、慣れない足もとに注意しながら移動し始める。

実は、彼女はこの祝宴広間に来た時から、ずっとバルコニーが気になっていたのだ。

幸い、エリカの正体に気づく者も、疑問を抱く者もいなかった。

バルコニーに出る手前で声をかけてきた給仕も、もちろんエリカが魔女だなんて気づかなかった。

エリカはその給仕から、ヴァルトに言われた通りタンブラーグラスを受け取る。

「おいしい……」

グラスの中身はリンゴのジュースだった。よく冷えていて、甘酸っぱい。

それを飲みながら、エリカはバルコニーから外を眺めた。

「わあ……」

バルコニーは、王城の正面側が一望できるように作られている。眼下には夜の庭園が広がっていた。

視線を上げれば、大きな正面門。それを越えてすぐの場所には蒸気機関車の駅があり、さらに向こうに大街道が続いている。

そして、ずっとずっと先に見えるのは……

「始祖の樹……」

夜の暗闇の中にも目立つ、堂々と天に伸びた巨大な古木。あの天辺《てっぺん》が、エリカの住まいだ。

今は灯りが消えたその家で、三老婆はエリカが遠く離れた白亜の城にいるとも知らず、穏やかに寝息を立てているだろう。

「おばあ様達、ごめんなさい……」

エリカは、三老婆に対してとても悪いことをしている気分になった。

けれど、冒険をしているみたいで、わくわくした気持ちも同時にある。

いつもと違う場所から眺めるヘクセインゼルは、まったく知らない国のようにも見えた。

これがヴァルトがいつも見ている――歴代の国王達が守ってきたヘクセインゼル。

そして、いつもエリカが空中庭園より見ているのが、魔女達が守ってきたヘクセインゼル。

二つの光景は見え方が違っても、同じ国。どっちがいいも悪いもない。どちらも素晴らしくて愛《いと》おしい祖国である。

魔女も国王も、守りたいものはずっと昔から同じなのだ。

「それなのに、どうして協力し合えないんだろう……」

そんな疑問を口にしつつも、エリカはその理由を知っていた。

魔女から魔女へ脈々と受け継がれてきた王家に対する恨みつらみ。それは、エリカを育てた三老婆の中にも深く根を張っている。

だからこそ、彼女達は王族をヴァルプルガの子供と認めず、ただ拒絶するのだ。

そして王家もまた、ヴァルプルガや魔女への敬意と、先祖が行った魔女への背信《はいしん》を肯定する気持ちとの間で板挟みになっている。彼らはその苦しみから逃れるために魔女との接触を断ってきた。

けれど今、魔女も王家も変わろうとしている。

三老婆は、次世代の魔女たるエリカに、王家への恨みつらみを植え付けようとはしなかった。おかげで、エリカはヴァルトを色眼鏡で見ずに接することができている。

またヴァルトの方でも、これまでの国王達が目を逸《そ》らしてきた始祖の樹に自ら足を運んだ。

それをきっかけにして始まったエリカとヴァルトの交流は、互いに対する理解を深める結果になった。

「一緒に、守っていけたらいいのに……」

五百年間閉じたままの、始祖の樹の正面門——王城へ繋《つな》がる大街道に面した門が開かれる日が、早く来ればいいのに、とエリカは思った。

と、その時——

「こんばんは」

突然、背後から声がかかった。

エリカははっとして振り返り、そこにいた相手に挨拶《あいさつ》を返す。

「こ、こんばんは……」

エリカの背後には、いつの間にか四人の若い女性が立っていた。それぞれ華やかなドレスを身に着け、少し濃いめの化粧を施《ほどこ》しているので大人びて見えるが、年はエリカとそう変わらなさそうだ。

「あ、あの……」

これまで同じ年頃の女の子達ともろくに接したことのなかったエリカは、とたんにドキドキし始めた。

その四人の女性がエリカに向ける視線は冷たい。

エリカより先に祝宴広間に来ていた彼女達は、見ていたのだ。

王太后に手を引かれて入場し、前王には頭を撫《な》でられていたエリカのことを。

その後、国王が彼女の手を引いて王族用の扉の向こうに連れて行き、戻ってきたと思ったら、今度は国王の従者が胸に飾っていた白い薔薇《ばら》を贈った。

ヴァルトはエリカの頼りない足元を気遣って手を引いてくれただけだが、傍目《はため》にはエスコートしているように見えた——つまり、エリカは今宵《こよい》国王が選んだパートナーだと思われてしまったのだ。

それなのに、ヴァルトが側《そば》を離れたとたん、エリカは彼の従者から胸の花を受け取った。

国王にもその従者にも媚《こ》びるふしだらな女——四人の女性の目には、エリカはそう映ったのだ。

「あなた、どなただったかしら？」

「やだわ、はじめましてよね？　こんな野暮《やぼ》ったい黒髪の子、知り合いにいませんもの」

四人のうちの二人――長い金髪を背中に流し、似たようなデザインのドレスを身に着けた女性達が言って、こそこそと笑い合った。

「はあ……どうも、はじめまして」

エリカはぎこちなく返しつつ、黒髪を指で摘《つ》まんで首を傾《かし》げる。

(野暮ったい……かなぁ？)

自分の白い髪とは対照的な黒髪を、エリカはとても素敵だと思っている。それに、背中の中ほどにも届く長髪のカツラにしてもらったので、エリカの心は弾《はず》んでいた。地毛は毎月切り落とされてしまうため、新鮮な気持ちだったのだ。

そういうわけで、金髪の二人の言葉でエリカはまったく傷付かなかった。だが、一方でカチンときたのが残りの二人の女性。彼女達は、二人とも黒髪だったのだ。

黒髪の女性達はエリカ越しに金髪の二人を睨《にら》むと、ふんと鼻で笑って言った。

「髪はともかく、ドレスの型がちょっと古くありません？」

「あら、言ったら悪いわよ。流行《はや》りは北から生まれるんですもの。この子だけでなく、南の子達も可哀相よ」

エリカや金髪の二人が、スカート部分がふわんと膨《ふく》らんだ昔ながらのドレスであるのに対し、黒髪の二人のドレスは身体の線に沿ったタイプ。胸元も大胆に開いていて、なかなか色っぽい。

彼女達は羽根のついた豪奢《ごうしゃ》な扇で口元を隠しつつ、エリカ越しに金髪の二人をも嘲《あざ》笑《わら》った。

けれど、エリカはそんな嘲笑《ちょうしょう》も気に留めなかった。

クレアが用意してくれた青いドレスはハイウエストで、金髪の二人よりさらに古風なデザインかもしれないが、エリカは一目で気に入っていたのだ。流行《はや》りであろうとなかろうと、大した問題ではない。

「……あなた、おいくつ？」

すると、少しもこたえた様子のないエリカに苛立《いらだ》ったらしく、黒髪のうちの一人が問いかけた。

エリカは正直に「十六です」と答える。

とたんに、四人がくすくすと笑い出す。彼女達は、エリカが手にしたタンブラーグラスを示した。

「やだ、それジュースでしょう。十六にもなって、お酒も飲めないの？」

「それでよく、夜会に出てきましたわね」

黒髪の二人がエリカを馬鹿にするように言うと、金髪の二人も顔を寄せ合って続けた。

「初々《ういうい》しい女を装《よそお》って、飲めないふりをしているんじゃないの？」

「まあ、しらじらしい！」

そんな四人に対し、エリカは困惑しつつ「今まで飲んだことがないんです」と告《つ》げる。

彼女達は眉をひそめたかと思ったら、黒髪の一人がエリカの手からタンブラーグラスを取り上げた。そして、ちょうどバルコニーの側を通りかかった給仕を呼び止める。

彼女は給仕にタンブラーグラスを渡すと、代わりにワイングラスを一つ受け取り、エリカの手に押し付けた。

「飲んでごらんなさいよ」

「えっ、でも……」

エリカは戸惑《とまど》い、受け取ってしまったワイングラスを両手で握り締める。

他の三人の女性も加わって、エリカに迫った。

「夜会は大人の社交場よ。ワインくらい嗜《たしな》むのが礼儀でしょ」

「飲めないなら、早くお帰りになって。子供は寝る時間だわ」

黒髪の二人が冷たい目をして言うと、金髪の二人も意地悪く続ける。

「そもそも、今まで飲んだことがないだなんて、嘘でしょ？」

「そうやって男性の気を引いてるの？　強《したた》かな女ね」

ここまで言われると、さすがのエリカも、彼女達が自分をよく思っていないのだと理解した。

せっかく出会った同年代の女の子達。親しくなれたらいいなと思っていたのに、がっかりである。

エリカは視線を落とし、小さくため息をついた。

グラスの中身は白ワイン。色だけなら、先ほど飲んだリンゴジュースとさほど変わらない。

そう思ったとたんに、エリカの中でむくむくと好奇心が湧き上がってくる。

ヴァルトにはだめだと言われたが、一口くらいなら平気そうだ。

「早く飲みなさいよ」

そんなエリカの背中を、彼女にワイングラスを寄越した黒髪の女性が押す。

エリカは意を決し、グラスに口をつけようとした。その時——

「——あっ……？」

突然横から伸びてきた白い手が、エリカの手からワイングラスを奪《うば》い取った。

呆気にとられるエリカと四人の女性の前で、白い手の主——金髪の美女メーリアが、ぐいっと一気に中身を呷《あお》り、ふうと気怠《けだる》げなため息をつく。

「あら、まっずい。夜会で振る舞われるくらいですからいいワインのはずなのに……おかしいですわねぇ」

メーリアは空《から》になったグラスをさっきとは別の給仕に返すと、扇で口元を隠しつつ目を細めた。

「きっと、目の前にいる方達の感じが悪いから、せっかくのワインがまずいんですわね」

「なっ……」

あまりの言葉に、エリカ以外の女性達が絶句する。

メーリアは、彼女達をぞっとするほど冷たい目で見据《みす》えて言った。

「黒髪を貶《おとし》めていらっしゃったようですけど、ロベルト様とクレア様も黒髪だということをお忘れ？　前王と王太后を貶めるなんて、あなた達随分と偉いんですのね」

「あ……」

金髪の二人の顔色が、みるみる失われていく。メーリアは、残りの二人に対しても告《つ》げた。

「流行《はや》りのドレスを自慢するのは結構ですけど、中身が伴《ともな》わなければ美しくもなんともないですわね。それに、流行り物は廃《すた》るのも早いんですのよ？　風を見誤って後ろ指を指されぬよう、お気を付けあそばせ」

「っ……」

黒髪の二人は、悔しげに顔をしかめる。

メーリアはさも鬱陶《うっとう》しそうに扇を振ると、エリカを背中に庇《かば》って続けた。

「束にならねば何もできない有象無象《うぞうむぞう》が——目障《めざわ》りですわ。とっとと消え失せなさい」

あまりの言葉だが、四人の女性は怒りで顔を赤くしたり、愕然《がくぜん》としたりしつつ、誰一人言い返せない。

メーリアの神々しいまでの美貌《びぼう》に、彼女達はすっかり萎縮《いしゅく》してしまっていた。

「——去れ」

メーリアは吐き捨てると同時に、苛立《いらだ》ちを表す如《ごと》くピシャリと音を立てて扇を閉じる。

とたんに、四人の女性は慌ててバルコニーから逃げ出した。

蜘蛛《くも》の子を散らすように逃げていく彼女達を淡々と見送ると、メーリアはくるりとエリカの方を振り返る。そして、閉じた扇でエリカの眉間をベシッと打った。

「いたいっ」

「このお馬鹿さん。まんまと乗せられてるんじゃありません」

メーリアの言葉は相変わらず辛辣《しんらつ》だが、エリカを心配してのこと。

それが分かったエリカは、打たれた額を両手で押さえつつ彼女を見上げた。

「いたた……あの、メーリアさん」

「なあに、お馬鹿な魔女さん」

えへへと笑ったエリカに、メーリアは毒気を抜かれたような顔をしてため息をつく。

「こんばんは」

すると、慌てた様子のノエルがバルコニーに顔を出した。

「おや、メーリアさん？　いらっしゃってたんですか？」

「まったくもう、こんな産まれたばかりの子ウサギみたいな子を一人にしては、あっと言う間に食べられてしまいますわよ」

ノエルはエリカが四人の女性に囲まれているのに気づき、輪から離れられないヴァルトに代わって様子を見に来たらしい。メーリアの側《そば》でエリカが笑みを浮かべているのを見て、彼もほっとしたようだった。

「あはは、子ウサギちゃんを守っていただきありがとうございます。さすがはメーリアさんだ」

「おだててもだめ……と言いたいところですけど、仕方がありませんわね。この子はこのまま私がお守《も》りをして差し上げますから、ノエルはヴァルトに付いてらっしゃい」

そんな頼もしいメーリアの言葉に、ノエルはたちまち破顔する。

ノエルは通りがかった給仕のトレイからワイングラスを取って、恭《うやうや》しくメーリアに差し出した。

彼女はつんとしたままそれを受け取ると、さっさと行きなさいとノエルを追い払う。

メーリアはエリカを祝宴広間の中に連れて戻り、壁際のソファに座らせた。そして、新たなタンブラーグラスをエリカの手に持たせてくれる。

なんだかんだと言いつつ、メーリアは面倒見がいい。

彼女はノエルから受け取った赤ワインを飲んで「おいしい」と呟《つぶや》いたが、ふいに眉をひそめた。

「お酒を飲んだことがないと言う子に、いきなりあんな強いワインを飲まそうとするなんて、とんだ性悪どもですわね。……あなた、さっきの娘達が何者かご存知《ぞんじ》？」

その問いに、エリカはメーリアにもらったカシスジュースをちびりと飲み、首を傾《かし》げる。

「王家のお嬢様達ではないのですか？」

「違いますわよ、あんな甘ったれた子達」

メーリアはワインをグラスの中でくるりと回すと、先ほどの四人の正体を含む、ヘクセインゼルの現状をエリカに語り始めた。

始祖の樹の下を流れる大河で北地区と南地区に分けられるヘクセインゼルには、全部で四つの市がある。

北西にある市はベーセン。ヴァルプルガが跨《また》がって空を飛んだという箒《ほうき》にちなんで名付けられた。

北東にあるのがシュトク。これは、ヴァルプルガが使ったという杖の名前だ。

ベーセンの港は、現在大陸との貿易の唯一の窓口。ここから入ってきた進んだ工業技術により、ベーセンはもちろん、大街道を挟んで隣接するシュトクもまた、大きく発展を遂げている。

しかも近年、シュトクの地層で蒸気機関の燃料となる石炭が発掘されたことから、工場や炭坑で働く人々がどんどん集まり、現在ヘクセインゼルの人口の七割が北地区に集中していた。

「黒髪の二人は、そのベーセンとシュトクの市長の娘ですわ。北地区は大陸の恩恵を大きく受けたことから、さらなる交易《こうえき》の拡大と発展を求めている、いわば革新派ね」

「革新派？」

聞き慣れない言葉にエリカが首を傾《かし》げると、メーリアは真面目な顔をして続ける。

「そう。今は工業製品や資材に限定されている貿易を自由化して、食糧なども大量に輸入できるようにしたいんですわ。大陸から入ってくる食品は、国内のものよりずっと安価ですから」

「でも……そうしたら、ヘクセインゼルの酪農家《らくのうか》が困るんじゃ……」

そのヘクセインゼルの酪農家が多く住まうのが、南地区である。

南西にある市はコールドロンといい、ヴァルプルガが薬を作る際に用いたという大釜《おおがま》にちなんでいる。

そして、南東にあるのがカリス。これは、聖杯を模《も》した杯のことだという。

コールドロンとカリスの真ん中には大きな山が聳《そび》え立ち、その斜面を利用したブドウの栽培が盛んだ。山の袂《たもと》には一面に農地が広がり、小麦やその他の穀物《こくもつ》、野菜や果実も作られている。

また、ヘクセインゼル人の主なタンパク源である食用のウサギや鶏なども育てられており、現在ヘクセインゼル国内で流通する食糧のほとんどは、この南地区で賄《まかな》われている状態だった。

「さっきの金髪の二人組は、コールドロンとカリスの市長の娘達ですわ。南地区は大陸から安い食糧が入ってくると困るので、当然、貿易の自由化には反対している。つまりは保守派」

「革新派と、保守派……」

メーリアが告《つ》げた言葉を、エリカは持て余すように繰り返す。

「意見が違うから、北と南はあまり関係がよくないんですわ。先ほどの娘達を見ていて、気づきませんでした？」

「そ、そういえば……」

メーリアに問われ、エリカは市長の娘達の言葉を思い返した。

南地区の娘達は、エリカの黒髪を貶《おとし》めるついでに北地区の娘達を馬鹿にした。一方、北地区の娘達も、エリカのドレスを流行遅れだと指摘しつつ、南地区の娘達を嘲笑《あざわら》った。

さらに、貿易の自由化の他にも、革新派と保守派の意見が対立している点があるという。

それは、大陸からの観光客を受け入れるか否《いな》かという問題だった。

「もしも受け入れた場合、観光客がどこを目指すか……あなたお分かり？」

「え？　えっと……どこでしょうか？」

皆目見当《かいもく》もつかないエリカをじっと見つめ、メーリアはきっぱりと告げた。

「始祖の樹ですわよ」

革新派は、ヘクセインゼルの象徴である始祖の樹を大陸からの観光客に公開し、積極的に外貨を獲得《かくとく》したいと考えているというのだ。

「もちろん、北の連中とてヘクセインゼルの民。あなた達魔女を見せ物にするつもりはないでしょうけど……保守派からすれば、始祖の樹を観光地にするなんて、もってのほかでしょうね」

「始祖の樹を観光地に……」

そんなことを考える人がいるなんて、とエリカは愕然《がくぜん》とした。

さらにメーリアは、衝撃的な言葉を告げる。

「ヴァルトは、どちらかというと革新派でしたわ」

「えっ……」

「歴代の国王は中立的な立場を守ってきましたけれど、ヴァルトの意見は革新派に近かった。始祖の樹を観光地にするか否かはともかくとして、大陸との関わりを今までほど制限していくのは難しいと考えているようですわ」

メーリアの話は、最初にヴァルトが魔女の家を訪れた時、魔女はもう時代遅れだと告げたことから考えて事実だろう。

ヴァルトに慣れるに従って、すっかり彼の第一印象を忘れかけていたエリカだったが……。

「ヴァルト様は、ヘクセインゼルから魔女が消えた方がいいと思っているんでしょうか……」

震える声で呟《つぶや》くエリカに、メーリアは肩を竦《すく》める。

「〝消えた方がいい〟ではなく、〝いずれ消えるもの〟と決めつけている節はありますわね。でも、あなたに会って、少しずつ考えが変わってきているようにも思いますわ」

「私と会って……？」

不安げな顔をするエリカに、メーリアは少しだけ優しい顔をして言った。

「ヴァルトの中で漠然《ばくぜん》としていた魔女像が、エリカという名の、血の通った存在になった。言葉は通じる。名を呼べば返事をする。楽しいと笑う。それを知った以上、彼ももう、魔女が消えていいなんて思ってはいないでしょう」

そういえば、初めて会った時、ヴァルトはこうも言っていた。

王家と魔女の確執《かくしつ》は根深いが、自分の代でなんとかそれを解決したい、と。

エリカがそれを告《つ》げると、メーリアは大きく頷《うなず》いた。

「お互いを受け入れるには、まずは理解し合うことが必要ですわ。そこから全てが始まるんですのよ」

そう言って彼女は、自分の持つグラスをエリカのグラスにチンと合わせた。

乾杯の衝撃で、グラスの中のジュースの表面に幾重《いくえ》にも波紋《はもん》が生じる。同じように、今宵《こよい》のエリカの心も波立っていた。

エリカは、自分があまりに無知であったことを知った。

ヘクセインゼル国王として、ヴァルトが背負う重責。

ヘクセインゼルの民意が、革新派と保守派の二つに別れてしまっているということ。

そして、自分がどれほど始祖の樹と三老婆に守られてきたのか。

環境に甘え、ヴァルプルガの再来と崇《あが》められることに胡座《あぐら》をかいていたのかもしれない。

始祖の樹の天辺《てっぺん》から国を一望するだけで、民の心を全て手に入れたつもりでいたのかもしれない。そんな自分を恥じると同時に、エリカは先ほどバルコニーから見た光景と、その時に抱いた願いを思い出した。

「一緒に守っていきたい……」

自分も、魔女を慕《した》うヘクセインゼルの民を守っていきたい。もちろん、三老婆や始祖の樹も守りたい。できることなら、同じくこの国を守ろうとしている国王ヴァルトとともに。

そのためにまずすべきは、メーリアの言った通り、お互いにもっと理解し合うことだろう。

エリカがヴァルトを理解し、ヴァルトもエリカを通して魔女を理解すれば、いつかきっと、王家と魔女の関係が改善する日がくるに違いない。

希望を見出したエリカは顔を上げ、いつの間にか波紋の消えていたジュースを飲み干した。

「新しいお飲物はいかがですか？」

「あ……」

すると、気の利く給仕がすかさず声をかけてきた。

彼はエリカの手から空《から》になったタンブラーグラスを受け取り、代わりに下に向かって細くなったワイングラスを差し出す。

ワイングラスの中身は酒なので、エリカは断らなければならないのだが……

「ありがとうございます」

ヴァルトとの約束を忘れたわけではない。

だが、先ほど市長の娘の一人に言われた言葉が心の端に引っ掛かっていて、ついワイングラスを受け取ってしまった。

――十六にもなって、お酒も飲めないの？

正直、エリカが唯一カチンときたのは、この言葉だった。

ついでに、飲んではいけないと言われれば、飲みたくなるのが人の性《さが》である。先ほどはエリカを守ってくれたメーリアも、ちょうど好物の肉料理を見つけて背中を向けている。

エリカは、今だ、とばかりに意気揚々《いきようよう》とグラスを傾けた。ところが……

「あっ……！」

エリカの挑戦は、またしても阻《はば》まれてしまった。

メーリアのたおやかな手ではなく、もっとずっと大きくて硬くて、骨張った手がエリカの手ごとワイングラスを掴んだのだ。

「――エリカ」

地を這うような低い声で名を呼ばれ、エリカはびくりと身を竦《すく》める。

おそるおそる視線を上げてみれば、怖い顔をしたヴァルトがそこにいた。

ヴァルトはエリカの手からグラスを奪《うば》い取り、ぐいっと一気にワインを飲み干す。

そして、空《から》になったそれを通りかかった給仕に渡すと、胸の前で腕を組んだ。

「酒は、口にしない約束だったはずだが？」

「う……」

「好奇心に負けて簡単に約束を破るようでは、確かにまだ社交場には出せんな。ばあ様達の判断は正しかったというわけか」

「ご、ごめんなさい……」

老婆達に叱られた経験はいくらでもあるが、男性にお説教されるのはこれが初めてだ。怖くてヴァルトの顔が見れず、エリカは自然と俯《うつむ》いてしまう。

するとヴァルトはソファに座ったエリカの前にしゃがみ込み、顎《あご》を掴んで顔を上げさせた。

「人の話を聞くときは、ちゃんと相手の目を見ろ」

「う……だって……」

「だって、なんだ」

「だって……ヴァルト様、こわい」

そう言って眉を八の字にしたエリカに、ヴァルトは呆れたように言う。

「当たり前だ。叱っているのだから、怖くなければ意味がなかろう」

「ううう……」

呻《うめ》くエリカにかまわず、なおもヴァルトの説教は続く。隣に座ったメーリアは呆れた顔をしただけで、口を挟むつもりはないらしい。それよりも、骨付き肉をかじるのに忙しそうだ。

視線をうろうろさせるエリカを「目を見て話を聞け」と一喝《いっかつ》すると、ヴァルトは真剣な表情で言った。

「黙って君を連れ出しておいて今更だが、君を守るためにばあ様達が決めたことには、私も従わなければならないと思っている。初めて酒を口にするのは、ばあ様達に許しを得た時にしろ」

「は、はい……」

エリカに酒を飲ませないのは、ヴァルトなりの三老婆に対する義理立てらしい。

エリカはとにかく彼の顔が恐かったので、素直に頷《うなず》いた。

と、その時——突然ヴァルトの左右の髪が、風もないのにふわりと浮き上がった。

「——あっ！」

「うん？」

エリカはとっさに、目の前にあった彼の頭に飛びついて、ぎゅーっと抱き締める。

その乱暴な扱いに、ヴァルトは一瞬呻いたが、しばらくして「ああ」と合点《がてん》がいったように呟《つぶや》いた。

「うっかりしていたな。そろそろ、魔法が切れる頃だったか」

「あ、あ、危なかった……ウサギの耳、皆に見られちゃうところでしたっ！」

そんな会話をする二人の隣で、図らずもウサギの耳を目撃してしまったらしいのがメーリア。

「見ちゃいましたわよ……！　ヴァルトにウサギの耳だなんて、どういう嫌がらせですの？　愛らしさへの冒涜《ぼうとく》ですわ!!」

メーリアは眉間に皺《しわ》を寄せ、しゃぶり終わった骨をヴァルトに突き付けて抗議する。

ヴァルトは苦虫を噛《か》み潰したような顔をして彼女に答えた。

「うるさい。私の望んだことではない。それより、私の前でウサギの肉を食うな」

ヴァルトはウサギに変化して以来、ウサギ肉を食べられなくなったらしい。

しかし、メーリアは彼に見せ付けるみたいに、口内に新たな肉の塊《かたまり》を放り込んだ。

一方のエリカはヴァルトの頭を抱き締めて、立ち上がろうとする二本のウサギの耳を必死に押さえていた。

「耳じゃなくて髪、耳じゃなくて髪、耳じゃなくて髪……」

そう唱えるエリカの胸に、必然的に顔を埋める形になったヴァルトは戸惑《とまど》う。

「エリカ、あのな……」

「話しかけちゃだめです！　集中しないと魔法がかけられませんっ!!」

「いや、だがな……」

「じっとしてて、ヴァルト様！」

身じろぐヴァルトをエリカが叱りつける。先ほどとは、すっかり立場が逆転してしまった。

「耳じゃなくて髪、耳じゃなくて髪……」

頭をきつく抱き込まれて、ヴァルトは身動きがとれない。

懸命に呪文を唱えるエリカの顎《あご》が、ぎゅっと押し付けるようにして彼の頭に乗っている。

ヴァルトはふと、幾日か前の夜の出来事を思い出した。

ウサギが順位付けをする動物で、顎を頭に乗せる者が上位、乗せられる者が下位であると知った夜。生意気にもヴァルトを下位者と位置づけたロロンは、エリカの顎の下には嬉々として後頭部を擦り付けていた。

ウサギの気持ちは分からないが、あの時のロロンはともかく心地よさそうにしていた。同様に、今の自分もエリカの顎の下に収まって満更《まんざら》でもない気分であることに気づく。

ヴァルトはそっとエリカの背中に両腕を回し、小さく息を吐き出した。

「……降参だ」

そんな彼の呟《つぶや》きは、必死に呪文を唱え続けているエリカの耳には届かなかったようだ。

ただし、傍《かたわ》らで新しい肉塊をかじっていたメーリアには聞こえたらしい。

メーリアはちらりとヴァルトに視線を寄越し、くすりと笑った。

第六幕　過去を上書きする魔法

魔女殿には薬草畑が設けられ、常時、様々な種類の薬草が育てられていた。

魔女の薬は、ほとんどがそこで採取した薬草から作られる。

最初に魔女の薬を作ったのはヴァルプルガであると言われている。それが魔女から魔女へと受け継がれる間に改良が重ねられ、より有効な薬としてヘクセインゼルの人々に重宝されるようになっていた。

現在、魔女の薬を作っているのは、三老婆の一人、ニータ・ヴァルプルガである。

そしてエリカは彼女のたった一人の弟子だった。ニータはエリカが幼い頃から、自分が受け継いだ薬の知識を惜しみなく彼女に与え、後継者として育ててきたのだ。

この日もエリカはニータの指導のもと、鍋に薬草や生薬《しょうやく》を放り込んでいた。

「エリカ、しっかり見張っておきな。魔女の薬は偏屈なんじゃ。放っておかれるとすぐにヘソを曲げて、ろくな薬になりゃしない」

「うん、ニータおばあ様」

ニータの言葉に頷《うなず》きつつ、エリカは煮え立つ鍋の前に立って番をする。

薬の鍋の隣では、同時に夕食用のシチューも煮込まれていた。魔女の薬というのは、日々の料理のように、こうして台所で普通に作られるのだ。

エリカが見張る鍋に入っているのは、独特の甘い芳香《ほうこう》を持つフェンネルと、その他幾つかの薬草である。フェンネルはセリ科の多年草で、胃腸の薬としても重宝されているが、古代より謳《うた》われてきた効能がもう一つあった。

「それにしても、なんだって急に、目の薬を作りたいなんて言い出したんじゃ？」

「え？　あ、えーっと……」

ニータの問いに、エリカはすぐに答えられなかった。

するとニータは、もしかしてと眉をひそめる。

「目の調子でも悪いのかい？　ここのところ毎晩遅くまで起きているようだけど、暗い所で本なんて読んでるんじゃないだろうね？」

「だ、大丈夫だよ。ちゃんと灯《あか》りをつけてるし……」

エリカは今度は慌てて答えた。

彼女が毎晩遅くまで起きているのには理由がある。三老婆が寝静まった後、姿見を通ってヴァルトの私室にお邪魔して、彼やノエル、時にはメーリアやクレアを交えてお茶を飲むのが日課となっているからだ。

それを三老婆に秘密にしていることに、罪悪感を感じないわけではない。

ただ、三老婆の王家に対する不信は根深いものがあり、エリカが彼らと親しく交流していることを打ち明けても、すぐには受け入れられないだろう。激怒した三老婆に、ヴァルト達と会うことを禁じられるのではないかと思うと、エリカはなかなか言い出せずにいた。

ヴァルトの即位半年を祝う夜会から、五日が経っている。

エリカが目の薬を作りたいとニータにねだったのは、その夜会で出会った、目の不自由な前王ロベルトのためだ。エリカは、彼の残った右目の視力だけでも回復させてやりたいと考えていた。

フェンネルは、古くから視力回復の効果があるといわれている。

「ああ、ほらエリカ！　魔女の薬に余所見《よそみ》は禁物！　焦《こ》がしでもしたら終わりじゃぞ！」

「わわ、はいっ……！」

ぐつぐつぐつと鍋が煮える音がした。

甘い香りのするこのフェンネルの薬は、レシピ通りにならば誰が作っても同じ薬になる。だが、魔女が作れば、それは特別な薬——魔女の薬になるのだ。

薬草や生薬《しょうやく》から作られる薬というのは、自然治癒力を高めることにより病気を治していくものだが、魔女の薬は、それに魔力を加えることでさらに効力を増す。

魔女は薬が完成するまでつきっきりで、それを服用する者が早く癒《いや》されるようにと願いを込める。すると、やがてその魔女の持つ魔力が薬に移る。

そういうわけで、魔女の薬は一般の薬屋で処方されるものよりもずっとよく効くと重宝されている。

「魔女の薬になるのか、それともただの薬草の煮出し汁になるのか……全ては作る者の心持ち一つ。それを飲む相手のことをしっかりと考えるんじゃ。大切な人に美味しい料理を食べさせてやりたい、と願うようにな」

「はい、ニータおばあ様」

ニータの言葉に頷《うなず》きつつ、エリカは鍋の中身にじっと意識を集中させる。

ロベルトのあの青い瞳が、彼の愛しい人をもっとよく映せるように……と願いを込めた。

こうして魔法を使うことを意識すると、下腹の辺りがじんと熱くなる。

これが、子宮が魔力の源であると言われる由縁《ゆえん》である。

薬が煮詰まったら中の薬草を漉《こ》し、少しだけ鍋の中で冷《さ》ます。

その間、ニータがエリカにお茶を淹《い》れてくれた。

摘《つ》みたてのレモンバームとカモミールをポットに入れて湯を注《そそ》げば、爽《さわ》やかな香りのハーブティーになる。それを口にすると、まだかすかに違和感があった子宮の辺りが、だんだんと落ち着いてくるように感じられた。

「薬草って、そもそもどうして人間の薬になるんだろう。薬になるから、摘《つ》まれちゃうのに……」

カップに口をつけながら、エリカがふとそんな疑問を口にする。

ニータも自分の淹《い》れたハーブティーを飲みつつ、くすりと笑って答えた。

「人間も植物も死ねば土に返る。その土から、また植物が育つ。植物にとっては、摘まれて人間の身体に入ることもまた、生まれ変わるための一つの過程に過ぎないのかもしれんなぁ」

フェンネルの煎剤《せんざい》の粗熱《あらねつ》が取れると、エリカはそれを二つのビンに移した。

一本は、前王ロベルトの分。そして、もう一本は……

「はい、これ。ニータおばあ様に」

「ううん？　わしに……？」

「うん、だって。最近目が疲れやすいって言ってたでしょ？」

「あ、ああ……まあ……」

思いがけないエリカからの気遣いに、ニータは目を丸くする。

彼女の目が疲れやすくなったのは、もちろん年のせいでもあるのだが、最近机に向かうことが多くなったのも大きな要因であった。ニータは薬草に関する自分の知識や経験、そして魔女から魔女へと口頭で受け継がれてきた魔女の薬のレシピを、文字にして残そうとしていた。

「なかなか覚え切れないから、レシピを書いてくれるのは助かるけど……あまり無理しないでね」

「ふん、人を年寄り扱いしおって……」

心配するエリカに憎まれ口を返しながらも、ニータは薬ビンを大事そうに握り締めた。

と、その時。

いやに香ばしい……いや、焦《こ》げ臭い匂いがしてきて、エリカとニータは同時にはっとした。

「あ、シチュー！　煮込んでたの忘れてた！」

「しまったぁああ‼」

この日の薬作りはうまくいったが、夕食のシチューは大失敗だった。

＊＊＊＊＊

ヘクセインゼルの民にとって、一年で最も大切な日がやってきた。

始祖たる魔女王ヴァルプルガの誕生日を祝う、ヴァルプルガ生誕祭の日である。

この日ばかりは、蒸気機関車は車庫から出ず、北地区にひしめく工場も、石炭の採掘も全てが休業。

始祖の樹と各市庁舎を繋《つな》ぐ四本の大街道は、馬車や蒸気自動車の通行が終日禁止され、歩行者に開放される。沿道には多くの出店が並び、人々はのんびりとそれを眺めながら、始祖の樹を目指すのだ。

ヴァルプルガ生誕祭のメーンは、夜である。

日が落ちるとともに始祖の樹の天辺《てっぺん》に火を灯し、夜の祭りの始まりを知らせるのはエリカの役目だ。彼女が年老《お》いた三人の魔女からその役目を受け継いで、もう九年になる。

その日の夕刻、始祖の樹の袂《たもと》には、ヘクセインゼル中から大勢の人々が集まってきていた。

彼らが見上げる先で、魔女の正装である白いローブを纏《まと》ったエリカが、樹に立てかけたはしごを上って行く。

そして、始祖の樹の頂点の枝に、火の灯った大きなランプを引っ掛けた。

それをきっかけに、空中庭園を囲う垣根に取り付けられたランプに火が入れられ、この日のために始祖の樹の幹に巻かれていたランプ飾りも点灯する。

夜の闇に、自らが纏《まと》う光で始祖の樹が浮かび上がり、人々からはわあっと歓声が上がった。

三老婆と、はしごを降りたエリカは、それぞれ大きな籐《とう》の籠《かご》を提げ、空中庭園の四方の際に立つ。そして、籠に入っているものを掴んで、地上の人々の頭上へと撒《ま》いた。

白い紙に包まれたそれの中身は、ふわふわのマシュマロである。

この甘いお菓子は、生誕祭に集まった人々へのヴァルプルガからの感謝の証《あかし》だ。

軽いマシュマロの包みは、灯されたランプの光を反射しつつゆっくりと落ちていく。

大人も子供も瞳をキラキラさせながら、その美しく神秘的な光景に見入った。

やがて、マシュマロの包みは地上の人々の掌《てのひら》へ舞い降りる。

一人に一つ。大人は子供に、若者は老人に、自分が余分に受け取ったものを分け与える。

――ヘクセインゼルの民は皆ヴァルプルガの子供達。

この夜は、人々が始祖の樹の合い言葉を再確認する夜でもあった。

「おばあ様達、お疲れ様」

「おつかれさん、エリカ」

「ご苦労でしたね」

「ああ、やっと終わったわねぇ」

マシュマロの包みを全て撒き終わったエリカと三老婆は、そう言ってお互いを労《ねぎら》い合う。

この日のために、数千個ものマシュマロ包みを用意するのは大変だった。もちろん、魔女四人だけではどうにもならないので、始祖の樹の他の住人達の手も借りた。

新生児に配られるお守り作りもそうだが、魔女の仕事というのは、このように地味で地道な作業がほとんどである。

しかし、彼女達は一つ一つ心を込めるのだ。そうすれば、それは微量ながらも魔力を宿し、魔女の恩恵となるのだから。

「では、わしらもヴァルプルガの誕生日を祝って乾杯でもしようかね」

「先日カリスの市長が贈ってくれたワインを開けましょうか」

「あら、素敵。コールドロンの市長がくれたチーズも食べ頃じゃない？」

ヴァルプルガに代わって感謝の証《あかし》を人々に贈ったことで、今宵《こよい》の魔女の仕事はひとまず終了である。魔女の家のリビングに入り、さっそく打ち上げの話を始める三老婆だったが……

「──あのっ、私……下に行ってくるね！」

私室で祭礼用の白いローブを脱いできたエリカは、今度は白い布を頭から被《かぶ》りつつ言った。

そのまま慌ただしく玄関の扉をくぐる彼女の背中に、三老婆も慌てて叫ぶ。

「門からは出るんじゃないよ！」

「日付が変わるまでに帰るんですよ！」

「知らない人に付いてっちゃだめよぅ！」

彼女達の忠告に、エリカは振り向きもせずに「はあい！」とだけ答えると、あっと言う間に魔女の家を飛び出して行ってしまった。

キイイ……

エリカがきちんと閉めていかなかった玄関の扉が、軋《きし》んだ音を立てる。

無言でその扉を閉めたニータが、戸棚からワイングラスを三つ取り出した。

モリーは床下に作られたワインセラーから、お目当ての一本を持ち出す。

マリアはチーズを皿の上に盛る。

彼女達はそれをテーブルの上に並べると椅子に座り、揃ってため息をついた。

「なんじゃいなんじゃい、エリカめ。ばばあ達の打ち上げには付き合えないってのかい……」

「あの子ももう十六ですから、そろそろ親離れ……婆離れしたって仕方がないことですよ」

「少し前までは、夜中に一人でお手洗いにもいけなかったのにぃ……」

一人で魔女の家を——自分達に庇護《ひご》される空間から意気揚々《いきようよう》と飛び出して行ったエリカの姿に、三老婆は複雑な思いを抱いた。

今夜は、魔女にとって特別な夜だった。一年に一度だけ、魔女としてではなく、ただのヘクセインゼル人として祭りに参加することができるのだ。

それはヴァルプルガの再来と崇《あが》められるエリカとて例外ではなく、彼女はこの一年に一度だけの自由な夜をずっと楽しみにしていた。それを、三老婆も知っていた。

「寂しい……なんて思ってはいけないんじゃろうなぁ……」

「むしろ、自立心が芽生《めば》えたと喜ぶべきなのかもしれませんね……」

「私達は、いつかあの子を置いていってしまうんですもの……」

彼女達は己の老《お》いを自覚している。

そう遠くはない将来、三人は寿命を迎え、エリカを残して旅立つことになるだろう。

ニータが魔女の薬のレシピを文字に残そうとしているのも、それを見越してのことだった。

三老婆が最も恐れているのは、エリカがひとりぼっちの魔女になってしまうことだ。なにしろ十六年前にエリカが産まれて以来、新しい魔女は一人も産まれていないのだから。

魔女は魔女であるために子供を産めない。その代わりに、次代の魔女を我が子のように慈《いつく》しみ育てるのだ。魔法の技術を受け継がせるためだけではなく、母性を注《そそ》ぐ対象としても、次の魔女とは必要な存在だった。

始祖の樹を管理する魔女の眷属《けんぞく》達やその他のヘクセインゼルの民は、きっとたった一人の魔女になるエリカを守ってくれるだろう。

だが、彼らは魔女を敬《うやま》い慕《した》う一方で、畏《おそ》れる感情も持ち合わせている。

人々は魔女に対する畏怖《いふ》によって、エリカと対等になることを拒《こば》むだろう。そうすると、エリカはやっぱりひとりぼっちだ。

「わしらの代わりに、あの子に寄り添ってくれる者はいつ現れるんだか……」

「魔女としてのエリカと対等に付き合える、そんな存在がねぇ……」

ため息をついて言うニータとマリアに対し、モリーは少し複雑そうな顔をして口を開いた。

「占いだと、もうすでに現れている、と出てしまうのですよね……」

「——な、なんじゃと？　そりゃいったい、どういうことじゃ!?」

「説明してちょうだい、モリー！」

詰め寄る二人にたじたじになりつつも、モリーは占術《せんじゅつ》の道具であるカードを取り出した。

カードは合計五十六枚。

箒《ほうき》、杖、大釜《おおがま》、杯という魔女にまつわる道具をマークにした四つの組に分かれ、各マークはさらに、一から十までの数札と、従者、騎士、魔女、領主を示す人物札で分類される。

モリーが占いに使うのは、代々の先読みの魔女が使用してきた古いカード。

同じように、ニータが魔女の薬を作る時に使う鍋や、マリアが赤子のへその緒《お》を切る鋏《はさみ》もまた、代々受け継がれてきたもの。

代々の魔女の魔力が染込んだそれらは、もはやただの道具にあらず、自ら使い手を選ぶのだ。

つまり、モリーはカードに、ニータは鍋に、マリアは鋏にそれぞれ選ばれた魔女。

そしてエリカはというと、それら三つ全ての魔法の道具を扱うことができた。

彼女のように、複数の魔法具に受け入れられる魔女は非常に稀《まれ》で、これもまたヴァルプルガの再来と言われる由縁《ゆえん》の一つでもある。

ヴァルプルガはありとあらゆる魔法に精通し、現在四つの市のシンボルであり占術のカードのマークとなっている箒や杖、大釜、杯の魔法具も使いこなしていたと言われている。

「エリカを思って私が引いても、本人に引かせても、ここのところ必ずこのカードが出るのです」

モリーがそう言って摘《つ》まみ上げたのは、杯のマークが付いた領主の札だった。

ニータとマリアが首を傾《かし》げ、そのカードの意味を尋ねる。

するとモリーは、とたんに苦虫を噛《か》み潰したような顔になって言った。

「……男、です」

「おおお、男じゃとおお⁉」

「あらぁ！」

ニータとマリアは、ガタリと音を立てて椅子から立ち上がる。

モリーはというと、右手の人差し指と中指の間に挟んでいたそのカードをひらひらと揺らしながら続けた。

「カードの意味は、〝知性のある公正な男性と創造的な関係を築いている〟……つまり、その男とエリカの関係は、もう始まっているということです」

「そ、その男ってのは、いったいどこのどいつじゃ⁉」

「まあまあまあ！　エリカってばいつの間にっ⁉」

とはいえ、エリカは始祖の樹の天辺《てっぺん》の魔女殿という、閉鎖的な場所で生活している。

そんな彼女と親交を深められる男性——ずばり雄と聞いて三老婆の脳裏《のうり》に浮かんだのは……

「「「……もしかして、ロロン？」」」

その時、ウサギ小屋では、茶色い毛並みと緑色の瞳をしたウサギが仲間と身を寄せ合いつつ、ぶしゅんと一つくしゃみをした。

＊＊＊＊＊

ヴァルプルガ生誕祭に参加する者は、白い布を頭巾《ずきん》のようにして頭に巻く。

これは、ヴァルプルガにまつわる伝説を起源とする風習である。

ヴァルプルガは魔女であり続けるために未婚を貫《つらぬ》いたのだが、子供の代わりに自分に似た人形を作って側《そば》に置いた。

そのヴァルプルガの人形は、自ら動き考えて話をする、まるで生きた人間のような人形――オートマタであったと言われている。そして人形は、主人であり生みの母であるヴァルプルガと同じ、真っ白い髪と琥珀色《こはくいろ》の瞳をしていたと言い伝えられていた。

ヴァルプルガ生誕祭で人々が白い布を頭に巻くのは、その人形の髪を模《も》しているのだ。

エリカも始祖の樹の階段を駆け下りつつ、縁に花のモチーフが刺繍《ししゅう》された白い布を頭に被《かぶ》った。

この大判の布によって、彼女の肩までの長さの白い髪を、ほとんど覆《おお》うことができる。さらに、祭りの会場を照らす黄色味を帯《お》びたランプの光が、布からはみ出したエリカの髪の色を誤魔化《ごまか》してくれるだろう。

ともかくこの夜は誰しもがうきうきとしていて、他人の容姿や行動など気に留めない。実際、始祖の樹の中にはエリカの顔見知りもいたのだが、呼び止められることはなかった。

そうして、無事始祖の樹の一階に辿りついたエリカは、真っ直ぐに玄関を目指す。

玄関の扉の脇には、始祖の樹の管理長で、マリアの兄であるマリオが背中を向けて立っていた。

魔女としてのエリカの保護者は三老婆だが、人間としてのエリカの後見人はこのマリオである。

昨年までは、エリカは彼と一緒に祭りの会場を回ることが多かった。

——だが、今年は違う。

「マリオおじい様、ごきげんよう。行ってきます！」

「——エ、エリカ⁉ そんなに急いでどうしたんだい？」

エリカは明るく声をかけてから、彼の脇をすり抜けた。

驚いたマリオは反射的にエリカの後を追おうとしたが、元気よく外へ飛び出した彼女に「今日は一人で大丈夫だからっ！」と言われて踏みとどまる。

「気を付けて行ってくるんだよ！」

「はあい！」

エリカは振り向きもせずに返事をし、人混みの中へ飛び込む。それを見送ったマリオが「爺離れかのぉ」と少しばかり寂しそうに呟《つぶや》いた。

始祖の樹の周囲は、白い布を被《かぶ》った一晩限りのヴァルプルガの人形達で溢《あふ》れていた。

彼らを招く出店の売り手も、同じく白い布を被っている。

この夜に始祖の樹の袂《たもと》で営業できるのは、各市の市長のお墨付きをもらった優良な業者だけで、出店数も各市で平等に決められている。

店先に並ぶのは、食べ物や飲み物、魔女にまつわるアクセサリーなど様々だ。

しかし、エリカはそれらに脇目も振らず、人混みを掻き分けてある場所を目指す。

そして、ようやく辿り着いたそこで人影を見つけると、エリカは顔を輝かせて叫んだ。

「――こんばんはっ！」

だっと勢いを殺さぬまま突進してきた彼女を、その人影は難なく受け止めた。

「気持ちがいいほど元気な挨拶《あいさつ》だが……元気すぎるぞ」

そう言って苦笑したのは、緑の瞳をした凛々《りり》しい顔つきの男性だ。頭に被った白い布から、ちらりと茶色い髪が覗《のぞ》く。

彼の背後から、同じく茶色の髪と緑の瞳ながらも、中性的な美しさを持つ男性が顔を出す。さらにその隣には、眩《まばゆ》いばかりの金髪に白いレースの布を被った、美しい女性がいた。

「ヴァルト様、ノエルさん、メーリアさん……っ!!」

エリカは声を弾《はず》ませて、彼らの名を呼ぶ。

その上気した頬を、金髪の美女メーリアがつんと突いてからかう。

「あらあら、こんなに歓迎していただけるだなんて。そんなに、私達がお祭りに来たのが嬉しいんですの？」

それに対し、エリカは「はいっ！」と大きく頷《うなず》いて見せる。

「一緒にお祭りを見て回るの、すごく楽しみにしてたんですもの！」

エリカは先日、魔女としてではなく、一般の招待客として王城の夜会に出た。

そしてヴァルトもこの夜、国王としてではなく、ヘクセインゼルの民の一人としてヴァルプルガ生誕祭にやってきたのだ。

ヴァルトは確かにヴァルプルガを敬愛している。だから、彼が自分の誕生日を祝う祭りに参加をすることを、ヴァルプルガもきっと歓迎するだろう。

そう確信したエリカは、ヴァルトとその従者ノエル、そして先日の夜会で世話になったメーリアを今夜の祭りに誘ったのだった。

始祖の樹は、何者をも拒《こば》まない。各門から始祖の樹の敷地に入る際に、白い布を外して顔を改められるようなこともないのだ。

おかげで、ヴァルトが白い布の下に隠したものにも、エリカ達以外は誰も気づいていない。

「よお、男前の兄ちゃん！　ウサギの串焼きも一緒にどうだい？　うまいぞ～!!」

「……せっかくだが、遠慮する」

飲み物を買った屋台でウサギ肉を勧められたものの、ヴァルトは複雑な顔をして断った。

屋台の店主に悪気はない。まさかヴァルトが被《かぶ》った白い布の下に、フサフサのウサギの耳が隠れているなんて知らないのだから。

日暮れとともにヴァルトの耳がウサギのそれになる、という魔法の効果はいまだに続いていた。

別に痛くも痒《かゆ》くもない現象だが、耳の動きでその時の感情をエリカに言い当てられてしまうのが、ヴァルトを複雑な気分にさせる。

ヴァルトは屋台で買った飲み物に口をつけつつ、小さくため息をついた。酸味の少ないワインに蜂蜜《はちみつ》を加えて温め、フルーツとシナモンなどのスパイスを加えたホットワインだ。

彼の隣では、エリカがホットレモネードをふうふうしている。

彼女の瞳が、別の店先の陳列台に釘付けになっていることに気づき、ヴァルトは声をかけた。

「何か、気になるものがあったか?」

「はい、あれ……」

エリカが目を奪《うば》われていたのは、ウサギの形をした小さなピンズだった。

ヘクセインゼル人にとって、大事なタンパク源であるウサギ。彼らは多産で繁殖力《はんしょくりょく》が強いことから、古くより豊穣《ほうじょう》と繁栄《はんえい》の象徴ともされてきた。

ウサギを象《かたど》ったアクセサリーは、お守り代わりに身に着けられることが多い。

エリカが気に入ったピンズは、真正面から見たウサギの顔の形をしていた。

何かを頬張っているかのように、両頬がぷっくりと膨《ふく》らんだかわいらしいデザイン。

瞳の部分には小さな宝石が埋め込まれている。

土台の色は様々で、瞳に使われた宝石との組み合わせにより、色違いが数種類売られていた。

エリカはその中から、翡翠《ひすい》の瞳をした茶色いウサギのピンズを手に取る。

「この子、ロロンみたいでかわいいです」

すると、エリカの隣からその手元を覗《のぞ》き込み、メーリアがうんと頷《うなず》いた。

「ほっぺがもっちりしていて美味しそうね」

とてもじゃないが、同じピンズに対するものとは思えない二人の感想に、ヴァルトはノエルと顔を見合わせる。

ヴァルトはすぐに財布を取り出すと、エリカが手に取ったピンズの代金を店主に支払った。

　突然のことに、エリカはヴァルトを見上げて目をぱちくりさせる。

「今夜、この祭りに誘ってもらった礼にプレゼントさせてくれ」

「え、でも……」

　エリカは戸惑《とまど》うが、ヴァルトは財布をしまいつつ、にっと笑って言った。

「どうか断ってくれるなよ。格好がつかないだろう？」

「あ、あの……ありがとうございます！」

　恩着せがましくないヴァルトの厚意。エリカはそれに、素直に甘えることにした。

　すると、二人のやりとりを眺めていたメーリアが、くるりとノエルに向き直って告《つ》げる。

「ノエルも、格好をつけさせてあげてもよろしくってよ？」

「えっ？　あ、え〜と……じゃあ、メーリアさんの分は僕が買わせていただきます」

　正しい回答をしたノエルに、メーリアは満足げに頷いた。

　こうして、エリカは翡翠の瞳をした茶色いウサギのピンズ、メーリアは琥珀《こはく》の瞳をした白いウサギ——ヴァルプルガと同じ色であることから一番人気らしい——のピンズをそれぞれ手に入れた。

　エリカとメーリアは、男達に買ってもらったばかりのそれを、互いの頭を覆《おお》う布に付け合う。

そうして顔を見合わせ、彼女達は同時にふふと笑った。

「私達、お揃いになりましたわね」

「はい、嬉しいです」

お揃いのアクセサリーを付け合うなんて、親友みたい。

これまで人間の友達がいなかったエリカだが、メーリアとは随分仲良くなれたようで嬉しかった。メーリアの方も、満更《まんざら》ではない様子に見える。

楽しそうな彼女達に、ヴァルトとノエルも顔を見合わせて笑みを浮かべた。

時間が経つに連れて、始祖の樹の袂《たもと》に集まる人々の数はさらに増していった。

とにかくものすごい人混みで、小柄なエリカなど、油断すればすぐに埋もれてしまいそうなほどだ。

「エリカ、離れるな」

「はい」

ホットワインを飲み干したヴァルトは、同じく空《から》になったエリカの分もカップを回収場所に返す。そして、はぐれないように彼女の肩に腕を回した。

一方、大好きなウサギ肉の串焼きにかじり付いていたメーリアは、自分の分のホットワインも持たせたノエルの腕をがっしと掴む。

「ノエルは私が捕まえておいて差し上げますから安心しなさい」

「わあい、メーリアさん。頼もしい」

しかし結局エリカとヴァルトは、二人とはぐれてしまった。

「メーリアさんって、本当にノエルさんがお好きなんでね」

「ああ、ほんの幼い頃に見初《みそ》めてからずっとな」

「一途なんですね」

「あれは執念深いと言うんだ」

メーリアとノエルを探すのはさっさと諦《あきら》めて、エリカはヴァルトをある場所へと案内する。それは、始祖の樹の正面——王城に続く真北の大街道に面し、今宵《こよい》も唯一閉ざされたままの門の前。

月が始祖の樹の真上に来た時が、ヴァルプルガ生誕祭が最も盛り上がる瞬間だ。

エリカはヴァルトとともに門に背中をぴたりとくっつけると、上を見つつそう説明する。

その直後、始祖の樹を囲う塀《へい》の向こう側で、パシュッと空気が抜けるような音がした。

続いて、四方から同時に火の玉が現れる。

四つの火の玉は、白い尾を引きながら空を目指して飛んで行き……

月を冠《かんむり》にいただく始祖の樹の周りに、ぱっと色とりどりの光の花が咲いた。

ドーン、ドドーン、ドンッ、ドドンッ……!!

腹の底に響くような、大きな爆発音が後から追い掛けてくる。

「すごいな……」

「はい、ここから見る花火が一番綺麗なんです」

感嘆のため息をついて空を見上げるヴァルトの隣で、エリカは誇らしげに胸を張る。

花火は、ベーゼン、シュトク、コールドロン、カリスのそれぞれの市庁舎に続く大街道から、各市民によって上げられる。始祖たる魔女王ヴァルプルガの生誕を祝うとともに、その象徴である始祖の樹を彼女のために飾るのだ。

現在、四つの市は、北地区と南地区に分かれて微妙な関係にあるというが、この夜ばかりは一致団結して祭りを盛り上げる。

なおも続く光の競演に見蕩《みと》れつつ、ヴァルトが口を開いた。

「こんなにまじまじとヴァルプルガ生誕祭の花火を見たのは、産まれて初めてだ……」

「初めて？　でも、お城からならよく見えたんじゃないんですか？」

どこか呆然と呟《つぶや》くヴァルトに、エリカは首を傾《かし》げる。

　すると、ヴァルトは空を見つめたまま答えた。

「見えるには見えたが……あの花火さえも自分達を拒《こば》むのかと思うと、素直に美しいとは思えなかったな」

「そうでしたか……」

　始祖の樹に拒まれた王族にとって、ヴァルプルガ生誕祭の賑《にぎ》わいは、羨《うらや》ましくもあり妬《ねた》ましくもあるのだという。

　しかし今、穏やかな表情で花火を見上げるヴァルトの横顔に、エリカも自分の秘密を吐露《とろ》する。

「私……本当は、ヴァルプルガ生誕祭があまり好きじゃなかったんです」

「エリカ……？」

「この祭りには、嫌な思い出があって……」

　九年前――この喜ばしき日の夜に、エリカの母は兄を連れて始祖の樹を出て行った。

　あの時、祭りの始まりを告《つ》げる大役を果たして高揚《こうよう》していた七歳のエリカは、始祖の樹の天辺《てっぺん》から母と兄の姿を見つけて愕然《がくぜん》とした。

　大勢の観衆が幼いヴァルプルガの再来に興奮し、夢中で魔女王の名を唱えながら始祖の樹の袂《たもと》へと押し寄せる中、二人だけがエリカに背を向けて遠ざかっていったのだ。

母と兄とはそれっきり。今はもう、彼らがどこでどうしているのかも分からない。

「皆が明るい顔をしている夜に、自分だけ悲しい記憶ばかりが蘇《よみがえ》って、ずっと嫌でした。大切にしてくれるおばあ様達がいるのに、いまだに母や兄を恋しく思ってしまうのも、申し訳なくて……」

エリカの独白を、ヴァルトは黙って聞いてくれた。

彼女は、先ほどヴァルトに買ってもらった、メーリアとお揃いのピンズに手を触れる。

そして、ぱっと顔を上げて言った。

「でも今夜、ヴァルト様と、ノエルさんやメーリアさんが来てくれてよかった。祭りの夜のことを思い出しても、これからは寂しいばかりじゃないんですもの」

「エリカ……」

エリカの瞳は、空に打ち上がる花火を映してキラキラと輝いていた。目を細めて自分を見つめ返すヴァルトに、彼女は満面の笑みとともに続ける。

「今夜の花火を――一年で一番綺麗な始祖の樹を、ヴァルト様と一緒に見れて嬉しい」

「エリカ――」

最初は自分の顔を見るだけで怯《おび》え、震えていたエリカが、一緒にいることを嬉しいとまで言ってくれた。

それを聞いた瞬間、ヴァルトの中で何かが弾《はじ》けた。

なおも空を彩《いろど》り続ける花火の音や人々が上げる歓声もどこか遠くに聞こえ、彼の関心はただ一人、エリカに集中する。

ヴァルトは、エリカがもたれる閉ざされた門に片手をついた。小柄な彼女に合わせて腰を折り、花火に背を向けるようにして覆《おお》い被《かぶ》さる。

自分の身体で、喧噪《けんそう》からも花火からも隠し——そうして、ヴァルトはエリカにキスをした。

「……んっ……？」

唇が触れ合った瞬間、エリカの身体はびくりと震えた。

ヴァルトが宥《なだ》めるように優しく頬を撫《な》でると、戸惑《とまど》った様子ながらも大人しくなる。

触れるだけの幼いキスを、エリカは拒《こば》まなかった。

だが、調子に乗って唇を強く押し付けたとたんに、彼女の両手はヴァルトの胸を押して抵抗を示した。

せっかく懐《なつ》いてきたのに、また怯えられてはたまらない、とヴァルトはひとまず唇を離す。

彼は、門と自分の身体の間にエリカを閉じ込める格好のまま問いかける。

「すまん、嫌だったか？」

エリカは少しだけ逡巡《しゅんじゅん》するそぶりを見せてから、ゆるゆると首を横に振って答えた。

「いえ……ただ、チクチクしました」

「ん？　ああ、伸びてきたか……」

エリカの呟《つぶや》きに、ヴァルトはかすかに髭《ひげ》が伸び始めた自分の顎《あご》を撫《な》でつつ苦笑する。

そんな男性の生理現象にも、魔女として育てられたエリカは疎《うと》い。

もちろん彼女も、王子様がお姫様に求婚のキスをする昔話くらい知っている。恋愛を題材にした物語だって、読んだことがあった。

しかし、恋愛物語の主人公に自分がなるなんて、考えもしないのだ。

だから何故、ヴァルトが自分にキスをしたのかが理解できない。

「ヴァルト様、どうして私にキスしたんですか？」

率直に尋ねたエリカに、ヴァルトは苦笑を深める。

その表情の優しさに、エリカの胸がドキドキし始め、頬もなんだか火照《ほて》ってくる。

身体が熱さが、魔法を使う時の感覚に少し似ている、と思った。

そんな彼女を見守りつつ、ヴァルトが告《つ》げる。

「私も、今夜君と一緒にここにあれたことが嬉しいと、言葉以外で伝えたくなったたからだ」

「ヴァルト様も、嬉しいんですか？」

「ああ。美しい花火も見れたし、それを映した君の瞳はもっと美しかった」

「私の瞳……？」

その時、また四方から大きな花火が上がった。たちまち頭上に、四つの大輪が咲く。

エリカも、ヴァルトの瞳に映し出された花火の輝きを見つめた。

彼の緑色の瞳は、今はエリカだけに向けられている。

エリカはこの時、その美しさを独り占めしたような気持ちになった。

「ヴァルト様……」

光の後から追い掛けてくる腹に響く音を聞きながら、エリカは早鐘のように高鳴る胸を押さえる。

「……ん？」

そんな時、ふと何かに気づいた様子で、ヴァルトが自分の頭に片手をやった。

かと思ったら、はっと驚いた顔になって、頭に被《かぶ》っていた白い布を引き剥がしてしまう。

今度はエリカが驚く番だった。

「あれっ!? ヴァルト様、耳が……っ！」

本日も日の入りとともにヴァルトの頭の上に現れたというウサギの耳。それが綺麗さっぱり消え失せ、本来あるべき場所へ人間の耳が戻っていたのだ。

今夜はどうせ白い布で隠せるからと、ウサギの耳を髪に変化させる魔法はかけなかった。その場合は、ヴァルトは朝日が昇るまでウサギの耳を生やしているはずなのだ。

それが、自然に消えてしまったということは……

「そもそもの、ウサギになる魔法が……解けた？」

「ついに、か……」

ヴァルトは自分の茶色い髪を掻き回し、そこにウサギの耳の形跡がないことを何度も何度も確認する。そうして、自分を見上げるまん丸な琥珀色《こはくいろ》の瞳を見つめ返し、問いかけた。

「エリカ、私のことはもう怖くないのか？」

「怖く、ないです」

「こうして目を合わせても？」

「怖くない……です」

ウサギになる魔法が発動したのは、エリカがヴァルトを恐れたことがそもそもの原因だった。

魔法が完全に解けたということは、つまり……

「また髭《ひげ》を生やしても平気か？」

「それは……ちょっと、まだ分からないです」

至近距離からじっと覗《のぞ》き込むヴァルトの瞳を、エリカはほんのりと頬を赤らめつつも真っ直ぐに見つめ返す。その琥珀色《こはくいろ》の瞳には、もう怯《おび》えは浮かんでいなかった。

エリカは完全にヴァルトの存在を受け入れ、心を許したのだ。

その事実が、彼に大きな感動を与える。

「エリカ……」

この時、エリカが魔女であるとか、自分が国王であるとか、そんなことはヴァルトの頭から飛んだ。彼はひたすら、目の前の少女が愛《いと》おしくてたまらなかった。

エリカを抱き上げてくるくると回り、最後にもう一度キスをしたい。ただ、そう思っていたのだ。

ところが、残念ながら、ヴァルトがそれを実行に移すことはできなかった。

「――エリカ？　君、エリカじゃない……？」

突然、エリカの名を呼ぶ者が現れたのだ。

エリカとヴァルトは、その声の主の姿を探す。

間もなく、人混みを掻き分けて二人の前に現れたのは、白い布を頭に巻いた少年だった。

少年はエリカをまじまじと眺めると、ぱっと笑みを浮かべて言った。

「やっぱり、エリカだ。――久しぶり」

彼の笑顔を見上げ、エリカもようやく震える声で答える。

「……エレン？」

それは、九年前のヴァルプルガ生誕祭の夜、母に連れられてエリカの前を去った兄の名だった。

第七幕　再会と災いに挑む魔法

エレン・ヴァルプルガは、エリカの双子の兄である。

髪こそ少し灰色がかっているものの、瞳はエリカと同じく琥珀色《こはくいろ》。男なので魔力を持って産まれなかったが、大変聡明な子供であったので、始祖の樹の管理人として将来を期待されていた。

しかし、七つの時に母親とともに始祖の樹を出てから、彼の消息は不明のまま。

そのエレンらしき人物が、九年経った今、突然始祖の樹に――エリカの前に現れた。

自分によく似た顔を見上げつつ、エリカは震える声で尋ねる。

「本当に、エレン……？」

「そうだよ、エリカ。ロロンはまだ元気にしてる？」

「う、うんっ！」

「そっか、よかった。産まれた時はどうなるかと思ったけど、長生きしてるんだね」

とたんに、エリカの両目から涙が溢《あふ》れ出す。

突然現れた少年は、魔女殿で飼われているウサギの名を知っていた。

彼は確かに、仮死状態で産まれたロロンをエリカと一緒に必死で助けた兄、エレンだ。

「――エレンっ!!」

エリカはたまらず、彼に飛びつく。別れた時にはほとんど同じだった背は、九年が経って随分と差ができてしまっていた。

エリカの涙で彼の肩口が濡《ぬ》れる。エレンは「冷たいよ」と苦笑しつつ、エリカの白い布に包まれた頭をぽんぽんと撫《な》でた。

そして、彼はふと視線を上げ、傍《かたわ》らで自分達を見守っている男――ヴァルトを見る。

琥珀色の瞳と緑色の瞳が、静かに交差する。

その時――一際大きな花火が四つ、始祖の樹の周りを囲うようにして開いた。

ドーン、ドドーン、ドンッ、ドドンッ……!!

今年のヴァルプルガ生誕祭の終わりを告《つ》げる、締めの花火である。

だが、エリカもエレンも、そしてヴァルトも、今夜最大の花火の競演を見てはいなかった。

エリカはエレンの肩口に顔を埋めたままだったし、エレンとヴァルトは互いから目を逸《そ》らさなかったのだ。

やがて、夜空を彩《いろど》っていた光が全て消えると、人々が一斉にそれぞれの帰路に続く門へ移動を始めた。その流れに巻き込まれないように、エリカ達三人は開かずの門である正面門へ身を寄せる。

エレンは、なおも自分にしがみついたままのエリカの背中をポンポンと叩き、ねぇと声をかける。

「エリカ、彼は誰？」

「え？　あ、えっと……」

ヴァルトを見るエレンの目が警戒を宿していることに気づき、エリカは慌てた。

お忍びで来ているヴァルトを、ヘクセインゼル国王であると紹介するわけにはいかない。

それに、王族が始祖の樹に来ていることをエレンがどう思うのかも分からない。

国王という肩書きを除いてヴァルトを紹介しようとした時、とっさにエリカの頭に浮かんだのは……

「と、友達！　あのね、私の友達なの！」

「……本当に、友達なだけ？　恋人とかじゃないんだね？」

「うん、友達！」

「そう……」

きっぱりと告《つ》げたエリカの言葉に、エレンはひとまず頷《うなず》く。それにほっとしたエリカが視線を向けたところ、ヴァルトはどこか不機嫌そうな顔をしていた。

どうしたんだろうと、エリカが首を傾《かし》げていると……

「あっ！　やーっと、見つけました！　二人とも探しましたよ～」

「素晴らしい花火でしたわね、エリカ……あら、エリカが二人？」

花火が始まる前にはぐれてしまっていたノエルとメーリアが、人混みを掻き分けてやってきた。

エレンに気づいて首を傾げる二人に、エリカは慌てて兄を紹介する。

「へえ、双子のお兄様？　確かに、よく似ていらっしゃる」

「ふうん……十六の男の子って、まだ女の子みたいですのねぇ」

じろじろと遠慮なく顔を覗《のぞ》き込んでくる二人――特にメーリアの言葉に、エレンは中性的な顔をムッとしかめた。

「……エリカ、この二人も友達なの？」

「うん！」

エレンの問いに、エリカは嬉しそうに頷いた。

するとそれまで黙っていたヴァルトが、ふいに口を開く。

「九年前、君と母上はどうしてエリカを置いて出て行ったんだ？」

どこか責めるような言葉に、エレンは一瞬ヴァルトを鋭く見据《みす》えたが、すぐに目を伏せた。

「男の僕は当然だけど、母さんも子供を産んで魔女じゃなくなっていたからね。いつまでも魔女の家にはいられなかったんだ」

「エレン……」

くすんと鼻を鳴らすエリカを、彼女より頭一つ分大きくなったエレンが抱き締める。

別れねばならなかった過去を憂《うれ》い、そして今夜の再会を喜び合う兄と妹。

ノエルとメーリアはそんな二人を静かに見守っていたが、ヴァルトはなおも問いかけた。

「魔力がなくても、エリカの血縁ならば始祖の樹への出入りは自由だったはずだ。それなのにこの九年間、どうして一度も戻ってこなかったんだ」

詰問《きつもん》するようなそれに、エレンは今度は肩を竦《すく》めて苦笑する。

「だって、無理だったんだよ。そもそも、僕はずっとこの国にいなかったんだから」

「……どういうことだ？」

とたんに訝《いぶか》しい顔をするヴァルトに、エレンはどこか遠くを見るような目をして答えた。

「九年前、母さんは僕を連れて始祖の樹を出て、ヘクセインゼルも出て行ったんだ。

ベーゼンの港に来ていた船に乗せてもらって、海を渡ったんだよ」

「海を？　大陸に渡っていたというのか？」

「そうだよ。僕らはヘクセインゼルからずっと西にある大陸の国、ザクセンハルト共和国に渡ったんだ」

　ザクセンハルト共和国は、大陸の中でも一、二を争う大国である。ヘクセインゼルの前身であるヘクセンが属していた国も、ここに吸収されたと言われている。現在、ヘクセインゼルがベーゼンの港を通じて行う交易《こうえき》の相手は、ほとんどがこのザクセンハルト共和国だ。

「エレン、あの……お母様は……？」

　そこでエリカがおずおずと、ずっと気になっていたことを問うた。

　すると、エレンは少しだけ顔を曇《くも》らせて答える。

「元気……だと思うよ、たぶん。死んだって知らせは届いてないから」

「え……」

「僕は十歳で学校の寄宿舎に入ったんだ。それからもうずっと会ってないから、母さんのことはよく知らない」

「そんな……」

母の奔放《ほんぽう》さは、ヘクセインゼルを出てからも相変わらずだったらしい。

彼女はまだ若くて美しかったし、何より白に近い灰色の髪と琥珀色《こはくいろ》の瞳は珍しくて目立った。すぐにザクセンハルトの高官に見初《みそ》められ、親子ほど年の離れたその男の後妻に収まったのだという。

「おかげで、生活に困ることはなかったし、僕もいい学校に行かせてもらえたからね。その学校も去年無事卒業して、国立の科学研究所に入ったんだ」

「科学……研究所？　エレン、科学者になったの!?」

「一応ね。まだ下っ端だけど」

おっとりとしていたエリカとは違い、幼い頃から利発な子だったエレン。

エリカは彼が得た立場に、ほうと感嘆のため息をつく。

彼女の隣で、メーリアが金髪をさらりと流して首を傾《かし》げた。

「科学って、具体的にはなんですの？」

「例えば、ヘクセインゼルでも使用されている、蒸気機関車や自動車なんかも科学による発明だよ。僕は、魔女じゃなくても使える魔法みたいなものだと思っている」

「魔女でなくても使える魔法、だと？」

ヴァルトがとたんに訝《いぶか》しげな顔をすれば、エレンは「つまりね」と続けた。

「魔法っていうのはそもそも、エリカみたいに個人の生まれ持った能力に依存する現象だよね。それに対して科学っていうのは、一定の法則に従うことによって、個人の能力にかかわらず使用可能なもの。生活を便利にするために科学によって発明されたものは、ある意味、法則が判明して誰でも使えるようになった魔法だと思うんだ」

確かにエレンの言う通り、蒸気機関車や自動車は人間の足では到底不可能な速度で人々を遠くへ運ぶことができる。しかも、扱うのに先天的な能力は必要ない。操縦《そうじゅう》の仕方さえ覚えれば、誰だって動かすことができるのだ。

それを魔法と同列にするのはいささか強引かもしれないが、科学の恩恵は魔女を始祖にいただくヘクセインゼルにも確実に浸透《しんとう》し始めているし、今後ますます顕著《けんちょ》になっていくことだろう。

静かに衰退《すいたい》していく魔法と、著《いちじる》しい成長を遂げる科学。

エリカとエレンという双子の兄妹は、奇《く》しくもそんな両極端な立場に身を置くことになった。

「……君は、今更なんのために帰ってきた？」

そう問うヴァルトに、エレンはふっと笑う。

「エリカに――妹に会いにきたんだよ。それが何かいけないかい？」

彼はそう言うと、エリカの両肩に手を添えて向かい合った。

「職を持てば、一人前と認められるからね。船会社の人に掛け合って、やっとヘクセインゼル行きの船に乗せてもらえたんだ。エリカ、会いたかった……」

「エレン、私もっ……！」

エリカの瞳に、再びじわりと涙が滲《にじ》む。

それを指で拭《ぬぐ》ってやりつつ、エレンはにこりと微笑んで続けた。

「ちょうどヴァルプルガ生誕祭に間に合ったし、今夜ならきっとエリカにも会えるような気がしてた」

「うんっ、うんっ……！」

「おばあ様達とも、一度ゆっくり話がしたいね。エリカ、僕のこと伝えておいてくれる？」

「うんっ！」

三老婆も、エレンが会いに来たと知ったら喜ぶに違いない。

いつもは日の入りとともに寝床の準備を始める彼女達も、祭りの夜ばかりはまだ起きているのではないかと思い、エリカは彼をこのまま魔女殿へ誘おうとした。

この時始祖の樹の入り口では、ちょうど管理長のマリオが、上級保安官の制服に身を包んだ保安大臣――熱心な魔女崇拝《すうはい》者で、始祖の樹に多額の寄付をしている――と立ち話をしていた。

エレンはそれをちらりと見て布を深く被《かぶ》り直すと、いやと首を振った。

「今夜はおばあ様達もお務めで疲れてらっしゃるだろうし、日を改めるよ。しばらくヘクセインゼルにいるから、エリカやおばあ様の都合のつく日を連絡して」

エレンはそう言って、エリカに宿泊先を書いたメモを渡した。

＊＊＊＊＊

「――どうして、エレンと会ってくれないの!?」

エリカはガタリと音を立てて椅子から立ち上がると、そう叫んだ。

ヴァルプルガ生誕祭の翌日、朝食の席での一幕である。

エリカはさっそく、昨夜の祭でエレンと再会したこと、そして彼が会いたがっていることを三老婆に告《つ》げた。

男性の立ち入りが厳しく制限されている魔女殿だが、魔女の親兄弟は比較的許可が下りやすい。

それなのに、三老婆はエレンを魔女殿に迎え入れることも、自分達が会うこともできないと言うのだ。

「せっかく会いにきてくれたのに、どうしてだめなのっ……!?」

納得できないエリカは、彼女達に詰め寄った。

「始祖の樹は、来る者拒《こば》まず去る者追わず。だが魔女殿は、自ら出て行った者を再び無条件で受け入れるほど、都合のいいものじゃあない」

ニータが渋い顔をして答える。

「ヘクセインゼルを出た時点で、エレンはヴァルプルガの庇護《ひご》からも外れてしまっているの。もう魔女の眷属《けんぞく》とは言えないわ。エリカとも私達とも、もう自由に会える立場にはないのよ」

マリアも悲しそうな顔をしてそう告《つ》げた。

しかし、エリカはそんな彼女達の言葉を受け入れることができなかった。

「でも、エレンはエレンだよ！　私の、たった一人の兄様なのにっ!!」

昨夜は、エリカは本当に幸せだった。

出店を見て回るのはとても楽しかったし、メーリアとお揃いのピンズをヴァルトに買ってもらえて嬉しかった。

その後、ヴァルトと二人で見上げた花火も最高に美しく、突然触れた彼の唇の感触も、エリカにはよい意味で印象的だった。

さらには、どこでどうしているのか分からなかったエレンが、大陸から遥々《はるばる》船に乗って会いにきてくれたのだ。エリカはエレンと再会できて本当に嬉しかったし、彼もとても喜んでくれていた。

エレンが、幼い頃に世話になった三老婆に会いたがる気持ちも分かり、なんとか叶えてやりたいと思ったのだ。

それなのに、三老婆はどうしても首を縦に振ってくれない。

「エレンはザクセンハルトで職に就《つ》いたと言ったのじゃろう？　ということは、ヘクセインゼルに骨を埋める気はないということじゃ」

「どうせまた大陸に戻って行ってしまうのよ。これ以上関わっても、別れが辛くなるだけだわ」

そんなニータとマリアの言葉に、エリカはぎゅっと唇を噛《か》む。

エレンがずっと側《そば》にいてくれるわけではないのは、エリカも分かっていた。

だからせめて、今後も気軽にヘクセインゼルを、そして故郷である魔女の家を訪ねてきてくれるように、三老婆にも彼を受け入れてもらいたかったのだ。

「エレンは……連絡が来るのをきっと待ってる。私、ちゃんとおばあ様達にエレンのことを伝えるって約束したのに……」

泣きそうな顔をして言うエリカに、ニータとマリアが困ったように顔を見合わせる。

するとここで、先ほどから一人黙々とカードをきっていたモリーが、それを机の上に広げた。すかさず、彼女はその中から一枚を摘《つ》まみ上げたかと思うと、カードの表面を見てさっと眉をひそめる。

モリーはカードを集めてきり直し、今度はエリカの目の前に広げた。

「エリカ、一枚引いてごらんなさい」

「……はい」

言われるままに、エリカも一枚のカードを抜き取る。そのカードの柄を確認したモリーは深々とため息をつきつつ口を開いた。

「私達が会うか会わないかはともかくとして、エレンにはしばらくザクセンハルトに戻るのは待つよう、マリオに伝えてもらいましょう」

「なんじゃい、モリー。カードが何やら言いおったか？」

「何か起こりそうなの？」

訝《いぶか》しげな顔をするニータとマリアとともに、エリカはモリーの手に渡ったカードを覗《のぞ》き込む。

彼女はたちまち眉を寄せた。

カードは対象となる人物の吉凶を占うだけでなく、天変地異の予知や警告をも行う。戸棚などにしまったはずのカードが、いつの間にかテーブルの上に出ていることがある。それは、カードを引いて警告を受け取れという、魔女に対するメッセージなのだ。

今朝モリーが目覚めた時、カードが彼女の枕元に鎮座《ちんざ》していたらしい。

モリーが引いたカードは、箒《ほうき》の五番。続いてエリカが引いたのは、杯の五番だった。

箒は風を、杯は水を表し、五という数字は現状打破、または思わぬ急変を意味する。

カードがわざわざ警告してきたことから考えると、風と水に関係する思わぬ急変――つまりは、このヘクセインゼルに暴風もしくは大雨、あるいはその両方による災害がもたらされることを示唆《しさ》しているのだろう。

「嵐が来るのかもしれません。それも、カードが警告するほど大きなもの。海はこれから大荒れになるでしょうから、船を出すのは危険です」

モリーがそう告《つ》げると、ニータとマリアも表情を引き締めて口を開いた。

「各市の市長にも、マリオから知らせてもらったほうがいいな」

「私達も、嵐に備えないといけないわね」

始祖の樹は、ヘクセインゼルの中では最も海から離れた高台にあるので、災害時には避難所となる。三老婆は慌ただしく朝食を終えると、それぞれの仕事に取りかかるために席を立った。

エリカも普段ならそれを手伝うのだが、エレンのことでしょんぼりしている彼女を見兼ねたのか、モリーがいつもより優しい声で言った。

「エリカはウサギ小屋を見てきておあげなさい。軋《きし》むようなら嵐が来る前に補強しておかないと」

「……ロロンを、部屋に入れてもいい？」

幼子のようにエリカが問うと、モリーは仕方なさそうに頷《うなず》いた。

「ロロンだけですよ。ベッドに入れてはいけませんからね」

「はい……」

力なく頷くエリカに、モリーは小さくため息をつく。

そして、ひとまずカードをしまおうと持ち上げたところで、彼女はギクリとする。

なぜなら、一枚だけテーブルに残ってしまったカードを目にしたからだ。

「……箒《ほうき》の……十番」

これがカードからの警告であったとすれば、意味するところは〝荒廃、苦痛、不和〟。

モリーは妙な胸騒ぎを覚えつつ、玄関を出て行くエリカの後ろ姿を目で追った。

＊＊＊＊＊

「エレン……」

茶色いウサギの毛を撫《な》でつつ、エリカは兄の名を呟《つぶや》いた。

「ロロンもエレンのこと覚えているよね？　ロロンだって、会いたいよね？」

エリカはロロンの両脇を持ち上げて、鼻を突き合わせるようにして話しかける。三老婆に叱られた時など、ベソをかいたエリカが逃げ込むのは、大体ウサギ小屋だった。一番の親友であるロロンに慰《なぐさ》めてもらうためだ。

だが今のエリカには、ウサギ小屋の他にも逃げ込む場所があったし、ロロン以外にも愚痴《ぐち》を聞いてくれる相手がいた。

愛用している私室の姿見の向こう——そこにある部屋に置かれたソファに座り、エリカは唇を尖《とが》らせる。

「おばあ様達の薄情者……」

すると、隣に座っていた茶色い髪の男——国王ヴァルトが、書類から顔を上げて苦笑した。

「それを、ばあ様達に直接言わないところが、君らしいと言えば君らしいな」

私室を訪ねてきたエリカから、モリーのカードが示した嵐の警告を聞いたヴァルトは、すぐさま周辺海域の情報を収集させた。

それによると、ずっと南の方ではすでに海が大時化《おおしけ》になっており、大陸の船が巻き込まれて何隻《なんせき》か沈没しているという。嵐をもたらす雲は大きく渦を巻きながら北北東へと進んでおり、このままいけばヘクセインゼルを直撃する。

「雨がひどくなる前に堰《せき》を全て開けさせて、山からの雨水を大河に流して海に逃がそう。南地区は間もなく小麦の収穫期。農地にまで水が溢《あふ》れないようにせねば……」

「沿岸部はいかがしますか。時化の具合によっては、蒸気機関車の線路も波の影響を受けるかと」

ヘクセインゼルとその周辺海域が描かれた地図をテーブルの上に広げ、ヴァルトとノエルが対策を検討している。

ヴァルトは、地図上の線路とそれに近い海岸線を指でなぞりながら答えた。

「蒸気機関車は止め、沿岸部の住民は早めに避難させよう。始祖の樹が避難者を受け入れるなら、城からも物資を提供する」

「始祖の樹は、我々からの寄付は受け取らないかと思いますが」

「ならば、各市長に託し、市民に分配させる」

「承知いたしました」

ヴァルトの決定を、ノエルがすぐさま紙に書き記していく。

今頃、始祖の樹の管理長であるマリオを通して、各市の市庁舎にも嵐の予報が伝わっているることだろう。明日の朝には、各市長や大臣達が集まる定例会議が予定されているので、ヴァルトは嵐への対策をその最優先議題にするつもりだ。

ヘクセインゼルが浮かんでいる海域は一年を通して波が穏やかで、台風などもあまり通らない場所にあった。しかし、数十年に一度の割合で大きな嵐に見舞われることがあり、その時の記録は代々国王に受け継がれている。記録には、今回のモリー同様、時の魔女が嵐の襲来を予知したことも記されていた。

ただし、どれだけ事前に対策を講じていても、被害はゼロというわけにはいかない。自然の猛威《もうい》の前では、人間など実に無力な存在なのだ。

そんな残酷《ざんこく》な事実を過去の記録から読み取りながら、ヴァルトは重々しいため息をついた。

「魔法のカードとやらも、予知だけではなく回避の仕方を教えてくれんものか」

彼の口をついて出たぼやきに、ノエルが苦笑しつつ答える。

「かつてヴァルプルガは、気象をも操ったそうですがね」

「そんなことまでできたのか？」

「嵐を起こす雲をズッタズタに引き裂いて、周囲の海に捨てたって話ですよ」

「随分豪儀《ごうぎ》だな、我が国の始祖は」

ノエルと冗談を言い合うヴァルトの横で、エリカはロロンの背中の毛に顔を埋めていた。

彼女の白い頭を、ノエルに書類を預けたヴァルトがぽんぽんと撫《な》でる。

「そんな豪儀な始祖の再来と名高い君は、随分と繊細《せんさい》だな。ばあ様達の前で言えない言葉があるのならば、今ここで、全部吐き出してしまえばいい」

ヴァルトはそう言って、エリカに向き直る。

忙しい彼を煩《わずら》わせるのは申し訳ないと思いつつも、エリカは今その厚意に甘えたかった。

「エレンに、会《あ》いたい……」

震える声で告げると、ヴァルトの手がまた優しく髪を撫でてくれた。エリカはロロンをぎゅうと抱き締めて続ける。

「おばあ様達は、エレンのことを嫌いになってしまったんでしょうか。もう、エレンに会いたくはないのでしょうか……」

それを聞いたヴァルトは、エリカの頭に手を置いたまま口を開いた。

「ばあ様達のことは、エリカが一番よく知っているだろう。君の保護者達は、七つまで育てた子供を平気で追い返せるような方々か？」

「え……？」

「その子供が九年ぶりに、遥々《はるばる》海を越えて自分達に会いに来たと聞いて、何も感じないような方々だろうか」

エリカはロロンの背中から顔を上げ、ヴァルトをじっと見上げる。

ヴァルトは彼女を穏やかな目で見つめ返し、さらに問うた。

「ばあ様達は、何故エレンに会えないと言った？　明確な理由を告《つ》げたか？」

それを聞いたエリカは、今朝のニータとマリアの言葉を思い返す。

「エレンは……ヘクセインゼルを出た時点でヴァルプルガの庇護《ひご》を外れて、魔女の眷属《けんぞく》ではなくなってしまったんだって……」

「魔女には魔女のしきたりがある。千年もの間守ってきたそれを、ばあ様達が私情で曲げてしまうわけにはいかないのだろう」

ヴァルトの言葉の端々からは、魔女に対する敬意らしきものが感じられた。

彼の穏やかな声に促《うなが》されるように、エリカは続ける。

「ザクセンハルトで働いているエレンは、どうせ大陸に戻ってしまうって。関わっても、別れが辛くなるだけだって……」

「そうか。もしかしたらそれが、ばあ様達がエレンと会わない一番の理由かもしれんな」

「え?」

「ばあ様達は九年前、エレンと母上が始祖の樹を出て行くのを知っていたのかもしれない。その時経験した別れの辛さを、もう味わいたくないのではなかろうか」

ヴァルトの言葉に、エリカははっとした。

エリカとエレンのへその緒《お》を切り離したのはマリアで、占いで一番幸せになる名前を付けてくれたのはモリー。決まって同時に熱を出した幼い二人に、代わる代わる薬を呑ませてくれたのはニータだった。

三老婆はエリカに対するのと同じだけの愛情を、確かにエレンにも注《そそ》いでいた。

それなのに、エリカはずっと自分の気持ちしか考えていなかった。彼女達が感じた悲しみや寂しさなど少しも顧《かえり》みず、ただ薄情だと決めつけて勝手に拗《す》ねていたのだ。

エリカはそんな自分の身勝手さに愕然《がくぜん》とした。そしてそれをヴァルトに知られたのが、なんだかひどく恥ずかしかった。

エリカは俯《うつむ》き、ぐっと唇を噛《か》んだ。

腕の中のロロンが鼻をひくひくさせながら、下から顔を覗《のぞ》き込んでくる。

すると、隣に座ったヴァルトがエリカを呼んだ。

「ほら、来い」

「え……？」

ヴァルトは両腕を広げ、きょとんとしたエリカに笑って言った。

「私はエレンの代わりにはなれないが、代わりに抱き締めてやることならできる」

「ヴァルト様……」

「ロロンのふかふかの毛には敵わんが、しがみつき応えなら負けないと思うぞ？」

「ヴァルト様っ！」

ヴァルトは、未熟な自分を呆れず受け止めようとしてくれている。エリカは嬉しかった。彼に甘えてもいいんだと分かって、急に心が軽くなった。

エリカは躊躇《ちゅうちょ》なく、ヴァルトの胸に飛び込む。

ロロンはサンドイッチにされるのはごめんだとばかりに、彼女の腕からさっさと逃げ出した。

エリカはヴァルトの背中に両腕を回し、ぎゅうと彼にしがみつく。

「……ヴァルト様、エレンより大きい」

「エレンよりは大人なのでな」

「それに……エレンより硬い……」

「華奢《きゃしゃ》なのがよければ、ノエルがいるが？」

ヴァルトの言葉を聞いて、ソファの脇に立っていたノエルも意気揚々《いきようよう》と両腕を広げる。

「おや、いらっしゃいますか、魔女様？　どうぞどうぞ？」

確かに、中性的な顔つきも線の細い身体も、ノエルの方がエレンに似ているが……

「……ヴァルト様が、いい」

エリカはそう呟《つぶや》き、ヴァルトの胸に顔を埋めた。

「あれれ、ふられちゃいましたねぇ」

残念そうなため息をつくノエルに、ヴァルトは口の端を上げる。そして、床に下りたロロンが、後ろ足をダンダンと踏み鳴らしているのに苦笑しつつ、エリカを優しく抱き締め返した。

（エレン……）

ヴァルトの鼓動《こどう》を聞きながら、エリカの心は少しずつ落ち着きを取り戻した。

三老婆は嵐の襲来を、マリオを通じてエレンに知らせると言っていた。荒れた海に船を出すのは危険なので、エレンはまだしばらくはこのヘクセインゼルに滞在するはずだ。

エリカは機会を見て、もう一度三老婆を説得してみようと思った。

わずかな時間でもいいから、なんとかエレンと会ってもらえるように頼んでみよう。

自分もまた彼と会って、じっくり話したい。今生の別れにしないために、できる限りのことをしよう。

ヴァルトの腕の中、その温《ぬく》もりに癒《いや》されつつ、エリカはそう固く心に決めた。

＊＊＊＊＊

ごうごうと、風の音が響いている。

南の海上から真っ黒い雲が押し寄せてきたのは、モリーが嵐を予知してから二日後の正午を過ぎた頃だった。

それは瞬《またた》く間に、ヘクセインゼルの空をすっぽりと覆《おお》い尽くしてしまった。

強い風は海面を激しく叩き、波はどんどん大きく高くなっていく。

大きな船は港に打ち付けられるのを避《さ》けるために早々に海洋に出たが、小型の船は港に上がって、押し寄せる波を戦々恐々《せんせんきょうきょう》として眺めている。

雨が降り出したのもいきなりだった。

バケツを引っくり返したような大量の雨が、容赦《ようしゃ》なく地上へ降り注《そそ》いでいる。まるで滝みたいな豪雨に打たれて、始祖の樹の枝も葉も激しく揺れた。

始祖の樹を囲う門は、城と向かい合う正面門以外は全て開け放たれ、避難してくる人々を迎え入れた。

魔女の家でも、雨戸を全て閉めて嵐に備える。

激しい雨と風は、木組みの家をガタガタと揺らした。

エリカは私室で本を読んでいたが、そわそわするばかりで本の内容が全く頭に入ってこない。

嵐の予報が出た日からずっとエリカの部屋に入り浸《びた》っているロロンも、長い耳をピンと立ててひどく落ち着かない様子。

エリカは本を読むのを諦《あきら》め、椅子から立ち上がった。そして、部屋の壁に立てかけた姿見の前に立つと、その中へ足を踏み入れた。当たり前のように、ロロンがついてくる。

姿見の向こう——国王ヴァルトの私室には、誰もいなかった。

空を覆う嵐の雲のせいで、昼間だというのに部屋の中は真っ暗だ。

ヴァルトは従者であるノエルとともに、嵐の対応であちこち奔走《ほんそう》しているらしく、昨日も丸一日私室に帰ってこなかった。

エリカは主のいない部屋の窓辺に近づき、外を眺める。

国王の私室は城の三階部分にあり、バルコニーから庭園を見下ろせる絶好の場所に作られている。

この白亜の城は遥《はる》か千年前、建国当時に建てられたもので、ヴァルプルガはもちろん、その後の魔女王から現在まで受け継がれてきた。国王の私室もそのままだ。

窓の向こうには、城の正門越しに真っ直ぐに道が延びている。そのずっとずっと先にあるはずの始祖の樹は、今は激しい雨に遮《さえぎ》られてはっきりとは見えない。

エリカは姿見を一跨《ひとまた》ぎしただけで始祖の樹と王城を行き来できるのに、実際の距離はこんなにも遠く離れている。

それはまるで、始祖の樹と王城の関係――魔女と王家の関係そのもののように思えた。

個人としてのエリカとヴァルトはとても親しくなったのに、始祖の樹の正面門は今もまだ閉ざされたままだし、国政の会議の場に魔女の席はないままだ。

五百年も続いた確執《かくしつ》を取り除くのは、容易なことではない。

そんな事実を見せ付けられているようで、エリカはとても悲しくなった。

と、その時、カチャリと、廊下に面した扉が開く音がした。

ヴァルトが帰ってきたのかと思って振り返ったエリカが見たのは、ワゴンを押しながら入ってくる男女の姿だった。

「あら、ちょうどいらっしゃってましたのね」

「灯りもつけずにどうした」

現れたのは、ヴァルトの養父母、前王ロベルトと王太后クレア。

「ロベルト様、クレア様……」

しっかりとした足取りでエリカの側に歩いてきたロベルトが、ヴァルトの机の上に置いてあったランプに火を灯《とも》す。左目を喪失し、眼鏡でなんとか近くのものを判別できる程度だったロベルトの右目の視力は、少し前にエリカが提供した魔女の薬の効果で随分と回復していた。

彼はその右目を優しく細め、大きな手でエリカの頭を撫《な》でる。

「ヴァルトが、お前さんのことを随分気にしていてな。嵐の間、お前さんが私室に籠《こも》っているようならこちらに呼んで、お茶を飲ませながら話を聞いてやってくれと頼まれていたのだ」

「ヴァルトさんも、一人前にレディを気遣えるようになったのだと感動いたしましたわ」

ロベルトとクレアがそう言って微笑み合う。

エリカはヴァルトの優しい心遣いを知って、胸の奥が温かくなるのを感じた。

「あの……ヴァルト様とノエルさんは？」

国王の私室のソファに腰を下ろしたエリカは、向かいに座ったロベルトに問うた。

その脇に置いたワゴンの上でクレアがお茶の用意を始め、ロロンはエリカの隣に寝転んで寛《くつろ》ぐ。

「二人は今日も朝早くからあちこち走り回っているぞ。現場を下の者に任せて王城でじっと報告を待つというのは、性に合わんらしい」

ロベルトの言葉を聞いて、エリカはヴァルトらしいと思った。

彼は机に向かって悩むよりも、まずは行動してみるタイプ。

現に、魔女と王家の長年の確執《かくしつ》を前にしても足踏みすることなく、魔女殿まで上ってきた。

だから、エリカは彼と出会えたのだ。

「何があるか分かりませんから、海や川には近づかないように、とは言ってあるのですけれど……」

一方クレアは、嵐の光景を窓越しに眺めてため息をついた。

行動派の息子を頼もしく思いつつも、母親としては心配事も多いのだろう。

しかし、クレアはすぐににこりと笑って、ポットにドライハーブと湯を入れながら言った。

「お守りを大事そうに懐《ふところ》に入れていきましたわ。ヴァルトさん、いつも肌身離さず持っていますのよ」

「お守り、ですか?」

「ええ、魔女のお守り。エリカさんが授《さず》けてくださったんでしょう? ヴァルトさんが、嬉しそうに教えてくれましたわ」

クレアの言葉を聞いて、エリカは魔女のお守りをヴァルトに渡した時のことを思い出した。

あの日、ヴァルトは怯《おび》えるエリカのために自身の顎鬚《あごひげ》を剃《そ》っていた。おかげで初めて、エリカは彼とまともに向かい合うことができたし、互いを名前で呼び始めたのもそれからだ。

あれを機に、エリカはヴァルトとどんどん親しくなった。

就寝前の彼と一緒に過ごす一時《ひととき》を、楽しみにするようにまでなっていた。だから昨夜は、私室に戻れないほど多忙なヴァルトを心配しつつ、彼と会えないことにがっかりもしていたのだ。

（ヴァルト様……）

エリカは、無性にヴァルトに会いたくなった。

会って、彼の低く穏やかな声で「どうした？」と尋ねられたい。

またあの広い胸にしがみついて、彼の温《ぬく》もりと鼓動《こどう》を近くに感じたい。

その時、ぴかっと窓の外に閃光《せんこう》が走った。次いで、ゴロゴロと雷鳴がとどろく。

雨の勢いはさらに強まって、窓の向こうの景色はほとんど見えなくなってしまった。

その様子を眺め、ポットに手をかけたままクレアが呟《つぶや》く。

「きっと、ヴァルプルガのご加護がありますわ……」

エリカは、はっとした。

千年も前に亡くなったヴァルプルガは、今でもヘクセインゼルの人々の心の拠《よ》り所《どころ》になっている。その遺志と魔法を受け継いでいくべき立場にある自分が、雨も風も当たらない安全な場所で、温かいお茶を飲んでいてもいいものか。

自分は魔女として、今こそ何かすべきではないか。――では、何ができる？

そう考えた時、エリカは、嵐の予知を知らされたヴァルトとノエルが冗談交じりに話していたことを思い出した。

ヴァルプルガはかつて、気象をも操った。嵐を起こす雲をズッタズタに引き裂いて周囲の海に捨てた、とノエルは言っていた。

そんなとんでもないことを、と考える一方で、エリカは自分がヴァルプルガの再来と言われていることを思い出す。髪の白さは魔力の大きさに比例し、エリカのそれはヴァルプルガとそっくりなのだと——

「はい、どうぞ」

クレアが差し出すハーブティーのカップを見つめ、エリカは自問する。

できるか、できないか、試してもいないのに諦《あきら》めてしまうの？　本当にそれでいいの？

刹那《せつな》、エリカの脳裏《のうり》にヴァルトの姿が浮かんだ。

エリカが、一緒にこのヘクセインゼルを守っていきたいと思った国王。

彼にだけ、この嵐と戦わせてしまっていいの——？

——答えは、否《いな》だ。

エリカはクレアからカップを受け取らないまま、勢いよく立ち上がった。

隣に寝そべっていたロロンが、ピンと両の耳を立てて顔を上げる。

向かいのソファで、カップに口を付けようとしていたロベルトが目を丸くした。

「おいおい、どうした？」

「私——ちょっと、嵐を止めてきます！」

エリカは宣言すると、驚くロベルトとクレアへの挨拶《あいさつ》もそこそこに、壁にかかっている魔法の鏡に飛び込んだ。ロロンも慌ててその後を追う。

「……嵐を止めてくる、とな？　随分頼もしい魔女だ」

「無理をなさらないといいのですけれど……」

ロベルトは感心したように笑ったが、クレアはエリカが消えた魔法の鏡を見ながら心配そうに呟《つぶや》いた。

＊＊＊＊＊

姿見を通って私室に戻ったエリカは、壁にかけていた魔女のローブを羽織った。

彼女はそのまま私室を出て、リビングを経由して魔女の家の外へ飛び出す。

ちょうどリビングに集まっていた三老婆は突然のことに驚いたが、慌ててエリカを追い掛けた。

「こ、こりゃあ、エリカ！」

「こんな嵐の中、どこへ行く気ですかっ！」

「だめよ、戻ってて っ!!」

必死に叫ぶ三老婆に、ローブのフードを雨避けに被《かぶ》りつつエリカが答える。

「ヴァルプルガにできたことが、私にもできないか——やってみる！」

彼女は三老婆の制止を振り切り、始祖の樹の天辺《てっぺん》に向けてかけたはしごを上っていく。

つい先日、ヴァルプルガ生誕祭の時に上った、あのはしごだ。

「エリカ、こらっ！　およしったら‼」

「ヴァルプルガにできたことって、なんです！　何をしようと言うのですか‼」

「あああ、危ないっ！　お願いやめて、エリカ‼」

三老婆は狼狽《ろうばい》しつつも、風でグラグラするはしごを必死で押さえる。おかげで随分上りやすくなり、ついに天辺に辿り着いたエリカは、祭りの時にランプを引っ掛けた太い枝を掴んだ。

ヘクセインゼルのど真ん中にある始祖の樹の、最も高い場所。

ここからは、国の全てが見渡せる。

ヘクセインゼルを囲む海は、荒れに荒れていた。

大波が次々と打ち寄せ、港に溢《あふ》れた海水は海岸近くに敷かれた蒸気機関車のレールにいよいよ迫ろうとしている。蒸気機関車はヘクセインゼルの人々にとって大事な足であり、なくなれば生活がままならなくなる者も大勢いるはず。

一方、南側にある大きな山の上からは、雨水が川のごとく流れ落ちていた。周囲には黄金色に穂《ほ》を付けた小麦畑が広がって、侵食《しんしょく》を続ける水の猛威《もうい》に怯《おび》えるように揺れていた。

山頂からの水は、ヘクセインゼルを北と南に分ける大河へと流れ込み、その水位を著《いちじる》しく上昇させている。

ヴァルトの指示通り、堰《せき》が開けられて水は海へと放流されているようだが、降りやまない雨のせいでそれも間に合わない様子。万が一にもこの大河が溢れれば、北地区に密集する民家や工場、炭坑にもたちまち被害が及ぶだろう。

魔女から玉座を奪《うば》いながらも、平和と繁栄《はんえい》を保ってきたことで国民に認められているという国王。裏を返せばそれは、国が乱れればすぐに国王の権力が失墜《しっつい》するということだ。

今回の嵐にどう対処するのか、国王ヴァルトは手腕を問われているだろう。

人の力ではどうにもできない自然災害が相手であっても、被害が出れば彼を糾弾《きゅうだん》する声が上がるかもしれない。年嵩《としかさ》の大臣や市長が、若い彼を寄ってたかって責める可能性だってある。

「そんなの、嫌だ……」

エリカは何よりもヴァルトのために、ヘクセインゼルの危機を救わねばならないと思った。

ヴァルトを、なんとかして助けたかった。

エリカは左手で枝を掴んで身体を支えながら、右手の掌《てのひら》を天へ掲げて呟《つぶや》く。

「あれは、リンゴ。大きくて黒いリンゴ――」

ヴァルトと出会ったことで開花した、エリカの新しい魔法の使い方――自己暗示。

ヴァルプルガのように嵐の雲を引き裂いたことはないけれど、リンゴだったら魔法で切って削《そ》いで抉《えぐ》ったことが何度もある。

「簡単だよ。ウサギリンゴを作るのと、一緒だもの」

エリカは空を覆《おお》う分厚い雲――いや、ヘクセインゼルを上から押し潰そうとする真っ黒いリンゴを睨《にら》みつけ、強く強く念じる。

とたんにエリカの琥珀色《こはくいろ》の瞳が、強い光を宿して輝き出した。魔力の源たる子宮のある場所が、ふつふつと沸騰《ふっとう》するように熱くなってくる。内側から煮えたぎる身体は熱くて痛くて苦しくて、エリカの意識はだんだん朦朧《もうろう》とし始めた。それでもなお、かつてないほどの自信が彼女を突き動かす。

「大丈夫。私、できる――」

その時ふと、エリカは思った。

ヴァルプルガも千年前、こんな気持ちでヘクセインゼルを救ったのだろうか。

大陸から領地を物理的に引き剥がしてしまうだなんて、どれほど凄《すさ》まじい魔法だったろう。それはヴァルプルガの身体にも、とてつもなく大きな負担を与えたに違いない。

それでも、ヴァルプルガはやり遂げた。

領主の娘として、父の遺志を継いで民を守るために。

それとも、もしかしたら、今のエリカのように、特別な誰かを助けたくて――？

はしごの下で、三老婆が何ごとか必死に叫んでいるようだった。

だが、エリカの耳には、ドクドクと激しく脈打つ自分の心臓の音しか聞こえない。

やがて、強く頬を打つ雨の冷たさも、身体の中から焼き尽くされるような熱や痛みも感じなくなった。

もう、何も怖くはない。この身がバラバラになってしまっても、かまわないとさえ思えた。

ただ、自分がすべきことだけ、はっきりと理解している。

「あの、真っ黒いリンゴを……ウサギリンゴにして海へ捨てるんだ――」

――リンゴを切り分けて等分し、

突然、右手を掲げたエリカの頭上を中心として、真っ黒い雲の上にいくつも線が走った。

——ウサギの耳になる部分だけを残して皮を削ぎ、続いて、放射状に切り分けられた雲の中心が、少しずつ削《そ》ぎ取られるようにして薄くなっていく。

——果肉を抉《えぐ》って、ウサギの目を空ける。

最後に、目に見えない強烈な力によって雲の中心が一気に抉り取られ、ぽっかりと穴が空いた。

次の瞬間、ヘクセインゼルを襲った嵐は、急激に力を失い出す。

雲に空いた穴はみるみるうちに広がって行き、その力に押されて嵐のうずが逆向きに回転し始める。さらにはその回転が起こした風により、雲は外側からも飛散し始めた。

雲が緩《ゆる》むに連れて、あれだけ激しかった雨も風も、急速に収まっていく。

分厚い雲の向こうには、輝く太陽があった。

それまで雲で遮《さえぎ》られていた陽の光が、空いた穴から光の筋となって降り注《そそ》ぐ。

光は、雲の穴の真下にあった始祖の樹——その天辺《てっぺん》に立つ人影を照らし出した。

白いローブを羽織った、真っ白い髪の少女。

このヴァルプルガの再来と崇《あが》められる魔女が、たった一人で嵐を収めてしまった。

ヘクセインゼル中の人々がその奇跡を目《ま》の当《あ》たりにし、光の中に立つ彼女の神秘的な姿に目を奪《うば》われる。

それは、海岸沿いで土嚢《どのう》を積む一団とともにいたヴァルトも同じだった。

ほっとして辺りを見回していた彼は、遠く始祖の樹の真上で起こっていることに気づいた。

「エリカ……？」

その天辺に見えた真っ白い小さな塊《かたまり》がエリカであると気づくのに、それほど時間はかからなかった。

――奇跡を起こし、ヘクセインゼルを嵐から救った魔女。

ヴァルトとともに、呆然とそれを眺めていたうちの一人が、エリカを指差して叫んだ。

「ヴァルプルガ……ヴァルプルガだ――!!」

第八幕　失意ととびきりの魔法

「ヴァルプルガ！　ヴァルプルガ‼」

ヴァルプルガの再来と言われる魔女が起こした奇跡。

それを目にした人々の熱狂は、嵐が去った翌日になっても冷《さ》めなかった。

嵐の爪痕《つめあと》はあちらこちらに残っているにもかかわらず、まるで祭りでも始まりそうな勢いだ。

人々は先日のヴァルプルガ生誕祭の夜のように始祖の樹の袂《たもと》に集まり、エリカの功績を讃《たた》えた。

一方、浮かれる下界とは裏腹に、魔女の家は沈痛《ちんつう》な雰囲気に包まれている。

エリカは両目を閉じて、私室のベッドに横たわっていた。

嵐を収めた後、彼女はやっとのことではしごを下りたものの、そこで力尽きたのだ。

三老婆が彼女を家の中に担《かつ》ぎ入れ、濡《ぬ》れた衣服を着替えさせてベッドに運んだが、それからずっと目を覚まさない。

「エリカ……」

もともと白い肌はさらに血の気が引いて青白く、白いシーツに寝かされた彼女は、まるで死人のようだった。

三老婆はエリカのベッドを囲んで椅子に座り、時々彼女の手首の脈を確かめて安堵《あんど》することを繰り返していた。ベッドの上には、ロロンの姿もある。

いつもはシーツに毛が付くと言って嫌がるモリーも、この時ばかりは彼をベッドから下ろさなかった。

そのロロンが突然長い耳をピンと立てたかと思うと、ぴょんとベッドから飛び降りた。そして床の上を跳ね、壁に立てかけてある姿見を覗《のぞ》き込むような仕草をする。

三老婆は消沈した顔つきで、ぼんやりとそれを眺めていた。

しかし、ロロンの次の行動に、彼女達はぎょっとすることになる。

ロロンが姿見に向かってぴょんと跳ねたかと思ったら、そのまま姿を消したのだ。

「「「――!?」」」

三老婆はガタリと大きく音を立てて、座っていた椅子から立ち上がった。

さらに姿見の向こうからは、ドアが開閉する音と、慌ただしい靴音が聞こえる。そして……

「ロロン、来ていたのか。エリカはどうした。部屋か？」

この魔女の家には存在するはずのない、男の声が聞こえてきたではないか。

三老婆は、鳩《はと》が豆鉄砲を食らったように互いの顔を見つめ合う。

彼女達が視線を姿見へ戻した直後、そこからにゅっと現れたのは……

「……これはこれは、ばあ様方。お揃いで」

嵐の収束を宣言してようやく私室に戻ってきた、国王ヴァルトであった。

彼は、エリカの私室に居並ぶ三老婆に顔を引き攣《つ》らせている。

一方の三老婆も、わなわなと震え始めた。

彼女達にとってヴァルトは、魔女の仇《かたき》たるにっくき王族であり、数週間前にはわざわざ魔女の家を訪れて「魔女は時代遅れ」などと宣《のたま》った、とんでもない無礼者。

そんな男が、自分達が大事に大事に育てた娘の私室に、気安く顔を出してきたのだ。

三老婆は一斉に姿見の前に駆け寄り、怒りに声を震わせて叫んだ。

「貴様、これはどういうことじゃ！」

「なんなんです、この鏡は！　まさか……魔法の⁉」

「エリカの部屋に勝手に出入りするなんて……‼」

そのすさまじい剣幕《けんまく》に、さすがのヴァルトもたじたじとなる。

三老婆は容赦《ようしゃ》なく捲《まく》し立てた。

「ここのところ、エリカが部屋に籠《こも》ることが多いと思ったら……貴様が関係していたのか！」

「昨日、あの子が嵐の中に飛び出して行ったのも、あなたがそそのかしたんですね!!」

「エリカを利用するなんて、ひどいっ……!!」

そんな老婆達の言葉に、ヴァルトも慌てて「待ってくれ！」と声を張り上げた。

「黙ってエリカと関わっていたことは、謝る。だが、彼女を利用しようなどと考えたことは一度もない！」

しかし、三老婆は「黙れ！」と彼を鋭く叱責《しっせき》する。

「エリカは、ヴァルプルガにできたことを自分もやってみると言って、嵐に立ち向かったんじゃ！」

「ヴァルプルガにできたこと……？」

ニータが曲がっていた腰を伸ばして、ヴァルトの胸ぐらを掴んだ。

「嵐を収める魔法だなんて……命を投げ打つようなものです！」

「大きな魔法は、それだけエリカの身体への負担も大きいのよ！」

モリーとマリアも、口々に叫んで彼に詰め寄る。

ヴァルトはベッドに横たわるエリカの顔色にようやく気づき、さっと表情を曇《くも》らせた。魔女の能力は、その身体に保有する魔力の大きさで決まる。つまり、大きな魔力を持っている者ほど、より強大な魔法を使うことも可能ということだ。

だが、いかに人智を超えた力を持っていようとも、身体は人間なのだ。魔女は魔女という生き物ではなく、常人とは少し異なる力を持っているだけの生身の人間。

魔法の威力が大きければ大きいほど、魔女の身体が受ける反動も大きい。そのため魔女は、自分の身体を痛めるほどの魔法を使ってしまわないよう、無意識に魔力にリミッターをかけている。

同じことは、魔女以外の人間にもある。人がとんでもなく重いものを持ち上げる時、無意識にリミッターが働いて、骨や筋肉の強度を超える物を持ち上げさせないようにするのだ。

だが、エリカは嵐を収めるためにそのリミッターを外してしまった。

――ヴァルプルガ！　ヴァルプルガ！

エリカの私室にも、始祖の樹の袂《たもと》に集まった人々の歓声がかすかに届いた。

三老婆にとって、今、それはひどく煩《わずら》わしく、そして憎らしく感じるものでしかない。

「何がヴァルプルガだ！　エリカは、まだたった十六の娘だぞ！」

「奇跡だなんだと浮かれるばかりで、魔女が受ける代償など知ろうともしない!!」

「エリカがいったいどれほどの無理をしたことか、皆何も知らないのよっ……!!」

そんな彼女達の怒りは全て、ヴァルトへと向けられる。

「エリカ……!」

ヴァルトはエリカの名を叫んでベッドに駆け寄ろうとしたが、怒り狂った三老婆がそれを阻《はば》んだ。

「気安く呼ぶでないわ!」

「ここから出てお行きなさい!」

「もう、二度とエリカに関わらないで!」

三老婆は口々に叫ぶと、目一杯の力でヴァルトを姿見の向こうに突き飛ばした。

そしてそのまま、姿見を床へと叩き付ける。

ガシャーーンッ!!

大きな音を立てて、姿見は粉々に割れてしまった。

嵐から丸二日経って、エリカはやっと目を覚ました。

幸い身体のどこにも異常はなく、ずっと彼女の枕元に張り付いていた三老婆をほっとさせた。

「嵐は……？」

そう問うエリカに、三老婆はお前の魔法で収まったと告《つ》げた。そして、強大な魔法が身体に与える代償と負担について説き、二度と安易に大きな魔法を使ってはいけないと厳しく叱った。

「姿見は……？」

エリカは、壁際に置いてあった姿見がなくなっていることに気づくと、起き上がってきょろきょろ辺りを見回す。

そんな彼女に対し、三老婆は姿見は処分したのだと言った。

「しょ、処分って……？」

とたんに声を震わせるエリカに、三老婆は国王がその姿見から顔を出したこと、彼を追い返したことも告げる。

エリカははっと息を呑み、それからおずおずと彼女達を見上げて言った。

「あの姿見のこと……それとヴァルト様のこと、黙っていてごめんなさい……」

モリーが眼鏡を押し上げながら、「そういえば」と口を開く。

「国王がこの魔女の家を訪れた日の翌朝……あなたが急に魔法の解除の仕方を聞いてき

たのは、もしや彼に関係してのことだったのかしら？」

「う、うん……私、うっかりヴァルト様にウサギになる魔法をかけてしまってて、それで……」

こくりと頷《うなず》いて答えたエリカの言葉に、「ウ、ウサギ……？」と目を丸くしつつニータも問う。

「もしかして、いきなり目に効く薬を作ると言い出したのも、あの男のためか？」

「あれはニータおばあ様のためと、ヴァルト様のお父様……前王ロベルト様が目を患《わずら》っていらっしゃったから……」

マリアは、前王とまで会っていたことに驚愕《きょうがく》を隠せない様子で尋ねた。

「もしかして、ヴァルプルガ生誕祭の時に、慌てて下に降りて行ったのも？」

「うん、えっと……ヴァルト様と、あと従者のノエルさんと従姉《いとこ》のメーリアさんと待ち合わせしてて……。一緒に祭りを見て回ったし、三人ともエレンにも会ったんだよ？」

三老婆はもはや声も出ない様子で顔を見合わせ、深々とため息をついた。

エリカはそんな彼女達に向かって、ベッドに座ったままぺこりと頭を下げる。

「黙っていて、本当にごめんなさい。でも、とても仲良くしてもらったんです。ヘクセインゼルについて、私の知らなかったこともたくさん教えてもらって、それから……」

「――エリカ、お黙り」

懸命に言い募《つの》るエリカの言葉を、ニータが厳しい声で遮《さえぎ》った。

難しい顔をしたモリーと、困ったような顔をしたマリアが続ける。

「かつて魔女が、彼ら一族にどれほどの屈辱《くつじょく》を味わわされたのか、あなたも知っているでしょう」

「あなたが素直なのにつけ込んで、いいように丸め込もうとしたんだわ。騙《だま》されてはだめよ」

断固としてヴァルトを拒絶する三老婆の言葉に、エリカは慌ててベッドから立ち上がり反論しようとした。しかし、丸二日飲まず食わずで眠り続けた身体では力が入らず、床にへたり込んでしまう。

三老婆はそんな彼女を再びベッドに押し上げ、ひどく悲しそうな声で言った。

「お前が倒れて、わしらがどれだけ心配したと思っておるんじゃ」

「あの坊やのせいで、あなたは無理な魔法を使ってしまったんですよ」

「あんな僕ちゃんと、もう絶対会ってはだめよ」

そう告《つ》げた三老婆の目元には、一様に涙が滲《にじ》んでいた。

それを目にしたエリカは、彼女達にとても心配をかけてしまったことを知る。こっそりヴァルト達に会っていたことにも、激しい罪悪感を覚えた。

「おばあ様達、ごめんなさい……」

自分をここまで育ててくれた三老婆は、エリカにとってかけがえのない存在である。

血の繋《つな》がりはなくても、胸を張って家族だと言える、大切な大切な人達だった。

だから、彼女達を悲しませるようなことは、もうしたくないと思う。

ただ、ヴァルトと会ってはいけないと言われて――エリカはどうしても頷《うなず》くことができなかった。

そんなエリカに、三老婆は静かに告《つ》げる。

「小僧が顔を出した姿見は、粉々に割れてしまったんじゃ」

「あの坊やがここを訪ねることは、もう不可能です」

「あんな僕ちゃんのことは、全部忘れてちょうだい」

その言葉に、エリカは愕然《がくぜん》とした。

ヴァルトと彼女を繋いでいた姿見は、もうないのだ。いじけるエリカを慰《なぐさ》めてくれる大きな手も、優しく抱き締めてくれた彼の温《ぬく》もりも、遠くなってしまった。

ヴァルトと共に過ごす時間は、エリカにとって大切なものだったのだ。

最初は怖くて仕方なかった彼の男らしい顔も、微笑めばとても柔らかくなることを知った。

低い声が、存外優しくエリカの名を紡《つむ》ぐのにも気づいた。

ロロンの毛並みと同じ色の髪は、さらさらとしていて触り心地がよく、石鹸《せっけん》の清潔《せいけつ》な香りがして……

ヴァルトの頭を抱き締めた時のことを思い出し、エリカはふと自分の両腕を見下ろした。

それから、きょろきょろと辺りを見回し、ぽつりと呟《つぶや》く。

「ロロンは……?」

＊＊＊＊＊

嵐が収まって三日が経った。

大波の影響で止まっていた蒸気機関車も、全ての線路の点検を終えて運行が再開された。

北地区の工場群や炭坑も無事操業を再開し、ベーゼンの港にも外国の船が戻ってきた。

心配されていた小麦への被害も免《まぬが》れ、南地区では無事収穫が始まっている。

山からの雨水による濁流《だくりゅう》は、ようやく穏やかなせせらぎに戻り、ヘクセインゼルを北と南に分ける大河も流れが静かになった。

始祖の樹でも、エリカの偉業を讃《たた》えて押し掛けていた人々の波がようやく落ち着きを取り戻していた。

反対に、王城はにわかに騒がしくなっている。

長年静かに続いていた、二つの派閥《はばつ》の対立が浮き彫りになり始めたのだ。

大陸とのさらなる交易とともに観光客を受け入れ、始祖の樹を観光地にしたいと考える北地区の革新派は、今回の嵐をきっかけにその思いを強めた。

始祖たる魔女王ヴァルプルガの再来と言われる少女が、紛れもない奇跡を起こしたのだ。

時化《しけ》のせいでベーゼンの港に留まっていた大陸の商人達も、始祖の樹の天辺《てっぺん》で光を浴びる神秘的な魔女の姿を目撃していた。彼らは祖国に戻り、その時のことを周囲に話して聞かせるに違いない。

やがてヘクセインゼルには、実在する魔女の姿を一目見たいという大陸の人々が押し寄せることになるだろう。そうすれば、唯一外国船の入港を許しているベーゼンの港町はもっと賑《にぎ》わい、さらなる外貨の獲得《かくとく》に繋《つな》がる。それに、隣り合うシュトクもまたその恩恵を受けられるはず。北の革新派達はそう考えた。

さらに、魔女というヘクセインゼルの特別な存在を、大陸の連中相手に自慢したい思いも彼らにはあった。

一方、これと真っ向から対立するのが、南地区の保守派である。

北地区で行われている大陸との交易《こうえき》は、ヘクセインゼル全体に産業的な発展をもたらす一方で、南地区の酪農家《らくのうか》の生活をおびやかそうとしていた。

大陸の広大な土地で大量生産された小麦や野菜は非常に安価で、もしそれが自由に輸入されるようになれば、国内産のものは確実に価格競争で負けてしまう。

さらに彼らは、魔女を異邦人などに気安く見せたくないし、ヘクセインゼル人の心の拠《よ》り所《どころ》である始祖の樹を、よそ者に踏み荒らされるなど我慢がならないのだ。

そのため南地区からは、エリカの起こした奇跡を目撃した異邦人の口封じをしろ、という過激な意見までもが飛び出した。

この日の朝、王城で開かれた会議は紛糾《ふんきゅう》した。革新派と保守派に分かれた市長達、それぞれに加勢する大臣達は、互いに相手の話に聞く耳を持たない。

ヴァルトやその伯父である宰相《さいしょう》が仲裁に入ろうにも、貿易のことはともかくとして、魔女に関しては王家は口を出すなとばかりの態度を取られてしまう。

結局、午後になっても話し合いは平行線のままで、北と南が喧嘩別れをするような形でその日の会議は解散となった。

「お疲れ様です、ヴァルト様。気晴らしに一杯召し上がられます？」

「ああ、そうだな……」

疲れた顔をして私室に戻ったヴァルトを、ノエルが労《いたわ》る。

ヴァルトはノエルがワインを注《つ》いで寄越したグラスを片手に、壁際に立った。

彼の目の前には、ヴァルプルガの魔法の鏡。

代々国王の私室に置かれていたそれは、今は普通の鏡に戻ってしまっている。

そこに映る自分の顔を、ヴァルトはしばしぼんやりと眺めていた。嵐の予報を受けてからずっと慌ただしい毎日を送っていたその顔には、疲労が色濃く表れている。突然、足もとに何かがぶつかる感触を覚え、彼はやっと我に返った。

「……お前か」

ヴァルトの足にぶつかって――いや、頭突きをかましてきたのは、ウサギのロロンであった。

王城に来ている間に姿見を割られてしまったので、彼はエリカのもとに帰れなくなっていたのだ。

それに抗議するかのように、ロロンはなおもヴァルトの足に頭をぶつけてくる。

「まあまあ、そんなに怒らないでくださいよ」

ノエルが苦笑し、ロロンをそっと抱き上げる。その背後から、王太后クレアが現れた。

ヴァルトはワイングラスに口を付けつつ、また鏡を見た。

そこに映るグラスの中身は、少し前の夜会の時、こっそりワインを飲もうとしたエリカの手にあったものと同じ色。

それを取り上げて叱った時の彼女の顔を思い出す。おどおどとヴァルトを見上げながらも、拗《す》ねたように口を尖《とが》らせていて、小憎らしくもかわいらしかった。

その後、まやかしの魔法が解けてウサギの耳が飛び出しそうになったヴァルトの頭を、エリカは無遠慮に抱き締めた。図らずも顔を埋めることになった胸の柔らかさ、そして温《ぬく》もりを、ヴァルトは忘れることはできない。

また、彼は最後に見た、ベッドに横たわる青白い顔のエリカを思い出し、ぎゅっと目を瞑《つぶ》った。

嵐の予報を告《つ》げられた時、ヴァルトとノエルは冗談交じりにヴァルプルガの偉業を話題にした。ヴァルプルガはかつて気象をも操り、魔法で嵐を回避させたことさえあった、と。

ヴァルトは、そんなヴァルプルガを豪儀《ごうぎ》だと評する一方で、エレンとのことで消沈するエリカを繊細《せんさい》だとからかった。

もちろん、あの時のヴァルトには、魔女としてのヴァルプルガとエリカを比べるつもりも、嵐を回避する魔法をエリカに求めているつもりもなかった。

しかし結果的には、エリカはヴァルプルガに倣《なら》い、たった一人で嵐に立ち向かったのだという。

「エリカの前で、あんな話をすべきではなかった……」

ヴァルトは自分の配慮が足らなかったことを悔《く》やみ、片手で顔を覆《おお》って深いため息をついた。

もしかしたら心のどこかに、魔女になんとかしてもらいたいという期待があったのかもしれない。

魔女は時代遅れで消えゆく者だと言っていた自分が、その魔女の力に頼ってしまった。守ってやりたいと思っていたエリカに、ヴァルトは守られてしまった。

「魔法の反動とは、いったいどれほどのものなのだろう。エリカは眠っているようだったが、苦しんでいるのだろうか……」

そんな彼の呟《つぶや》きに、クレアがロロンを抱き上げたノエルと視線を交わす。それからヴァルトの側《そば》にやってくると、彼の落ちた肩を優しく撫《な》でた。

「魔女が眠っている間、魔力は宿主のために働くのです。エリカさんは大丈夫ですよ」

「……本当ですか？」

「ええ、本当です。ヴァルプルガも大きな魔法を使った後はいつも、眠りによって体力を回復したと言いますわ」

「ヴァルプルガも……」

ヴァルトらしくない覇気《はき》に欠けた声にクレアは苦笑する。

そして今度は、彼の肩を少し強めにパンと叩いた。

「それより、ヴァルトさん。ご自分のお顔をもう一度鏡で見てご覧なさいまし。正直申し上げて、あなたの方がエリカさんにお会いできる状態じゃありませんわよ？」

クレアの言葉にヴァルトは改めて、魔法の鏡——今はただの鏡に映った自分の顔を見た。

そして「あ」と呟き、顎《あご》に片手を当てる。

国王となったことをきっかけに、一度は伸ばし始めた顎髭《ひげ》。だが、エリカがそれを怖がりまともに会話もできなかったことから、ヴァルトはここ最近、毎朝綺麗に剃《そ》るようになっていた。

その髭が、嵐の対応や事後処理、派閥《はばつ》の対立に振り回されていたこの数日のうちに、すっかり伸びてしまっていたのだ。

「これではまた、エリカにチクチクすると言われそうだな……」

ヴァルトは思わず呟《つぶや》き、苦笑する。

すると、それを聞いたノエルが、「ちょっと待ってください！」と挙手をした。

「また、ってことは……ヴァルト様のお髭《ひげ》の感触を魔女様がすでにご存知《ぞんじ》だってことですよね？　つまりは、お二人の間に相応の接触があったということですよね⁉」

「まあな」

「僕の知らない間に、いったい魔女様に何をしたんです？」

「キスをした」

ノエルの問いに、ヴァルトは言葉を濁《にご》すことなく堂々と答えた。

「なんと！」

「まあ！」

まさかのヴァルトの告白に、ノエルとクレアはにわかに盛り上がる。

とたんにもがき始めたロロンを抱きとめるのに四苦八苦しながら、ノエルがさらに尋ねた。

「どうして、魔女様にキスをしたんです？」

それを聞いたヴァルトは、あの時エリカにも同じように問われたことを思い出す。

ようやく自分に懐《なつ》き、一緒に花火を見れて嬉しいと微笑む彼女がかわいくて、愛《いと》おしかった。

きらきらと輝く彼女の瞳の美しさに感動して、自然と身体が動いたのだ。

あの時は、直後にエレンが現れたこともあって、ヴァルトはエリカに対する自分の気持ちを深くは考えなかった。それからも、彼女を妹のようにかわいいと思っているつもりだった。

そもそもヴァルトとエリカの交流は、ウサギになる魔法をなんとかするために始まったものだ。しかし、魔法が無事解除された後も、お互いの部屋の行き来をやめようなんて少しも思わなかった。

眠る前のたった一時、エリカと過ごすささやかな時間は、ヴァルトにとって貴重なものとなった。彼女の笑顔を見れば一日の疲れが吹き飛び、声を聞けば心が落ち着いた。

ヴァルトにとって、エリカの存在はかけがえのないものとなっている。

「私は――エリカに恋をしていたのか」

ヴァルトの言葉に、クレアはパンと両手を打ち鳴らして声を弾《はず》ませる。

「まあ、素敵！　ヴァルトさんはとびきりの魔法にかけられてしまったのですね！」

ヴァルトはもう一度、壁にかかった鏡に視線を向けた。

その向こうで見つけた少女の笑顔と再び相見えるために、そしてまた彼女と過ごす時間を手に入れるためには、ヴァルトはまず、あの三老婆を攻略しなければならない。

幸い、融通《ゆうずう》のきかない年寄りの相手は、毎日顔を突き合わせている頭の固い大臣や年嵩《としかさ》の市長達のおかげで慣れっこになっていた。

「なんとしても、もう一度あの家に行くぞ」

その決意を聞いたノエルが、暴れるロロンを床に下ろしてから口を開く。

「でも、ヴァルト様。鏡は通れなくなってしまいましたのに、どうやって行くんです?」

「また改めて、あちらの鏡との通路を開けばいい」

いとも簡単に言うヴァルトに、過去二回その実行役を務めたノエルが肩を竦《すく》める。

「さすがにおばあ様達が警戒しているでしょうし、ヴァルプルガの祭りが終わって、ロープ代わりにしていた飾りを片付けられちゃいましたからね。僕でも、もう簡単に魔女様のもとに忍び込めませんよ?」

「正面切って訪ねて行っても、絶対にエリカには会わせてもらえんだろうしな」

ヴァルトは伸びた顎髭《あごひげ》を撫《な》でて唸《うな》る。

ノエルは、ダンダンと後ろ足を踏み鳴らしているロロンに苦笑しつつ続けた。

「そもそも魔女の家がある空中庭園にも、魔女に迎え入れてもらわなければヴァルト様は上がることもできませんよ」

「扉をぶち壊す覚悟で強行突破もできんのか」

「できません。あれは強固な魔法の扉ですから。とにかく男には成す術《すべ》のない扉だと思ってください」

「男には成す術のない魔法の扉……か」

難しい顔をして腕を組むヴァルトを、クレアがにこにこして眺めていた。

先ほどまで疲れを滲《にじ》ませていたヴァルトの表情は、今はいきいきとしている。

エリカへの想いを自覚したことが、彼の活力となったようだ。

一方、その頃――

ヴァルトとエリカの逢瀬《おうせ》を阻《はば》む強固な魔法の扉を、一人の男が通ることを許されていた。

それは灰色の髪と琥珀色《こはくいろ》の瞳をした、中性的な面差しの少年。

――そう、エリカの双子の兄、エレン・ヴァルプルガであった。

＊＊＊＊＊

「ここは何も変わらないね。九年前のままだ……」

魔女の家に迎え入れられたエレンは、リビングの中をきょろきょろと見回して呟《つぶや》いた。

「椅子もテーブルも、僕がここに住んでいた時のままだね。さすが、始祖の樹を使って作られただけある。これも魔法が関係しているのかな?」

エレンは、肩からかけていたカバンを下ろしつつ、興味深げに椅子の背やテーブルの縁を撫《な》でる。

「エレン……っ!」

エリカはたまらず駆け寄って、エレンの胸にしがみついた。

「エレン! エレンっ……!!」

「ふふ、泣き虫だなぁ、エリカは。君も全然変わらないね」

エレンは自分の肩口を涙で濡《ぬ》らすエリカに苦笑しつつ、彼女の背中をぽんぽんと叩いた。

彼との面会を頑《かたく》なに拒《こば》んでいた三老婆がそれを撤回《てっかい》したのは、エリカのためだ。

眠りから目覚め、体調は回復したように見えたエリカだが、その気持ちは沈んでいく一方であった。

心を通じ合わせていたヴァルト達との接触を断《た》たれ、その上、一番の親友であったウサギのロロンもいなくなってしまったのだ。エリカはすっかり塞《ふさ》ぎ込み、食べ物もろくに喉《のど》を通らなくなってしまった。

三老婆は悩みに悩んだ末、エリカのためにエレンを呼ぶことに決めた。

エレンはまだぐすぐすと鼻を鳴らしているエリカを椅子に座らせると、自分もその隣に腰を下ろす。

そんな二人の前に、ニータがお茶を注《そそ》いだカップを置く。リコリスやマーシュマロウといった甘味のある薬草に、オレンジピールやベリーを加えた、子供でも飲みやすいお茶である。

エレンはそれを一口含み、ふふと笑った。

「ああ、ニータおばあ様の甘いお茶、懐《なつ》かしいな。大陸にもこれを超えるお茶はなかったよ」

「……ばばあをおだてるんじゃないよ」

ニータはエレンから目を逸《そ》らして答える。

ニータも、モリーもマリアも、本心ではやはり、エレンを魔女の家に上げることも、自分達が会うこともすべきではないと思っていた。

しかし、始祖の樹の周辺は嵐の一件でまだごたついている。そのため、三老婆はエリカを下に下ろすのは得策ではないと判断し、仕方なくエレンを魔女殿に招いたのだ。

「おだててなんていないよ。ほんとのことだよ」

エレンはニータの態度に苦笑しながら再びお茶を口に含み、「やっぱりおいしい」と頷《うなず》く。

すると、エリカもつられたようにカップに手を伸ばし、それを一口飲んだ。

エレンがお茶請けに出されたローズマリーとチーズが練《ね》り込まれたクッキーをかじれば、エリカもそれに倣《なら》う。彼女が自然とクッキーを口に運ぶ姿に、三老婆はほっと胸を撫《な》で下ろした。

安堵《あんど》とともに、三老婆のエレンに対する頑《かたくな》だった態度も軟化し始める。

一度は始祖の樹とヘクセインゼルを出た身とはいえ、エレンは彼女達にとって孫にも等しい存在だ。接すれば接するほどに、幼かった彼との思い出が、三人の脳裏《のうり》に蘇《よみがえ》ってきた。

「エレンは、大きくなったねぇ……」

腰の曲がったニータは、エレンを見上げるようにして感慨《かんがい》深げに呟《つぶや》く。

「すっかり背を抜かれてしまいましたね」

のっぽのモリーが、自分より目線の高くなったエレンに目を細める。

「でも、エリカとよく似ているわ。やっぱり双子ね」

マリアもぐすぐすと鼻を鳴らしながら、向かいに座ったエリカに微笑みかける。

こうして、エレンを迎えた魔女の家のお茶会は、しばし和《なご》やかに続いた。

エレンがこの九年間過ごしてきたというザクセンハルト共和国は、エリカはもちろん三老婆にとっても、未知の国である。

エリカは興味津々《きょうみしんしん》で話を聞いていたが、三老婆は少しだけ心配そうな顔をした。

エレンはやはりヘクセインゼルに永住するつもりはないようで、数日後にはザクセンハルトに戻るのだという。エリカは、このままずっと側《そば》にいてほしいと言いたくなるのをぐっと我慢し、今後もまた会いに来てくれるかと彼に尋ねた。

するとエレンは、急に意味深な笑みを浮かべて言った。

「それは、エリカ次第だよ」

「え？」

「エリカと……おばあ様達が僕の計画に協力してくれるなら、いつだってここに来れるよ？」

「計画って……？」

そう問い返したエリカは、腕に鳥肌が立つのを感じる。

先ほどまでにこやかだったエレンが――いや、今だって彼は笑みを浮かべているのに、なんだかその雰囲気が突然ひやりと冷たくなったように思えたのだ。

エリカはごくりと唾《つば》を呑み込んだ。

向かいに並んで座っている三老婆も、わずかに顔を強張《こわば》らせている。

そんな魔女達に向かい、エレンは口を笑みの形にしたまま首を傾《かし》げた。

「先日の嵐を消した魔法……すごかったよね。エリカ、あれどうやったの？」

エレンの問いに、エリカは分からない、と首を横に振った。

すると彼は、ふうんと気のない返事をし、今度は三老婆の方に向き直る。

「じゃあ、おばあ様達は？　あのエリカの魔法がどういう理屈で発動したのか知ってる？」

三老婆も困惑の表情をしてそれぞれ首を横に振る。

エレンは肩を竦《すく》めてから、テーブルの上に両肘をついた。

そして、組んだ両手の上に顎《あご》を乗せると、じっと三老婆を見つめて言った。

「僕はね、それを解明したいんだ。エリカの力を科学的に解明して、もっとすごいことをやってみたいんだよ」

エレンのその言葉に、三老婆は驚きの声を上げる。

「エ、エリカの力を解明するじゃと!?」

「魔法を科学で理屈付けようというのですか!?」

「そんなことできるの⁉」

一方、エリカはおそるおそる問いかけた。

「エレン……もっとすごいことって、何……？」

エレンがエリカに向かってにっと口の端を上げる。

その瞬間、エリカの背筋がぞわりとした。

「エ、エレン……？」

エレンは笑みを浮かべているふりをしているだけで、本当は笑ってなどいないのだ。

その証拠に、エリカと同じ色をした瞳は凍えるほど冷たく鋭い光を宿していた。

「大気を操るんだよ」

「大気を操る……？」

「ヴァルプルガにはそれができた。エリカだって、小さい時から天気を操っていたよね」

「え……？」

確かにエリカは、小さい頃から天気を言い当てることが度々あった。単なる偶然か、もしくは天気を予知する占術《せんじゅつ》の才能があるのかと三老婆には思われていたのだが、異なる考えの者達がいた。エレンと、彼とエリカの母である。

自身ももともとは魔女であった母は、エリカの本当の力を見抜いていた。エリカは天気を予知するのではなく、無意識に操っているのだ、と。

現に、エリカが雨のぱらつく空を眺めて、今日はウサギと一緒に庭で遊びたいと呟《つぶや》くと雨雲が晴れた。逆に今日は家の中でずっと本を読んでいたいとごねれば、突然雨が強く降り出したのだ。

それらはあくまで、エリカが無意識に行っていることだった。

けれど先日、エリカは自らの意思で天候を操ってみせた。ヘクセインゼルの全ての民と、エレンの前で――

「エリカが嵐を収めることができたのは、大気を操れたからだよ。あの魔法を自在に扱えるようになれば、君は大陸だって支配できる」

「エレン、何を言ってるの……？」

「単純に、晴れ、雨、曇《くも》りというふうに天気を思うがままにするだけでなく、例えば目標地点に嵐を呼び寄せたり、ピンポイントで雷を落としたりできるようになるんだ」

「ま、待って、エレン！　嵐を呼び寄せるとか、雷をわざと落とすとか、そんなのおかしいよ！」

エリカは真っ青な顔をして、エレンの話を止めようとした。

三老婆は顔を強張《こわば》らせて絶句している。

しかし、エレンは言葉にまったくそぐわない、にこやかな笑みを浮かべて続ける。

「何もおかしいことなんてないよ。むしろすごいことだ。エリカは、特定の場所に集中的に大雨を降らせて水害を起こすこともできるし、逆に一切の雨雲を遠ざけて日照りを起こすことだってできる。雷を落とせば火災を起こせるし、それを利用して気に入らない奴を抹殺《まっさつ》だってできるんだよ」

「エレン、やめて――！」

恐ろしい話を嬉々として続けるエレンに、エリカは椅子から立ち上がり悲鳴を上げる。

しかし、そんな彼女と、テーブルを挟んで真っ青な顔をしている三老婆に向かい、エレンはなおも弾《はず》むような声で話す。

「僕がエリカの力を研究して科学的に分析するんだ。法則を見極め精度を上げれば、最高の戦力になる。そしたらきっと、ヘクセインゼルの王家の連中だって恐れ入って、玉座を魔女に返しにくるんじゃない？」

その言葉に、三老婆は目を丸くして顔を見合わせる。

エレンは畳《たた》み掛けるように続けた。

「いや、奪《うば》い返すことだって簡単だよ。王族なんて、滅《ほろ》ぼしてしまえばいいんだ」

「エレン！」

エリカはついに、エレンの口を手で塞《ふさ》いだ。彼がこれ以上恐ろしい呪詛《じゅそ》を吐き出すのに耐えられなかった。

だが、そんなエリカの手を、エレンは乱暴に掴んで引き剥がす。

エリカの手首を強く握ったまま、彼は三老婆の方へ身を乗り出した。

「ねえ、おばあ様達、いいでしょう？　僕に協力してよ。本当はエリカを研究所に連れていきたいんだけど、さすがにそれは無理だろうから、とりあえず僕がここに自由に出入りできるようにしてほしい」

どこか甘えるような声でそう言うエレンに、三老婆はひどく困惑している様子だった。

しかし、やがて……

「エレンや、もうお帰り」

ニータが静かに言った。

「ここはもう、あなたを迎え入れることはできません」

モリーも毅然《きぜん》とした口調で告《つ》げる。

「寂しいけれど……さよならだわ、エレン」

マリアは瞳に涙をいっぱいに溜めて、声を震わせた。

「――っ、いた……！」

とたんに、手首を握るエレンの手に力が籠《こも》り、エリカが痛みに顔を歪《ゆが》める。

慌てた三老婆に向かい、エレンはついに声を荒らげた。

「どうしてだよ！　何百年もの間こんな樹の上で、魔女は恨みつらみを並べ立てるばかりだったじゃないか！　僕がその恨みを晴らしてやろうって言ってるのに、何が気に入らないんだよっ!!」

激昂《げっこう》するエレンを宥《なだ》めるように、三老婆は努めて静かな声で答える。

「ヴァルプルガの話は、小さい時に読み聞かせたじゃろう、エレン。忘れてしまったのかい？」

「ヴァルプルガは、魔女の力を戦争に利用させたくなかった。そのために、このヘクセインゼルを大陸から離したのですよ」

「私達魔女は、そんなヴァルプルガの遺志を継がなければならないの。魔女の力を、誰かを傷付けたり脅《おびや》かしたりするために使ってはいけないのよ」

しかし、老婆達に諭《さと》されても、エレンの高ぶりは収まらなかった。

彼はエリカの手首を握る手にさらに力を込める。

「――っ、いたいっ！　エレン、痛いよっ……!!」

「うるさいな、エリカ」

軋《きし》んだ手首にエリカが悲鳴を上げても、エレンは冷たく返すだけだった。

彼は、息を呑む三老婆を燃えるような目で睨《にら》みつける。

そして、椅子の背にかけていた自分のカバンから何かを取り出し……

「どうあっても高尚な存在でいたいってことか。傲慢《ごうまん》だな。――これだから、魔女は嫌だ」

憎々しげにそう吐き捨てた。

第九幕　せめぎ合う科学と魔法

エレンがカバンから取り出したものは、黒々とした金属の塊《かたまり》のように見えた。

木製の握りの上に円柱状の金属部分と引き金らしき部分、さらにその先には細長い筒状の金属が繋《つな》がっている。エリカや三老婆にとって、今まで見たことのないものだった。

エレンも彼女達の表情からそれを察したらしく、ちっ、と苛立《いらだ》たしげに舌打ちをする。

彼はその黒々とした細長い筒の先を、エリカが座っていた椅子に向け、引き金に指をかけた。

――バンッ！

突然乾いた音が響いたかと思ったら、椅子の背が砕《くだ》け散った。

エリカも三老婆も、いきなりのことに息を呑む。

エレンはそんな四人の反応に気をよくした様子で、今度はそれを魔女の家の玄関扉に向けた。

――バン、バンッ!!

続けて二発。大きな音とともに木の扉に穴が空き、その衝撃で蝶番《ちょうつがい》が外れて傾く。

もはや声を上げることもできず、呆然と見ているしかないエリカと三老婆に、エレンは愉快そうに口の端をつり上げて言った。

「どう？　科学ってすごいだろ？　手も触れずに物を破壊し、人を殺すことだってできるんだよ」

エレンの手にあったのは、いわゆる銃の一種であった。

大陸では、随分昔に発明されて狩猟や戦闘に使われてきたものだが、そもそも狩猟の文化がないヘクセインゼルには、銃は浸透《しんとう》していなかった。

しかも、エレンが手にしていたのは、ごく最近になって開発された新しいタイプのもの。小型で軽いため片手で扱えるだけでなく、回転式の弾倉には六つの弾丸を装填《そうてん》し連射することができるのだ。

「僕はね、ザクセンハルトでもっと上に行きたいんだ。エリカの力を上層部の連中に見せ付けてやったら、奴らきっとびっくりするよ。最終的には魔法の法則を解明して、それを使ってすごい武器を作ってやる」

「エレン……」

「エリカだって、今のままだと宝の持ち腐れだよ。せっかくの力を自在に操れないんなら、役立たずじゃないか。偉そうにヴァルプルガの再来を名乗るんなら、僕の役に立ってみなよ」

「エレン……っ！」

エレンの冷たい言葉に、エリカはついに涙ぐむ。

しかし、エレンは彼女を冷ややかに見下ろし、あろうことか銃口を、向かいの席で固まっている三老婆に向けた。

エレンに右の手首を掴まれたままのエリカは、空いた左手で彼の腕に縋《すが》り付いて叫ぶ。

「やめて、エレン！　何する気なの っ……!?」

「僕が何をするのか、それもエリカ次第だよ。君がおばあ様達を説得して僕に協力するなら、弾は弾倉に残したままにしよう。でも、協力しないなら……」

エレンはエリカを引き寄せると、彼女の耳に囁《ささや》いた。

——おばあ様達の身体に穴が空くことになるよ。

「ちょうど、弾は三つ残っているからね」

「——っ!!」

にこりと笑みを浮かべて恐ろしい言葉を吐き出すエレン。エリカはもう声も出ず、震えてへたり込みそうになる。

だが、エリカの手首を掴んだ冷たい手が、それを許さない。

エレンは狂気を宿した瞳でエリカをひたりと見据《みす》え、決断を迫る。

「さあ、選びなよ、エリカ。僕に協力するのか——それとも、全てを失うのか」

その時だった。

ギュギュギュッと、何やら耳障りな音が外から聞こえてきたと思った、次の瞬間——

ガガッ……!!

先ほどエレンの拳銃で風穴を空けられた扉が、いきなり吹っ飛んだ。さらに——

「な、ななっ、なんじゃあ!?」

「ひい……! なんてこと!」

「まああああっ、たいへんっ!!」

三老婆が悲鳴を上げる。

半壊していた扉をぶち破って、小型の蒸気自動車が現れたのだ。

蒸気自動車はそのまま魔女の家のリビングに突入し、ぐるりと大きく弧《こ》を描いて突っ込んで来た。そして、正面からテーブルにぶち当たってようやく止まる。

「ご機嫌いかが、エリカ。お見舞いに来てあげましたわよ」

「メ、メメ……メーリアさんっ!?」

運転していたのは、国王ヴァルトの従姉《いとこ》で宰相《さいしょう》の末娘、メーリアであった。

さすがにエレンもぽかんとして、テーブルに突っ込んだ蒸気自動車とメーリアを見比べている。

テーブルの向こうにいた三老婆はとっさに部屋の隅に逃れていたが、状況が理解できていない様子だ。

そんな中、颯爽《さっそう》と蒸気自動車の運転席から降り立ったメーリアは、辺りをきょろきょろと見回して首を傾《かし》げる。

「あら失礼。お取り込み中でしたかしら？」

「メーリアさん……」

蒸気自動車が突っ込んだ拍子にエレンの手から解放されていたエリカは、メーリアを見つめて声を震わせる。

すると、メーリアはつかつかと彼女に近づき、その額をぴしりと指で弾《はじ》いた。

「いたいっ」

「なんですの、エリカ。せっかくお見舞いに来てさしあげたというのに、そんな泣きそうな顔をしているなんて」

不満そうな顔をするメーリアに、エリカはひりひりと痛む額を片手で押さえつつ答えた。

「だ、だって……こんな風に友達が来てくれるなんて……」

嬉しくて、となんとか言い切り、エリカは襟元を握り締めながらしゃくり上げる。襟元には、ヴァルプルガ生誕祭でヴァルトに買ってもらった、メーリアとお揃いのピンズが着いていた。

「まあ……」

そんなエリカに、メーリアは一瞬驚いたような顔をしたが、すぐに苦笑いを浮かべる。そして、彼女も同様に襟元に着けていた、エリカとお揃いのピンズに触れつつ言った。

「まったく、お馬鹿さんですわねぇ、エリカは。嬉しいんなら、笑顔で迎えてちょうだいな」

「メーリアさんっ」

唖然としたままのエレンや三老婆をよそに、メーリアがエリカを抱き締める。

するとそこに、また新たな人物が現れた。

「あちゃー……これはひどい！」

その人物は、メーリアが蒸気自動車で打ち壊した扉の破片をよいしょと跨《また》ぎ、魔女の家のリビングに入ってくる。それを見たエリカは、メーリアの胸から顔を上げて叫んだ。

「ノ、ノエルさんっ⁉」

「あ、どうも魔女様。お元気そうでようございました」

現れたのは、ヴァルトの従者ノエルだった。

ノエルも、メーリアの運転する蒸気自動車に一緒に乗ってきたらしい。だが……

「メーリアさんってば、運転が乱暴なんですよ。いきなり旋回《せんかい》するから、助手席から投げ出されちゃったじゃないですか」

「ハンドルを持つと血が滾《たぎ》るのよ。しっかり掴まっていなかったノエルがいけないんですわ」

ぼやくノエルに、メーリアはつんとして返す。

なんと二人は、始祖の樹の中を蒸気自動車でそのまま駆け上がってきたというのだ。

「あの～……あちこち壁にぶち当たってきちゃいましたし、階段もタイヤで傷ついちゃってると思います……魔女様方、本当にすみません」

「修繕費の請求は、ヴァルト宛にどうぞ」

申し訳なさそうに頭を下げるノエルと、まったく悪びれる様子のないメーリア。

あまりのことに、三老婆はいまだに発言することができないでいる。

かろうじて我に返ったエレンが、ノエルを指差して叫んだ。

「あんた、男だろ⁉　どうして、魔女の迎えもなしに扉を越えられたんだよ！」

「越えるも何も……扉はメーリアさんが吹っ飛ばしちゃいましたから」

エレンの指摘に続き、三老婆も口々に困惑の言葉を口にする。

「扉は女には開けられるんじゃ。だが、たとえ扉が開いていても、男は魔女に迎え入れられなければくぐれない。あれには、そういう魔法がかかっているはずなんじゃ」

「なるほど、そう言い伝えられておりますか」

信じられないという様子のニータの言葉に、ノエルは顎《あご》に片手を当ててふむと頷《うなず》く。

「メーリアさんとおっしゃいました？　魔女には見えませんけれど……もしや魔女なのですか？」

「いいえ。残念ながら、私はなんの力もない平々凡々としたか弱い小娘ですわ」

訝《いぶか》しげな顔のモリーの問いに、メーリアが事実とは異なる自己紹介をする。

「あなた、男の子のように見えるけど、本当は女の子なんじゃなぁい？」

「いえいえ、一応は男として生まれたんですよ。脱いでお見せしましょうか？」

マリアがこそこそと内緒話のようにノエルに尋ねれば、彼は苦笑して首を横に振った。

「そんなことよりも」

魔女達の困惑を、メーリアが一言で一蹴《いっしゅう》する。その場にいる人々の視線を浴びつつ、彼女はエレンに向かってビシリと人差し指を突き付けた。

「あなた、エレンと言ったかしら？　その手に持っているのは、銃でしょう」

「へえ、魔女達は見たこともないみたいだったけど……あんたはコレを知ってるんだ？」

「知ってますわ。ついでにそれ、ヘクセインゼルへの持ち込みは禁止されておりますわよ」

「知ってるよ」

かつてヴァルプルガが武器の使用や携帯を禁じたことに始まり、ヘクセインゼルでは、銃はもちろん大型のナイフなども、一部の保安官を除いて所持を許されていない。

大陸からの持ち込みも厳しく規制されており、入国の際には手荷物に至るまで念入りな検査があるはずなのだ。しかし、エレンはふふと笑って言った。

「バラして持ち込んだらばれなかったよ。あとは宿屋でこっそり組み立ててカバンに忍ばせてた。平和ぼけしたこの国に武器を持ち込むのなんて簡単だよ」

そう得意げに告《つ》げたエレンに、メーリアは無感動な目を向ける。

「あなたが何を企《たくら》んでいるのかには興味もないですけれど……私の友達を苛《いじ》めようというのでしたら、見過ごすわけには参りませんわ」

「……黙れ」

挑発的なメーリアの言葉に、エレンは眉をひそめる。

「だいたい、なんですの？　エリカみたいなぽやっとした子と年寄りを相手にするのに、そんなたいそうな武器を持ち出すなんて……」

「黙れって言ってるだろ」

エレンはメーリアを鋭く睨《にら》みつけ、銃口を向けた。だが、メーリアはなおも続ける。

「大陸で勉強しただの科学者だのと偉そうにおっしゃってましたけれど、道具の力を自分の力だと勘違いして強くなった気分でいますの？　まったく小さい男ですわね」

「黙れよっ!!」

声を荒らげたエレンが、ついに銃の引き金を引いた。

「メーリアさんっ……!!」

エリカが悲鳴を上げると同時に、パンッと乾いた音が響く。

銃口から発射された四つ目の弾丸が、メーリアに向かって飛んだ。

しかし、それが彼女の身体に届くことはなかった。

「――ノエルっ!?」

間一髪のところでノエルが前に立ち塞《ふさ》がり、メーリアを庇《かば》ったのだ。

弾はノエルの左の肩に当たったらしい。そこを右手で押さえる彼を、メーリアが後ろから支える。エリカも慌てて二人に駆け寄った。

「ノエルさんっ！」

「ノエル、ちょっと！　しっかりなさい!!」

エリカとともに、珍しく慌てた様子のメーリアが彼の顔を覗《のぞ》き込む。

「あ、どーも、御心配なく。平気ですので」

だが、ノエルは顔を上げ、けろりとして言った。さらには押さえていた患部からも手を離す。

銃弾を受けた左肩は、衣服が裂けて肌が見えている。そこには確かに銃痕《じゅうこん》もあった。

ところが……

「ノエル、あなた……血は？」

ノエルの左肩にできた傷からは、血は一滴も流れていなかった。

それどころか、一同が見守る前で、傷がみるみる塞がっていくではないか。

同時に、中に埋まっていた銃弾が押し出されてきて、最後にはカツンと音を立てて床に落ちた。

ノエルを撃った張本人であるエレンは、手の中の銃と彼を見比べて口をぱくぱくさせている。

「ノエル、あなたいったい何者なの……」

さすがのメーリアも呆然として呟《つぶや》くと、ノエルはさらりと答えた。

「僕はね、ヴァルプルガの作った人形ですよ」

「ヴァルプルガの、人形……？」

「国王に仕える魔法のオートマタです。僕はヴァルト様が産まれると同時に卵から孵《かえ》り、ヴァルト様を国王として支えるために一緒に育ってきた、高性能なお人形なんですよ」

「ノエルが人形ですって……？」

にわかには信じ難い話に、メーリアもエリカも、そしてエレンや三老婆も言葉を失う。

ノエルは人形とは思えない、実に人間くさい苦笑を浮かべると、懐《ふところ》から何かを取り出した。

彼の手にあるのは、かつてエリカの私室の姿見とヴァルトの私室の魔法の鏡を繋《つな》いだ、手鏡。

ノエルはそれを、魔女の家のリビングの壁に掛けられていた鏡に向けつつ言葉を続けた。

「ヴァルプルガは魔女王であるがゆえに、子供を持つことができなかった。最初は、そんな自分の慰《なぐさ》めとして人形を作ったんです」

愛する人と一緒になること、その人の子を産むことを諦《あきら》めたヴァルプルガが、代わりに自らの血肉から作ったといわれる生きた人形オートマタ。

彼らはしかるべき時が来ると卵として出現し、新しい国王の生誕と同時に孵化《ふか》。そして、主人である国王とともに成長していく。

簡単に壊れることはないし、損傷を受けてもすぐに再生するが、対《つい》となった国王が死ぬと活動を停止し、やがて腐って土に還るのだという。

「己の死期を悟った時、ヴァルプルガは子孫を守るためにも人形を作ることにしました。彼女は、いずれ魔女の力が薄らいでいくことを予知していたんです」

ノエルは、エリカと三老婆を静かに見つめてそう言った。

オートマタは個々の記憶とは別に、ヴァルプルガの記憶も持っている。ヴァルプルガは、いずれ魔女が玉座から下ろされることも、魔女と新たな国王達の不和が何百年も続くことも——やがて、自分の再来と言われるエリカが生まれることも、全て知っていたのだという。

ノエルには、そんなエリカとヴァルト——魔女と国王を引き合わせる使命が課せられていた。

ノエルはヴァルトに魔女との関係改善を進言し、ヴァルトはそれがヴァルプルガの遺志であると判断して従った。そうして、エリカとヴァルトはこの魔女の家で相見《あいまみ》えたのだ。

と、そこまで黙って話を聞いていたエレンが、再び銃を構えた。

「人形だって言うなら……心臓を撃ち抜いたって平気なんだよね？」

エレンは口の端を歪《ゆが》めて笑うと、銃口をひたりとノエルに向ける。

それを目にしたエリカは焦った。

「エレン、やめてっ……!!」

ノエルが本当にヴァルプルガが作った人形だとして、身体に損傷を受けても死ぬことはないと言われようと、黙って見ているなんてできない。

エリカはなんとかエレンから――エレンの手にしている銃からノエルを守りたいと思った。

銃は、エリカにとって未知の物体である。それ自体の絡繰《からく》りも発砲の仕組みも、まったく分からない。

細長い金属の筒の先――その丸く開いた先端から何やら飛び出す、とにかく危険な道具である。

その飛び出すものを、エレンは〝弾《たま》〟だと言った。

弾と聞いて、エリカは球形をイメージした。さらに、銃口くらいの大きさの球形と考えて、たちまちエリカの脳裏《のうり》に浮かんだのは……

「あっ……！」

その時、はっとしたエリカの視線の先で、エレンがついに引き金を引いた。

パンッと乾いた音が――いや、ポンッとどこか間抜けな音とともに、銃口から何かが飛び出す。

緩《ゆる》やかなカーブを描いて飛んだそれは、やがてノエルの左胸に命中し……

「……おやおや？」

ぴょんと跳ね返ったかと思うと、目をぱちくりさせるノエルの足もとに落ちた。

「……」

一瞬、その場がしんと静まり返った。

全員の視線が、コロコロと床を転がる小さな物体に集まる。

その正体に最初に気づいたのは、それを弾として発射したエレンだった。

エレンは、自分のつま先の前まで戻ってきたものを見下ろし、顔を引き攣《つ》らせて呟《つぶや》く。

「……ウ、ウサギの……ふん？」

そう、弾丸の代わりに銃口から飛び出しノエルの左胸に命中したのは、丸くて小さなウサギのふんだったのだ。

もちろん、ノエルの心臓は撃ち抜かれるどころか、傷一つ付いていない。

まったく無害な、むしろ薬草を育てる肥料として魔女殿では重宝される〝弾〟である。

弾倉に込められたはずのないものが、銃口から発射されるという不思議な現象。

そんな現象を起こせる者は、この場にはたった一人しかいない。

それに気づいたエレンはたちまち激昂《げっこう》した。

「馬鹿エリカ！　小賢《こざか》しい真似《まね》はやめろよっ‼」

「――っ……！」

大きな声で怒鳴りつけられ、エリカはびくりと飛び上がる。

エリカは今し方、またしても無意識に魔法を使って、危険な鉛の弾丸を無害なウサギのふんに変えたのだ。

ただしこの魔法は、弾丸そのものをすり替えたわけではなく、〝鉛の弾を一回発射する〟という行為を〝無害な弾――すなわちウサギのふんを一回発射する〟という行為にまやかしただけ。

弾倉にはまだ二つ、未使用の弾丸が残っていた。

それを確認したエレンが、安堵《あんど》のため息をつきつつエリカを見据《みす》えた。

「つまらないことするね、エリカ。君ってほんと、つまらないよ」

冷たく吐き捨てるように告《つ》げられた言葉に、エリカは唇を噛《か》んで俯《うつむ》く。

その時だった。

「――おい、エリカをいじめるな」

突然、新たな声が響いた。

ノエルの柔らかな声とも、エレンの少年っぽさを残した声とも違う、低く力強い男の声だ。

その声に聞き覚えのあったエリカは、ぱっと顔を上げる。

「ヴァルト様！」

先ほどノエルが魔法の手鏡をかざした壁掛けの鏡。そこから顔を出したのは、ヘクセインゼルの国王、ヴァルトであった。彼は伸びてしまった顎髭《あごひげ》を綺麗さっぱりと剃《そ》っている。

頭から現れたヴァルトは、次に肩をくぐらせようとする。しかし、魔女の家のリビングに置かれていた鏡は、エリカの姿見よりずっと小さかった。

「おい、ノエル。狭いぞ」

「仕方ないでしょう。とっさに見つけられたのがその鏡だけだったんですから」

ノエル相手に文句を垂れつつ、ようやくヴァルトが魔女の家に降り立つ。

彼はふうとため息をつくと、エリカに向かって両腕を広げた。

「エリカ、こちらへ」

エリカはすかさず彼に駆け寄り、迷わずその胸に飛び込んだ。

ヴァルトは彼女を抱き竦《すく》め、白い頭に頬を擦り寄せてほうと息をついた。

「元気になったんだな。よかった……」

「ヴァルト様、ヴァルト様っ……」

「うん？」

「ヴァルト様に、会いたかった……っ！」

震える声で叫んだエリカの白い頭の天辺《てっぺん》に、ヴァルトは感極まった様子で唇を押し当てる。

とたんに、それまで呆然としていた三老婆が我に返り、揃って目をつり上げた。

「くぉら、小僧め！　どの面下げて来やがった！」

「二度とエリカに関わらないでと、言ったでしょう！」

「エリカに触らないでちょうだいっ‼」

ぎゃんぎゃんと喚《わめ》く三老婆に、ヴァルトはエリカを抱いたまま肩を竦める。

「静まりたまえよ、ばあ様方。緊急事態だ」

ヴァルトは苦笑を浮かべて告《つ》げると、改めて周囲を見回す。そうして、げんなりとため息をついた。

「この惨状《さんじょう》は何ごとだ。誰が、自動車で魔女の家に突っ込めと言った」

「だって、一刻も早くエリカを見舞ってあげたかったんですもの。ちんたら歩いて階段なんて上っていられませんわ」

メーリアは続けて、エリカに向かって「ですわよねぇ？」と首を傾《かし》げる。

彼女が嬉しそうに頷《うなず》いたものだから、ヴァルトはまた大きくため息をついた。

エリカが魔法を使った反動で寝込んでいると、メーリアに告げたのはヴァルトだった。すぐさま顔を見に行くと言い出した彼女に、ヴァルトは自分の蒸気自動車とノエルを貸し与えたのだ。

女のメーリアならば、魔女の家がある空中庭園に続く扉を開けられる。そして、始祖の樹の人々が止めようとも、傍若無人《ぼうじゃくぶじん》なメーリアならばそれを振り切って、必ずやエリカへ続く道を開いてくれると確信していた。ノエルについては、彼女の護衛兼ストッパーである。

かくして、ヴァルトは再び魔女の家に降り立ち、エリカを抱き締めることができたのだ。

すると、今度はそんなヴァルトに銃口を向けて、エレンが口を開いた。

「あんたとも、祭りの夜に会ったよね。エリカは友達だって言ってたけど……国王なの？」

「いかにも」

エレンの言葉に、ヴァルトは鷹揚《おうよう》に頷《うなず》いて見せる。そして、自分の腕の中で震えながらエレンを窺《うかが》うエリカの頭を優しく撫《な》でた。

「私は現在、このヘクセインゼルの王位を預かっている。そして、エリカの友や兄のようなつもりでいた――あの時はな」

「じゃあ、今はなんのつもりだって言うのさ」

訝《いぶか》しげに問うエレンに、ヴァルトは堂々と告げる。

「今は一人の男として、エリカを手に入れたいと思っている」

「……は？」

エレンはまたポカンとした。三老婆も絶句する。

ノエルはにこやかに微笑んで頷き、メーリアは面白そうな顔をしていた。

そして、肝心のエリカはというと――

「えっと……？」

よく分からないというような顔をして、ヴァルトを見上げて首を傾《かし》げた。

カチリ、と小さな音が響く。

エレンの指が、引き金に掛かった音だった。

エレンはヴァルトに銃口を向けたまま、固まっている三老婆に向かって叫ぶ。

「おばあ様達！　ねえ、聞いた!?　この国王は危険だよ！　エリカを誘惑して、魔女の力を奪《うば》うつもりなんだっ!!」

魔女は異性と交われば魔力を失う。エリカが魔女でなくなってしまえば元も子もない
エレンは、殺気を漲《みなぎ》らせつつ続けた。

「今こそ、魔女の復権の時だよ！　エリカの力を見せ付ければ、大陸だって味方してくれる。大陸を後ろ盾にして、こいつみたいな偽りの王族を、あの白亜の城から全員引きずり出してやろう！」

三老婆は戸惑《とまど》った様子で、互いに顔を見合わせている。

エレンは畳《たた》み掛けるように叫んだ。

「今は、ちょうど魔女に追風が吹いている！　嵐を収めたエリカの魔法を国民が目にして、魔女の人気は最高潮だ！　皆、魔女王の復活を歓迎するに決まってる！　玉座を取り返すなら今だよ!!」

喚《わめ》くエレンと背中にエリカを隠したヴァルトの間に、すっとノエルが割り込んだ。

彼は不死身の我が身を盾にして、主人を銃弾から守るつもりなのだろう。

それを血走った目で見たエレンは、口の端をつり上げる。

「オートマタだかなんだか知らないけど、頭を吹き飛ばされたらさすがに動けないでしょ？――スクラップにしてやるよ」

狂気すら感じさせるエレンの台詞《せりふ》に、ヴァルトの背中にくっついていたエリカが震える。

しかし、ヴァルトは動揺する様子もなく答えた。

「あいにく、オートマタは頭が吹き飛んでも動けるんだ。ただし、再生の過程を見せられるのは相当気味が悪いので、勘弁願いたい」

「気味が悪いとか、ひどいことを言うご主人様ですねぇ」

ヴァルトとノエルが軽口を叩き合うのを見て、エレンは恐ろしい言葉を吐き出した。

「弾はまだ二発あるんだ。吹っ飛ばした人形の頭が再生する前に、最後の弾で国王の眉間を撃ち抜いてやる。国王が死んだら、人形も死ぬんだろう？」

はっきりと言い切ったエレンに、ノエルは無感情な声で「わあ、こわい」と返す。

そんな彼が華奢《きやしや》にも見える指をボキリと鳴らしたとたん、ヴァルトがさっと眉をひそめた。

「ノエル、よせ」

「いいえ、ヴァルト様。僕の役目はあなたを守ること。あなたを殺すと明言する相手を排除することも、僕の役目です」

ヴァルプルガの遺《のこ》した人形は、また最強の戦士でもあった。

見た目は生身の人間と変わらなくても、その拳は石を砕《くだ》き鉄をも貫《つらぬ》く。己の身体を損ねるような力を、彼らは遠慮なく発揮することができる。

主人の命が続く限り幾度でも再生するため、自らにリミッターをかける必要がないのだ。

そんなノエルにとって、危険な武器を手にした少年の腕をへし折るのも、主人を殺すと言った彼の頭を握り潰すのも、雑作もないこと。

それでも、ノエルはそうすることを躊躇《ちゅうちょ》しているようだった。

「銃を渡してください。さもなくば……」

ノエルはそこで、ヴァルトの背後から顔を覗《のぞ》かせるエリカをちらりと見た。そして、悲しげな顔をして続ける。

「僕はあなたを傷付けなければならないし、死なせてしまうかもしれない。そうすると、きっと魔女様が悲しまれます。僕は、優しい魔女様を泣かせたくない」

「――黙れ！　やれるもんならやってみろ！」

エレンの引き金にかかった指に力が籠《こも》った。とたんに、ノエルの顔から一切の感情が消え、凶器と化した彼の両腕がエレンに伸びる。

「やめろ、ノエル！」

「エレンっ‼」

ヴァルトとエリカが同時に叫ぶ。

その時だった――

彼らの背後にあった鏡から、突然茶色い影が飛び出してきた。

影はヴァルトの肩を踏み台にして、ノエルの後頭部に一蹴《ひとけ》り加えると、さらにその向こうにいたエレンの顔にべたんと貼り付く。

それを見たエリカが叫ぶ。

「ロ、ロロンっ‼」

現れたのはウサギのロロンだった。そのもふもふとした腹の毛で視界を遮《さえぎ》られてパニックに陥《おちい》ったエレンは、天井に向かって銃を発砲してしまった。

――パァンッ！

乾いた銃声の直後、素早くヴァルトが間合いを詰め、エレンの手から銃をたたき落とす。

銃はカラカラカラ……と音を立ててテーブルの下を滑り、その向こうで身を寄せ合っていた三老婆の足もとで止まった。

なんとかロロンを振り払ったエレンは、彼女達を見て叫ぶ。

「おばあ様達！　それを拾って、国王を撃って――!!」

その言葉に、三老婆はびくりと竦《すく》み上がる。

エレンはヴァルトに両腕を拘束されながら、なおも続けた。

「滅《ほろ》ぼされる前に、滅ぼすんだ！　ヴァルプルガの遺志がどうとか、もうそんな悠長なこと言っている場合じゃないよ！　ヴァルプルガは魔女を裏切る逆賊に自分の人形を与えたんだ！　自分も魔女だったくせに、魔女を見捨てたんだよ!?」

ヴァルプルガが国王ヴァルトに与えた人形――ノエルが、くるりと三老婆の方に向き直る。

彼の表情のない顔におののき、モリーが素早く銃を拾った。

とたんに、エレンの顔に笑みが広がる。彼は必死に興奮を抑えつつ、呟《つぶや》く。

「大丈夫だよ、おばあ様。簡単だ。狙いを定めて引き金を引くだけでいいんだ」

「だめだよ、やめて！」

エリカは慌ててテーブルの側《そば》まで駆け寄り、今度は自分がヴァルトを背中に庇《かば》うようにして三老婆と向かい合う。それにはヴァルトも焦った声で叫んだ。

「エリカ、やめろ！　後ろに下がっていろっ‼」

「魔女様、お下がりなさい」

エレンを押さえるヴァルトに代わり、ノエルがエリカの腕を掴んで後ろに押しやる。

そのエリカをメーリアが受け取って、ぎゅうと抱き締めた。

ノエルがまた、抑揚のない静かな声で告《つ》げる。

「おばあ様方、どうか判断をお間違えにならないように」

銃を握り締めて顔を強張《こわば》らせるモリーと、彼女に両脇から縋《すが》り付くニータとマリア。

三人の老婆に向かって、エレンが叫ぶ。

「おばあ様、国王を撃って！」

エリカも、メーリアの腕の中から声を振り絞る。

「おばあ様、やめて！」

モリーの震える指が、銃の引き金に掛かった。

嵐の予知と同時にカードが訴えていたのは――あの時テーブルに一枚残った箒《ほうき》の十番のカードは、エレンの凶行を警告していたのだ、とモリーは今更ながら気づいた。

「モリー……」

ニータとマリアが両側から彼女を抱き締める。

銃口は、静かに上げられた。

――パンッ……。

第十幕　新しい時代に続く魔法

モリーが撃った銃弾は、魔女の家のリビングの天井に穴を空けた。

こうして、エレンが持ち込んだ銃に装填《そうてん》されていた弾は、全て使い切られた。

「くっそ……！」

ヴァルトに拘束されていたエレンは、悔しげに吐き捨てる。

がむしゃらに暴れて拘束から逃れようとするも、腕力ではヴァルトにまったく歯が立たない。

「……ヴァルプルガの人形ねえ……」

鉄製の銃を素手でぐしゃぐしゃにしてしまったノエルを眺め、三老婆は深々とため息をつく。

「空中庭園へ通じる扉を、男のお前さんが通れたのは、人間ではなかったからかい？」

そう問うニータに、ノエルが茶色い髪をさらりと流して向き直る。

「それは少し違います。僕があの扉を通れたのはオートマタだったからではなく、魔女様方を孕《はら》ませる可能性がないからなんですよ」

「魔女を、は、はら、はらませるだなんてっ……！」

生々しい言葉に、モリーが初心《うぶ》な乙女じみた反応を見せ、マリアも頬を赤らめる。

しかし、ノエルはまるで講義でもするかのように淡々と話を進めた。

「魔女が魔力を失うのは、単に異性と交わるだけではなく、その末に子を孕んだ場合なんです。子宮が、魔力を生成するよりも子を育《はぐ》むことを優先し始めるからですね」

空中庭園へ通じる扉にかかっているのは、魔女から魔力を奪《うば》う可能性のある存在を拒絶する魔法。

ノエルの話を聞いた三老婆は、改めて彼をまじまじと眺めて首を傾《かし》げる。

「それにしても、ヴァルプルガの人形が実在したなんて。わしらも伝説だと思っとった……」

「けれど伝説では、ヴァルプルガと同じ白い髪と琥珀色《こはくいろ》の瞳の人形だったはずですのに……」

「そもそも実在しているなら、魔女や始祖の樹にもそれが事実として伝わっていないのはおかしいんじゃないかしら……」

そんな三老婆の疑問に、今度はヴァルトが口を開いた。

「オートマタは、ヴァルプルガと同じ色をしているのではない。主となる国王と同じ色を持って卵から孵《かえ》るんだ」

ヴァルプルガの人形が白い髪と琥珀色《こはくいろ》の瞳として伝説になっていたのは、当時の主がまだ力のある魔女であったからだった。

「くそっ……離せ！　離せよっ‼」

「大人しくしていろ。今、ばあ様達と大事な話をしているんだ」

ヴァルトは三老婆から縄を借り、なおも暴れるエレンを椅子の背に縛りつけながら続ける。

「今から五百年前、当時の摂政《せっしょう》の一族に男の赤子が生まれた際、同時に白い髪と琥珀色の瞳ではないオートマタが孵化《ふか》した。それが、魔女を玉座から下ろす決定的な理由となったのだ」

「お前さん達二人が、同じ髪と瞳の色であるように、か……」

ニータが目を細めて言った通り、ヴァルトとノエルの髪はどちらも茶色、瞳も同じ緑色である。

国王とオートマタは産まれる前から運命の糸で繋《つな》がっているという。エリカは彼らを兄弟同士のように感じたことがあったが、あながち間違いではなかったようだ。

「オートマタが主人と崇《あが》める者がヘクセインゼルを統《す》べる……それが、ヴァルプルガの遺志でしたのね」

モリーが眼鏡の奥で目を伏せて呟《つぶや》く。

魔女ではない人間を主と選んで、魔女とは違う色を持ったオートマタが生まれた。それが、魔女王の時代の終わりを告《つ》げたのだ。

事実を知って神妙な顔をしているエリカの頭を、エレンを椅子に縛り終えたヴァルトがぽんぽんと撫《な》でる。

「当時の魔女には信じ難い事実だったのだろう。それこそヴァルプルガに見捨てられた気分になったのかもしれないな」

「魔女は、その事実を受け入れられなかったのね……だから、自分達の歴史の中からオートマタの存在を抹消したんだわ……」

ヴァルトの言葉に頷《うなず》きつつ、マリアが悲しそうな顔をして呟く。

エリカも当時の魔女の気持ちを思うと、いたたまれない気分になった。

一同の会話を、エレンはずっと憎々しげな様子で聞いていた。

「……なんでもかんでも、ヴァルプルガ、ヴァルプルガ、と」

彼は琥珀色の瞳で三老婆をきっと睨《にら》みつける。

「どうしていつまでも、ヴァルプルガに従わなければならないんだ！　なんで千年も前に死んだ魔女に、人生を左右されなきゃならないんだよ！　あんたらに、自分の意思はないのか‼」

エレンの叫びに、三老婆は口を噤《つぐ》む。そんな彼女達を順に眺め、エレンは顔を歪《ゆが》めた。先ほどまでの、相手を挑発するような好戦的な表情ではない。彼は、今にも泣き出しそうだった。

「ヴァルプルガのせいにすれば、全てを正当化できるとでも思ってるのかよ！」

エレンは悲鳴じみた声で叫び、縛られたまま暴れ始めた。

すると、それまで傍観《ぼうかん》していたメーリアがつかつかと彼に歩み寄り……

「……っ！」

エレンの額をびしりと指で弾《はじ》いた。

彼は殺意のこもった目を向けるが、メーリアはエレンを冷ややかに見下ろす。

「あなたは、まるで癇癪《かんしゃく》を起こす幼子のようですわね」

「うるさっ……いたっ！」

うるさいと言いかけたエレンの額を、メーリアの指が再び弾いた。

その容赦《ようしゃ》のなさと痛みを知っているエリカは、思わず彼女の腕にしがみつく。

「メ、メーリアさん、ごめんなさいっ……！」

「どうしてエリカが謝るんですの？」

エレンを庇《かば》おうとするエリカだが、彼はなおも反抗的な目をしている。

そんな二人を見比べ、メーリアはため息をついた。

「まったく双子なのに、兄の方はどうして、これほど捻《ひね》くれてしまったのかしら？」

「エリカみたいなグズと一緒にするなっ……いったぁ!!」

「私の友達に失礼な口をきかないでちょうだい」

「くっそっ……」

三発目を食らったエレンは、悪態をつきつつもさすがに涙目になった。

彼らのやりとりを苦笑を浮かべて眺めていたヴァルトだが、ふいに三老婆に向かって問う。

「そもそも九年前、エレンと母親が出て行くのをばあ様達は止めなかったのか？　エレンは、自分と母親は魔女ではないから魔女の家にいられなくなったのだと言っていたが、それは始祖の樹やヘクセインゼルまで出て行く理由にはならんだろう」

とたんにびくりとしたエリカを、ヴァルトは腕の中に引き寄せる。

そんな二人に複雑そうな顔をしながら、まずはニータが口を開いた。

「エリカとエレンの母親は……わしらのことも、始祖の樹も、魔女も、そしてヴァルプルガのことさえも嫌っておった。子供を授《さず》かることで魔女でなくなると、一刻も早くここから出て行きたがったんじゃ」

続いて、モリーもため息をつきつつ話し始めた。

「でも、エリカにもエレンにも母親が必要だと思ったから、なんとか宥《なだ》めすかして思いとどまらせていたんです。時が経てば我が子への愛情も芽生《めば》えて、彼女も子供達の側《そば》にいたいと思うようになるだろうと期待していました」

最後に、マリアがゆるゆると首を横に振りながら呟《つぶや》く。

「でも、だめだったの……」

エリカとエレンの母親は、やがて三老婆の懇願《こんがん》にも耳を貸さなくなった。

三老婆は魔女であるエリカだけでなく、エレンも成人するまで魔女の家、ないし始祖の樹で育てるつもりだった。だが、二人の母親は、エレンを連れて行くと言って聞かなかったのだ。

エレンが魔女ではない以上、三老婆にはそれを引き止める権利はない。それに……

「魔女ではないエレンの自由まで奪《うば》い、このまま始祖の樹で一生飼い殺しにするつもりかと言われてしまっては……私達には引き止めることができなかったの……」

ついには涙ぐんでそう告《つ》げたマリアの言葉に、エレンは「嘘だ！」と叫んだ。

三老婆の話は、彼が母親から聞かされたものと違っていた。

「僕も連れて出て行くならば路銀《ろぎん》をやると、母さんに言ったんだろう！　あんたらは、男の僕を育てるのが嫌になったんだ！　母さんに金を握らせて僕を厄介《やっかい》払いしたって知ってるんだからっ!!」

エレンの悲鳴のような叫びに、今度は三老婆が真っ青になって「違う！」と首を横に振る。

三老婆が、エリカとエレンの母親に金を持たせたのは事実だった。

しかし、それは自分達の庇護《ひご》から離れるエレンの養育費のつもりで渡したのだ。決して彼を厄介払いするための手切れ金などではない。

一方、まとまった金が欲しかった母親は、エレンのためなら三老婆がそれを工面するだろうと分かっていた。だから、エレンを連れて行くと言ったのだ。

だが、母親は、三老婆からもらった金を彼のために使うつもりなど最初からなかった。

彼女はその金を使ってザクセンハルトに渡り、着飾って、かの国の高官の目にとまった。

結果的にはそのおかげでエレンも路頭に迷うことはなかったたし、宿舎に追いやられたとはいえザクセンハルトの名門校に入れてもらえた。

何よりも、母親はザクセンハルト行きの船に乗る時にエレンを置いていかなかったのだから、少しは彼に対する愛情があったのかもしれない。

だが、幼いエレンには、そんな愛情では足りなかった。彼は、三老婆のもとに残された妹エリカに嫉妬《しっと》し——自分がこの九年間に感じた寂しさを、全て彼女に対する憎しみに変えたのだ。

憎しみに支配されているエレンには、三老婆の言葉を信じることなどできなかった。

「魔力を持って生まれたというだけで、エリカはおばあ様達に愛されてた！　なんにもできない、役立たずのくせにっ……!!」

エレンは涙と憎悪に溢《あふ》れた目でエリカを睨《にら》みつける。

ヴァルトはエリカを自分の背中に庇《かば》いつつ、エレンを怒鳴りつけた。

「妹にあたるのもいい加減にしろ！　エリカだって、お前とお母さんに置いて行かれて寂しい思いをしたんだぞ！」

「知るかよ！　役立たずだから母さんに捨てられたんだろ！」

「お前っ……!!」

ヴァルトは目をつり上げ、椅子に縛られたエレンの胸ぐらを掴み上げる。

エリカは慌ててヴァルトの逞《たくま》しい腕に縋《すが》り付いた。

「ヴァルト様、いいんです！　私は平気だから……」

前のエリカならば、怒りに滾《たぎ》ったヴァルトの迫力に竦《すく》み上がってしまっていただろう。

だが今は、彼が自分のためにエレンと向かい合ってくれているのだと分かっている。

そんなヴァルトを怖いだなんて、少しも思わなかった。

エリカはヴァルトの腕を抱き締め、眉間に皺《しわ》を刻んだ彼の顔を真っ直ぐに見上げて口を開く。

「ヴァルト様……私、もうエレンとは一生会えないのかと思ってたんです」

「エリカ……」

「でも、会えたから……エレンが私のことをどう思っていようといいんです。エレンは元気だったし、お母様も生きてるって分かったから、もうそれだけで……」

「君はっ……」

健気《けなげ》なエリカの言葉に、ヴァルトはとたんに眉尻を下げ、エレンの胸ぐらから手を離した。

彼はその手で、エリカの頭を自分の胸元へと抱き寄せる。そうして、彼女の白い髪を慈《いつく》しむように優しく撫《な》でた。

「……ちっ」

一方のエレンは顔をしかめて舌打ちし、その光景から目を逸《そ》らした。

そんなエレンの態度を見て、ヴァルトはエリカの頭を抱いたまままため息をつく。

「禁じられた武器の持ち込み及び使用、国王の殺害未遂にクーデター教唆《きょうさ》……よくもまあ、これだけの罪を重ねてくれたものだな」

自分の罪を羅列されたエレンは、再び反抗的な目をヴァルトに向ける。

ヴァルトはその目を冷ややかに見てから、何か言いたげな顔をしている三老婆に向き直った。

「それに、先ほどエレン自身が言った通り、現在ヘクセインゼル国民の魔女に対する人気は今まで以上に高まっている。その魔女を脅《おびや》かしたと知れば、彼らも黙ってはいないだろう」

三老婆はそれぞれ、「いや」だの「ですが」だの「でも」だのと、口をもごもごさせる。しかし、ヴァルトは彼女達を目で制し、エレンに向かって告《つ》げた。

「いくら魔女が恩情をかけようとも、私はヘクセインゼルの国王として、この度の君の行いを不問に付すわけにはいかない」

「……好きにすれば？」

ヴァルトの毅然《きぜん》とした言葉を聞いても、エレンは反抗的な態度を改めようとはしなかった。

むしろ、もうどうにでもなれ、と自暴自棄になっている様子に見える。

そんなエレンの代わりに、エリカがヴァルトの腕の中で瞳を潤《うる》ませる。

「ヴァルト様……」

「……参ったな」

ヴァルトはエリカの髪を宥《なだ》めるように撫《な》でつつ、また深々とため息をつく。

エレンの行いには相応の罰が必要だ。だが、エリカに悲しい思いをさせたくない、というのが彼の本音。どうしたものかとヴァルトは頭を悩ませる。

と、その時。ヴァルトの足元を、何か柔らかいものがふわりと掠《かす》めた。

「――ロロン」

それは、先ほどエレンの手から銃を奪《うば》うのに一役買った、茶色い毛並みと緑の瞳のウサギだった。

ロロンは、椅子に縛り付けられたエレンの膝にぴょんと飛び乗ると、下からじっと彼の顔を覗《のぞ》き込む。小動物の愛らしい姿に、その場を支配していた緊張がわずかに緩《ゆる》んだ。

「……やあ、ロロン。元気そうだね」

エレンも少しだけ表情を和らげ、そう呟《つぶや》く。

彼はかつて仮死状態で産まれたロロンを、エリカとともに必死で蘇生《そせい》させた時のことを覚えていた。今でも少なからず、ロロンに対して情があるのだろう。

「——これだ」

とたんに、ヴァルトに名案が閃《ひらめ》いた。彼はエリカの背中をぽんと叩いて尋ねる。

「エリカ、エレンに似たウサギはいないか？」

「え……？」

「毛の色が同じなだけでもいい。いないか？」

「え？　えっと、えーっと……」

唐突なヴァルトの質問に困惑しつつ、エリカは考え込む。

と、その時。エリカは、メーリアが蒸気自動車でぶち破った玄関扉の残骸《ざんがい》の陰から、魔女の家を覗《のぞ》き込んでいる円《つぶ》らな瞳を見つけた。

魔女殿で飼われているウサギ達が、騒動に気づいて集まってきていたのだ。

その中にいた一羽に目を留め、エリカは口を開く。

「灰色の毛並みの子、いました。ラウラがエレンにそっくりです」

ラウラは若い雌《めす》のウサギで、瞳は黒い色をしているが、毛並みは薄い灰色である。

それを聞いたヴァルトは、エリカの肩を両手で包み込んで自分に向き合わせた。

「そうか、ラウラはエレンに……いや、エレンはラウラに――ウサギにそっくりか」

「え？　えっと、はい……」

ヴァルトは、エリカの琥珀色《こはくいろ》の瞳を覗き込んで続ける。

「エリカ、ラウラは好きか？　ウサギのラウラは好きか？」

「は、はい、好きです」

「では、エレンは好きか？　ウサギにそっくりなエレンは好きか？」

「はい、好きです！」

エリカも、ヴァルトの緑色の瞳をじっと見上げて答えた。

「君はラウラとエレンが好きで、ラウラとエレンはそっくりで、そしてラウラはウサギだ」

「は、はい……」

「エレンもウサギ、だ。エリカ」

「エレンも、ウサギ……？」

ヴァルトの意図が分からず戸惑《とまど》うエリカに、彼はとにかく「エレンはウサギ」と言い聞かせる。

当のエレンと三老婆も、突然何を言い出すのだと訝《いぶか》しげな顔をする。

一方、ヴァルトが何をしようとしているのか分かったノエルとメーリアは、揃って面白そうな顔をした。

「エリカ、エレンはウサギだ。灰色のウサギ」

「エレンは、ウサギ……灰色のウサギ……」

言われるままに、エリカはヴァルトの言葉を繰り返す。

満足げに頷《うなず》きつつ、ヴァルトは困惑している三老婆にも声をかけた。

「おい、ばあ様方もこちらに来てご唱和願おう」

いきなりのヴァルトの要請に、三老婆はわけが分からないという顔をする。

「な、なにごとじゃ？」

「いったい何をしようというのです？」

「どうしてウサギなの？」

ヴァルトはそんな彼女達に、「エレンとエリカがかわいいならば協力しろ」と告《つ》げた。

そう言われては、三老婆も協力しないわけにはいかない。

「エ、エレンは、ウサギ……」

「灰色のウサギ……」

「もふもふでふわふわのかわいいウサギ……」

その結果、魔女四人に囲まれて「お前は灰色のウサギ」と唱えられる、なんとも異様な状況に置かれたエレン。

「ちょっと！　いったいコレ、どんな嫌がらせだよっ……!?」

彼がたまらずそう叫ぶと同時に——この日の太陽がついに役目を終えた。

直前まで喚《わめ》いていたエレンの声もぴたりとやんだ。

魔女の家のリビングは、いつしか真っ暗になっていた。

「——ノエル、灯《あか》りを」

「はいはい」

暗闇の中でも目が利くノエルが、ヴァルトの声に応えてすぐにランプに火を入れた。

ぱっと、辺りが明るくなる。そのとたん——

「なっ!?」

「ええっ!?」

「まああっ!?」

三老婆が一斉に声を上げた。

エリカもはっとした顔で、ヴァルトを見上げる。

ヴァルトは鷹揚《おうよう》に頷《うなず》き返すと、一同の注目を集めるものに不敵な笑みを向けた。

皆の視線の先にいたのは、縄が絡《から》んだ椅子の上にちょこんと腰を下ろすウサギ。

灰色の毛並みと琥珀色《こはくいろ》の瞳をした、ロロンと同じくらいの大きさのウサギだった。

「「「――エ、エエ、エレンが、ウサギにっ……!?」」」

見事に揃った三老婆の驚愕《きょうがく》の声に、灰色のウサギが椅子の上でびくりとする。

ウサギは慌てて自分の身体を見下ろす仕草をしたかと思ったら、ピンと長い耳を立てたまま固まってしまった。

その首の後ろを、ヴァルトが摘《つ》まんで持ち上げる。

彼は、呆然としている灰色ウサギを顔の前にかざしてまじまじと眺めると、感心したように言った。

「千年前、ヴァルプルガがヘクセインゼルを大陸から切り離すという大業に挑む際、大勢の魔女達がこの始祖の樹に集まって彼女に力を貸したという。それに倣《なら》って、エリカの魔法の生成にばあ様達の魔力を借りれまいかと思ったのだが……驚くほどうまくいったな」

以前エリカは無意識に、ヴァルトにウサギになる魔法をかけてしまった。

その事例を踏まえ、ヴァルトはエリカに、エレンをウサギにする魔法をかけさせたのだ。

「……っ！　っ!!」

「大人しくしろ」

そうして見事ウサギにされてしまったエレンが、ようやく我に返って暴れ出す。しかし、ヴァルトの力強い腕はそんな小動物の抵抗をものともせず、彼の首の後ろを摘まんだまま告《つ》げた。

「エレン・ヴァルプルガ。この姿で、己の行いを反省しろ。これが君に与えられたヘクセインゼル国王と魔女からの罰だ」

ウサギのエレンはがむしゃらに暴れ、なおもヴァルトの手から逃れようとする。

ヴァルトはすっと目を細めると、少しばかり意地悪な笑みを浮かべて言った。

「一応、忠告しておく。ヘクセインゼルでは、ウサギは愛玩《あいがん》動物ではなく食肉だということを忘れてはいまいな？　うっかりこの姿のまま外へ逃げて、誰かに丸焼きにされても知らんぞ」

「……」

それを聞いて、ウサギの姿をしたエレンはやっと大人しくなった。

＊＊＊＊＊

魔女殿で飼われるウサギが十羽から十一羽に増えた日の翌朝。

王城で始まった会議には、前日に引き続き大臣や市長達が顔を揃えた。

革新派と保守派が長テーブルを挟んで睨《にら》み合い、一触即発《いっしょくそくはつ》の状態である。誰しもが、本日の会議も紛糾《ふんきゅう》するに違いないと思っていた。

そんな中、従者のノエルと伯父である宰相《さいしょう》とともに遅れて議場に現れた国王ヴァルト。

彼が議長席に腰を下ろすのを合図に、革新派も保守派も一斉に口を開こうとする。

だが、それよりも早く、ヴァルトの凛《りん》とした声が議場に響いた。

「昨日と同じ話を延々と聞かされるのは時間の無駄だ。よって、双方の主張を考慮した上、議長として意見を述べさせてもらおう」

その言葉に、議長席の向かって左側に揃う革新派からも、右側に並んだ保守派からも視線が集まった。ヴァルトはそんな彼らを見回して続ける。

「まず、北地区の主張通り、大陸との交流を今のまま制限し続けることは難しいだろう。大陸との関係を円滑《えんかつ》に保つためには、食糧や燃料の輸入も一部は規制を緩和せざるをえなくなるだろうし、商人以外の大陸人の流入――つまり観光客や移民もその内受け入れざるをえなくなるだろう」

革新派の意見を支持するようなヴァルトの言葉に、とたんに保守派から抗議の声が上がりかけた。

しかし、ヴァルトはそれを制して続ける。

「そうなれば、輸入品には関税をかけ、そして我が国の質のよい生産物を大陸側に売り込んでいくべきだと思っている。さらに、観光客や移民を受け入れることを考えた場合――我が国には、まず意見を請わねばならない存在があることを、皆は忘れてはいまいか」

彼の言葉を聞いた人々は首を傾《かし》げ、おのおの顔を見合わせる。

そんな彼らに向かい、ヴァルトは静かに告《つ》げた。

「我がヘクセインゼルは、魔女王ヴァルプルガが創りたもうた魔女の国である」

これには、革新派も保守派もはっとした顔になった。

「ヘクセインゼル人にとって魔女は心の拠《よ》り所《どころ》であり、かけがえのない大切な存在だ。彼女達を容易に外国人の目に晒《さら》し金儲けをしようという者を、国民は許さないだろう」

続いたヴァルトの言葉に、始祖の樹に観光客を誘致して外貨を獲得《かくとく》しようと考えていた革新派の者達は、顔を青くして俯《うつむ》いた。

「しかし、今後もヘクセインゼルが発展していくためには、魔女という古きよき存在を守りつつも、時代の波に乗り遅れるわけにはいかない」

今度は保守派が気まずそうな顔をする。

彼らは、国内の食糧を全て担《にな》っている現状に胡座《あぐら》をかいていたこと、そして変化を恐れる気持ちを魔女への敬意にすり替えていることを自覚していた。

昨日とは打って変わり、議場はしんと静まり返る。そこに、ヴァルトの声が高々と告《つ》げた。

「これからのヘクセインゼルについて議論するに際し、私は是非とも魔女の知恵を借りたいと思う。よって、当代の魔女四名分の席を、次の会議から用意したいと考えている」

次の瞬間、革新派保守派にかかわらず、議場に居合わせた人々は皆、驚きを露《あらわ》にした。五百年の間、魔女を国政の場から排除してきた国王が、それを撤回《てっかい》すると宣言したのだ。冷静な顔をしているのは、国王ヴァルト本人とノエル、そして先だって話を聞かされていた宰相《さいしょう》のみ。

議場は、たちまちざわざわし始める。

そんな中、ベーゼン、シュトク、カリス、コールドロン各市の四人の市長達が疑わしげな目をヴァルトに向けた。

「しかし、ヴァルト様……王城にお呼び立てしたところで、魔女様方ははたしておいでくださいますかな？」

そう問うたのは、一番年嵩《としかさ》のカリスの市長。

彼は、魔女に疎《うと》まれている国王に、本当にそれが可能なのかと疑っているのだ。

他の三人の市長達も同じことを思っているらしく、じっとヴァルトの答えを待っている。

すると、ヴァルトは胸ポケットからあるものを取り出し、市長達の前に掲げて見せた。

「そ、それは……魔女のお守り？」

「なぜ、王族であるヴァルト様がそれを……」

それを見て目を丸くしたベーゼンとシュトクの市長を一瞥《いちべつ》し、ヴァルトが笑う。

「一番小さな魔女に、祝福とともにもらったのだ」

彼の手にあったのは、いつぞやエリカが「ヴァルプルガのご加護がありますように」と言って差し出した、本来なら新生児の時に授《さず》かるはずの魔女のお守りだった。ヴァルトはそのお守りを、多くのヘクセインゼル人がそうするように、肌身離さずいつも持ち歩いて大切にしていた。

ヴァルトの説明を聞いて、カリスとコールドロンの市長達も顔を見合わせる。

「一番小さな魔女とは……あの、奇跡を起こした……？」

「つい先日、我が国を嵐から救った、ヴァルプルガのことですか？」

お守りを大事そうに懐《ふところ》にしまいつつ、ヴァルトは彼らを見据《みす》えて言った。

「彼女はヴァルプルガではない。三人の魔女が、エリカと名付けて大切に育てた魔女であり、まだ十六の少女だ。エリカは確かに偉大な力で我が国を嵐から救ってくれた。しかしそのせいで、丸二日昏睡《こんすい》状態にあったという」

その言葉に、市長達や大臣達からはたちまち驚きの声が上がる。三老婆が憂《うれ》いていた通り、魔法を使うことによって魔女が受ける身体的負担など、誰も知らなかったのだ。

ヴァルトは困惑した様子の市長や大臣達の顔を見回し、続ける。

「魔女は我々に無償の愛をくれるが、それは時に魔女自身の命を削るものだ。このことを知ったからには、私は二度と魔女を――エリカを一人で困難に立ち向かわせるようなことがあってはならないと思っている」

回復したエリカには、嵐に対峙《たいじ》していた最中の記憶はほとんど残っていなかった。

だが、ヴァルプルガの記憶を持つノエルの話によると、巨大な魔力を使った時の苦しみと痛みは想像を絶するもの。それは分娩《ぶんべん》の痛みにも似ていて、男には到底正気を保てないレベルであるという。

そんなとんでもない苦痛にエリカがさらされたのだと思うと、ヴァルトはぞっとする。

自分の感情は、魔女を崇拝《すうはい》する全てのヘクセインゼル人も同じだろうという確信のもとに、彼は問いかけた。

「皆はどうだ。また嵐が来たら、あの小さな魔女を一人で始祖の樹の天辺《てっぺん》に立たそうと思うか？」

とたんに、ベーゼンとシュクトの両市長が椅子から立ち上がって宣言した。

「いいえ！　ベーゼンは、またいつ嵐が来ても耐えられるように、早急に港を整備いたします！」

「我がシュトクも海岸沿いの整備とともに、街に雨水が溜まらないように排水装置の改良を急ぎます！」

負けじと、カリスとコールドロンの市長達も立ち上がる。

「カリスは、防波堤《ぼうはてい》を強化し、蒸気機関車の線路と農地を守りましょうぞ！　魔女様のお手を煩《わずら》わすまい！」

「コールドロンも同じく、いかなる自然災害にも負けぬよう、万全の対策をお約束します！」

また嵐がきても魔女に——エリカに助けてもらえばいい、と言う者は誰もいなかった。

次の会議に魔女達の席を用意することも、満場一致で決定。会議の日程は、二日後の午後と決まった。

「当日は、私が直接始祖の樹まで魔女達を迎えにいく。正面の門を開けてもらう約束を取り付けたのでな」

ヴァルトが告《つ》げると、四人の市長は目を丸くした。

「ヴァルト様……正面の門とは、もしや、開かずの門のことですか!?」

「なんと！　始祖の樹の正面門が開くなど、何百年ぶりのことでしょう！」

ベーゼンとコールドロンの両市長が、興奮した様子で口々に叫ぶ。

「うちの、ひいひいひいじいさんあたりが赤子の頃以来じゃないですかな？」

「よもや夢ではありますまいな!?」

一番年嵩《としかさ》のカリスの市長は頭の中で年表を広げ、シュトクの市長は自分の頬をぎゅっと抓《つね》った。

ついさっきまで、北だ南だ、革新派だ保守派だと睨《にら》み合っていたのが嘘のようだ。

彼らの顔は、まるで子供のように輝いている。

魔女が登城するという知らせは、この四人の市長達によって、たちまちヘクセインゼル中に広まった。

そうして迎えた二日後の朝。

国王が住まう白亜の城と、魔女達が暮らす始祖の樹を繋《つな》ぐ大街道の沿道には、大勢のヘクセインゼル人が詰めかけた。

長らく冷戦状態にあった王家と魔女の和解が、今日実現する。

そもそも、王家はヴァルプルガの弟の子孫、魔女は妹の子孫。

元をただせばどちらもヴァルプルガの血筋であり、彼女の遺志の継承者である。

二つの子孫が手と手を取り合ってヘクセインゼルを守り発展させていくことこそが、始祖たるヴァルプルガの願い。

そんな敬愛する魔女王の願いが叶うことを喜ばないヘクセインゼル人など、いようはずもない。

その歴史的瞬間に立ち合えることを、この日沿道に集まった全ての人々は誇りに感じていた。

石畳の大街道をカタカタカタと踏み鳴らしつつ、一台の蒸気自動車が走っていく。

運転席に座ってそれを操るのは、国王ヴァルトその人である。

先日、宰相《さいしょう》の末娘メーリアが運転して、始祖の樹の内部を爆走し魔女の家の玄関扉をぶち破ったのは、ヴァルトが個人的に所有していた蒸気自動車だった。二人乗り用で、ハンドルはバータイプの小型のものだ。

一方この日、ヴァルトが魔女達を迎えに行くために出動させたのは、王城所有の蒸気自動車である。こちらは前後ツーシートの四人乗り用で、ハンドルもより扱いやすい円形。モスグリーンの車体と黒革のシートは、さすが王家の仕様車といった高級感がある。

そんな近代化を象徴するような蒸気自動車に、昔ながらの二頭引きの馬車が追随《ついずい》する。

こちらを操っているのは、国王の忠実な従者であるノエル。木目調のレトロな車体を、真っ白い毛並みの美しい馬が二頭、カッポカッポと足を踏み鳴らして引いて行く。

沿道の人々が見守る中、やがて蒸気自動車と馬車は始祖の樹に到着した。

エンジンを止めたヴァルトが運転席から降り立ち、ノエルも御者台から降りてきて隣に並んだ。

「ようやく、ここまで来ましたね、ヴァルト様」

「ああ……」

言い伝えによれば、かつて魔女の代理で玉座を担《にな》うことになった男の国王が、大陸と交易してヘクセインゼルを発展させたことを盾に、魔女を国政から遠ざけたということになっている。

しかし、事実は少し違っていた。

そもそも、ヴァルプルガのように施政者として優れている魔女王は極々稀《まれ》であったため、彼女亡き後、実質国政を動かしてきたのは摂政《せっしょう》の一族だった。

しかし五百年前、それに不満を覚える者が現れた。魔女と国民を繋《つな》ぐ、当時の始祖の樹の管理長である。野心家であったその管理長は、時の魔女王をそそのかし、摂政の一族から権力を取り上げようとしたのだ。

「さすがに理不尽過ぎますよね。長年、影に徹《てっ》して魔女王を支えてきたというのに……。ヴァルト様のご先祖がキレるのも無理はないです」

「そうでなくても、件《くだん》の管理長は随分俗物的で、当時の市長達にも嫌われていたらしいしな。ご先祖には味方が多かったようだ」

結局、管理長と男女の仲になっていたことが発覚して、時の魔女王は玉座を降りた。他の魔女が一時的に王位を継いだものの、すでに魔女を傀儡《かいらい》として玉座に座らせておくことには限界がきていた。

その後、魔女王から男の国王への移行は、意外にも静かに行われたという。

「おそらく、密約が交わされたんでしょうね。魔女王と始祖の樹の管理長の不祥事《ふしょうじ》を公《おおやけ》にしない代わりに、魔女側も国民を煽動《せんどう》して国政を乱すようなことはしない、と」

「国民は、魔女に無垢《むく》であることを求めるからな。男と通じて魔女王が失脚した、なんて聞かされたくもなかっただろう」

真実を知る摂政《せっしょう》の子孫とヴァルプルガの人形は囁《ささや》き合う。

王城から遠ざかって以降、魔女と始祖の樹はそれまで以上に国民に添うようにして存在し続けた。

事実は始祖の樹では語り継がれていないらしく、魔女達も言い伝えを信じている。

一方、新たな王家は対外的な役割を一手に担い、ヘクセインゼルを国家として繁栄《はんえい》させたのだ。

袂《たもと》を分かちながらも、それぞれのやり方でヘクセインゼルに尽くしてきたヴァルプルガの子孫達が、これから改めて対面する。

ヴァルトとノエルは、目の前に立ちはだかる門を見上げた。

この門も、魔女の家の家具などと同じように、始祖の樹から切り出された木材で作られたものだ。

これが五百年、王族が始祖の樹を訪れることを拒《こば》み、王家と魔女が向かい合うことを阻《はば》んできた。

それが今——開く。

——ガチャン……

門の向こうで、鉄の鍵が外される重い音がした。

沿道の人々が、ゴクリと唾《つば》を呑み込む。

そんな中、外開きの門がゆっくりと開き始めた。
ギ、ギギ……ギギギ……
長年動かされていなかった蝶番《ちょうつがい》は錆《さ》びていて、大きく軋《きし》んだ音を立てる。

門の下の部分がガリガリと石畳を擦って、白い土埃《つちぼこり》を上げた。

門を開ける役を担《にな》ったのは、現在始祖の樹の管理長を務めるマリオだった。

五百年前の俗物的な管理長とは違い、穏やかで優しい人柄からヘクセインゼルの人々に慕《した》われ、世俗と魔女とを繋《つな》ぐ窓口として市長達からの信頼も厚い人物だ。

始祖の樹の正装である白い長衣を着たマリオは、門を全て開け放つと、その前に立っていたヴァルトとノエルに頷《うなず》いて見せた。

そして、マリオが脇へと避けると同時に……

「ヴァルト様！」

国王の名を呼びつつ、門の内側から真っ白い少女が飛び出してきた。

沿道の人々がはっと息を呑む。

白い髪に琥珀色《こはくいろ》の瞳、白いローブを纏《まと》ったその少女が何者であるか——知らない者などいるはずもない。

彼女は、ヘクセインゼルの始祖である偉大な魔女王ヴァルプルガの再来。

つい先日、この国を大嵐から救った、奇跡の魔女だ。

普段は滅多に近くで見ることができない彼女の登場に、沿道の人々はたちまち興奮する。

そんな中、脇目も振らずに駆け寄ってきた白い魔女を、若き国王は笑みを浮かべて抱きとめた。

「エリカ」

彼が愛《いと》おしげに紡《つむ》いだ言葉を耳にした人々は、一瞬口を噤《つぐ》む。

彼らは知った。いいや、思い出した。

自分達がヴァルプルガの再来と騒いでいた魔女には、彼女だけの名前がちゃんとあったのだということを。

——エリカ。

その名を、人々は噛《か》み締めるように、心の中で何度も何度も呟《つぶや》いた。

ヘクセインゼルを救った魔女は、エリカ。

国王の腕の中で無垢《むく》な笑みを浮かべているのは、エリカ。

そうこうしている内に、開いた門を潜《くぐ》って三人の老婆が現れた。

腰の曲がった鷲鼻《わしばな》の魔女ニータ、眼鏡をかけたのっぽの魔女モリー、ふくよかな体形の魔女マリア。エリカと同じく魔女の正装である白いローブを纏った三老婆も、ゆったりとした足取りでヴァルトの前までやってきた。

ヴァルトはにっと笑うと、左手でエリカの肩を抱いたまま、右手を胸に当てて紳士の礼の形を取る。

「お迎えに上がりました、魔女様方」

三老婆はそれに、うむと鷹揚《おうよう》に頷《うなず》いて返す。

そうして彼女達は、ヴァルトの腕の中でにこにこしているエリカに目を細めた。

「さて、魔女様方。自動車と馬車、どちらでもお好きな方をお選びいただこう」

次いでヴァルトがそう告《つ》げれば、三老婆はつんと澄まして答える。

「わしは馬車に乗る。その自動車というのは、どうにも苦手でな」

「私も馬車にします。自動車は、若い方々の乗り物ですから」

「私も馬車に乗せてもらうわ。自動車って、酔いそうなんですもの」

そう言って、さっさと蒸気自動車の横を通り過ぎるつれない三老婆に、ヴァルトは肩

を竦《すく》める。

　エリカはそんな彼を見上げ、笑みを浮かべて言った。

「私は自動車の方――ヴァルト様のお隣がいいです！」

「光栄です、小さな魔女様」

　ヴァルトはたちまち破顔し、冗談めかしてエリカの手の甲に口付ける。

　それから彼女を軽々と抱き上げて助手席に乗せると、自分も運転席に乗り込んだ。

　三老婆がノエルの手を借りて馬車に乗り込んでいる間に、蒸気自動車のエンジンがブルブルと音を立てて始動する。

「あっ……もう、ヴァルト様。待ってくださいよ～」

　さっさと方向転換をして走り始めたヴァルトの蒸気自動車を、馬達を大きく回らせて向きを変えたノエルの馬車が追いかけた。

　魔女を乗せ、蒸気自動車と馬車が王城に続く大街道を引き返す。

　それを迎える沿道の人々の視線は、蒸気自動車の上できょろきょろと辺りを見回すエリカに釘付けだった。彼女の琥珀色《こはくいろ》の瞳は好奇心に溢《あふ》れ、眩《まばゆ》いばかりに輝いている。

「素敵素敵！　私、自動車って乗ってみたかったんです！」

「それはよかった。いつでも乗せてやるぞ」

「前にヴァルト様が乗ってた二人乗りの……あれ、私にも運転できますか?」

「あれはメーリアにぶっ壊されたので、今修理に出している。直ったら乗るといい」

その時、蒸気機関車がボーッと汽笛《きてき》を鳴らし、遠く大街道の先に横たわる線路を通過した。

今まで、始祖の樹の上から眺めるばかりであったその白い煙を吐き出す乗り物を、エリカが瞳をキラキラさせて追う。

「機関車にも乗りたいです」

「乗せてやろう」

「南の山のブドウ畑に行ってみたい」

「了解」

十六年間抑圧《よくあつ》されていた反動か、エリカの好奇心はとどまるところを知らない。

次々に飛び出す彼女の望みに、ヴァルトは逡巡《しゅんじゅん》することなく頷《うなず》く。

「それから、ベーゼンに行って……港からは、ザクセンハルトが見えますか?」

「天気がよければ、海の向こうにうっすらとな。ザクセンハルトにも興味があるのか?」

ヴァルトがそう問うと、エリカは少しだけ寂しそうな顔をした。

「ザクセンハルトには、お母様がいるから……」

そう呟《つぶや》いた彼女の頭を片手でぐりぐりと撫《な》で、ヴァルトは笑みを浮かべて言う。

「よし、分かった。君が望むなら、いつかザクセンハルトにも連れて行こう」

「本当ですか!?」

「エレンをあんなに捻《ひね》くれさせた母上には、私も一言文句を言ってやりたいのでな」

「はい」

エリカはハンドルを握るヴァルトの横顔を見上げ、こくりと頷いた。

もしもこの先、本当に顔を合わせる機会が訪れたとしても、母がそれを喜ばないであろうことはエリカも分かっていた。母はきっと、今もエリカを愛してはいないだろうし、これからも愛してくれることはないのだろう。

けれど、せめてもう一度だけ——会いたい。

その時ヴァルトが隣にいてくれれば、母にエレンと同じような心ない言葉を投げかけられたとしても、「会えただけでも幸せ」と笑って言える。エリカはそう思った。

一方、二人が乗った蒸気自動車を追う馬車の中では、ふくよかなマリアが一人で二人がけの座席に座り、その向かいの座席にニータとモリーが並んで腰を下ろしていた。

先読みの魔女モリーが、占術《せんじゅつ》の道具であるカードを取り出し、きり始める。

やがて彼女は重ねたカードの間から無作為に一枚抜き取り、それを表に向けた。

「また、杯マークの領主札かい、モリー」

「これは何を意味してるんでしたっけ？」

カードを覗《のぞ》き込んだニータとマリアの問いに、モリーはふうとため息をつきつつ答える。

「〝知性のある公正な男性と創造的な関係を築いている〟……エリカが、将来をともにする可能性のある男性とすでに出会っている、とカードは暗示しているのですけれど……」

そこまで言うと、モリーはふいに馬車の窓から顔を出し、その前方を見た。ニータとマリアも、それに倣《なら》う。

馬車の前を走っているのは、エリカを乗せた蒸気自動車。

運転しているのは、ヘクセインゼルの国王ヴァルト。

仲良く並んだ二人の後ろ姿をしばし見つめてから、三老婆はそろって馬車の中に頭を引っ込めた。そして、互いに顔を見合わせる。

「知性のある公正な男性って……」

「エリカと将来をともにする可能性がある男性って……」

「もうすでに出会っているって……まさか……」

国王と魔女を乗せた蒸気自動車と馬車——近代的なものと古きよき時代のものが、ともに石畳の上を進んでいく。

往路は長く険しい道のりであったが、復路の車輪はなんとも軽やかに回る。

開け放たれた門の前に立ち、じっとそれを見送っていた始祖の樹の管理長マリオが、柔らかな笑みを浮かべて呟《つぶや》いた。

「ヘクセインゼルの新たな時代の始まりだ」

その時、びゅうと、突然、強い風が吹いた。

風は始祖の樹を揺らし、枝の青葉がさらさらと音を立てた。

木製の門も風に煽《あお》られ、ギイイと錆《さ》びた蝶番《ちょうつがい》を鳴らしてゆっくりと動き始める。

マリオは慌てて門の手前に手頃な石を置き、それを押さえた。

五百年を経てようやく開いた門が、再び閉ざされてしまうことがないように——、と。

後日譚　天邪鬼《あまのじゃく》なウサギの魔法

今から千年も前に、偉大な魔女王ヴァルプルガが創った国ヘクセインゼル。

現在この国を統《す》べるのは、魔力を持たない男の国王である。

魔女が創った国の玉座を魔女から奪《うば》った負い目を抱き、国民からも何かとシビアな目を向けられがちだった国王。

だが今、その支持率はかつてないほどの盛り上がりを見せている。

それは、若き国王ヴァルト・ヘクセインゼルが、長らく国政から遠ざけられていた魔女のために議場に席を用意したことに始まる。

魔女側も承諾《しょうだく》し、ヴァルトが自ら彼女達を始祖の樹まで迎えに行くことで、魔女と王家——ヴァルプルガの遺志を受け継ぐ二つの血筋の和解が、国民の前で実現したのだ。

何より、ヴァルプルガの再来と名高い一番若い魔女——エリカ・ヴァルプルガが、輝くような笑みを浮かべて国王ヴァルトの胸に飛び込んだ姿は、人々に大きな感銘を与えた。

「……まったく、この国の連中、どんだけ魔女が好きなんだよ」

そんな昨今のヘクセインゼルの様子に、呆れたように呟《つぶや》いたのは、白に近い灰色の髪と琥珀色《こはくいろ》の瞳を持つ中性的な顔立ちの少年だった。

彼――エレン・ヴァルプルガは、魔女であった母から産まれたエリカの双子の片割れである。

エレンの言う通り、とにもかくにもヘクセインゼルの人々は魔女が好きなのだ。

ヴァルトの支持率がうなぎのぼりなのも、「魔女が慕《した》う国王ならば間違いないだろう」という単純明快な理由による。

「ともあれ、魔女の名のもとに一致団結できるのだから、私としてはこれほど分かりやすく心強いことはないがな」

エレンの呟きに、向かいの席で長い足を組んでいたヴァルトがそう苦笑を返す。

これまで年嵩《としかさ》の市長や大臣相手に苦労も多かった彼だが、見事魔女達を議場に連れてきたことからその手腕を見直されたらしい。

「ヴァルト様、お茶をどうぞ」

エリカがそう言って、ヴァルトの前にカップを差し出した。

その中身は、彼女が薬草に詳しい魔女ニータから教わって調合したハーブティーだ。

始祖の樹の上――魔女の許しがないと入ることができない空中庭園。午後の休憩時間に、その一角でエリカの淹《い》れたお茶を飲むのが、ここ最近のヴァルトの日課となっていた。

始祖の樹の正面門が開放され、王城とは正式に行き来ができる関係にはなったが、魔女の家のリビングと国王の私室の魔法の鏡は繋《つな》がったままである。エリカやヴァルト、それからノエルやメーリアがこれを使って行き来するのを、三老婆は黙認している。それただし、彼女達自身は鏡を使ってヴァルトの私室に足を踏み入れることはない。それが、三老婆なりのけじめのようだった。

空中庭園に四人がけのテーブルセットを設置してくれたのは、気が利く始祖の樹の管理長マリオだ。足元では、魔女殿で飼われている十羽のウサギ達が、思い思いに草を食《は》んでいる。

「僕、本当はハーブティーって苦手なんだよね。ザクセンハルトでは、紅茶とコーヒーばっかり飲んでたからさ」

つい先日、十一羽目のウサギとして魔女殿に加わったはずのエレンがぼやく。

彼は大陸の大国ザクセンハルト共和国から禁止されている拳銃を持ち込み、それでエリカや三老婆を脅《おど》したばかりか、国王であるヴァルトにまで銃口を向けた――本来ならば重罪人。ヴァルトの恩情によりその罪は内々に処理されたものの、罰として魔法でウサギの姿に変えられた。

そんなエレンも、朝になると人間の姿に戻れるようになっていた。

ただしそれは、今のところ魔女殿にいる時だけ。他の場所に行こうとしたり、とあるきっかけがあったりすると、またすぐにウサギに戻ってしまうのだ。

苦手と言いながらもハーブティーのカップを傾けるエレンの隣に座り、エリカが首を傾《かし》げる。

「エレン、こーひーって、何？」

「コーヒーの木の種を乾煎《からい》りして粉に挽いて湯を注《そそ》いだ、真っ黒い飲み物」

「真っ黒？　苦そう……」

「苦いから美味《うま》いんじゃないか。まあ、エリカみたいなガキには飲めないだろうけどね」

エレンの態度は相変わらず無愛想で、エリカに対する言葉も刺々《とげとげ》しい。

しかし、エリカはエレンが側《そば》にいることがとにかく嬉しいらしく、人間の姿に戻った彼の袖をぎゅっと掴んで、片時も離れたくないという態《てい》だ。

「あのさぁ、エリカ。ほんと、くっつき過ぎだから」

「うん、ごめんね」

エレンはそれに鬱陶《うっとう》しそうな顔をしながらも、結局はエリカの好きにさせている。

そんな兄妹の姿に、ヴァルトは自分の顎《あご》に手をやりつつ目を細めた。

その顎には、茶色い髭《ひげ》が整えられている。エリカが怯《おび》えるので一時剃《そ》ってはいたが、彼女がすっかり懐《なつ》いたのをいいことに、再び伸ばし始めたのだ。ちなみに、三老婆にはすこぶる不評である。

ヴァルトは顎髭を撫《な》でながら、「ところで」と口を開いた。

「ずっと引っ掛かっていたんだがな……そもそもエレン。君はなぜ今動いた？」

ヴァルトの問いに、エレンはカップを口から離して訝《いぶか》しげな顔をした。

「国立科学研究所といえば、ザクセンハルト人でもそう易々と入れない特別な機関だろう。せっかく採用されたというのに、武器持参で祖国に舞い戻ってクーデターを起こそうなどと……いくらなんでも唐突過ぎると思うんだがな？」

「……そうかな」

エレンは目を逸《そ》らし、再びお茶をすする。そんな彼に目を細めて、ヴァルトが続けた。

「もしかして……君は、何らかの理由で研究所にいられなくなったのではないか？」

とたんに黙り込むエレン。エリカが不安げにその袖を引く。

二人を眺めて腕組みをしつつ、ヴァルトはさらに質問を重ねた。

「君が持っていた銃……あの回転式弾倉の小型拳銃は、最新のものだな？」

「……へえ、こんな辺鄙《へんぴ》な島国にいるのに、随分詳しいんだ？」

「その辺鄙な島国を統《す》べる立場なものでな。自国に危険を及ぼす可能性のあるものを把握する情報網くらい持っているさ。もちろん、それら危険物をヘクセインゼルに持ち込ませないためだ」

「……ふうん」

視線を合わそうとしないエレンに、ヴァルトはついに核心を突く質問をした。

「あの銃は、まだ開発されて間もないものだ。たとえ、開発を担《にな》っていた研究所の一員だったとしても、少し前まで学生だった君が持てるような代物ではないはず――エレン、どうやって手に入れた？」

エレンは再び口を噤《つぐ》んだ。

しかし、ヴァルトが答えを急《せ》かすようにテーブルをトントンと指で叩くと、ぼそりと答えた。

「……所長から……拝借してきたんだよ」

「それは言葉のままの意味か？　それとも――奪《うば》ってきた、という意味か？」

「……」

「……沈黙は、後者を肯定していると受け取るが？」

ヴァルトは、きちんとした答えを聞くまで追及を緩《ゆる》める気はなさそうだ。

エレンは重々しいため息をつくと、観念したように話し始めた。

「……所長は、学生の時から僕に目を掛けてくれてたんだ。ザクセンハルトの出身でもない僕は、あの人のおかげで国の中枢機関である科学研究所に入ることだって許された」

「つまり、所長は君の恩人というわけか」

「父親というのがいるなら、こういう感じかなって……ずっと思ってた。でも……」

「でも？」

エレンはそこで一度口を噤《つぐ》み、唇を噛《か》み締めて俯《うつむ》いた。

「エレン……？」

エリカがエレンの顔をそっと覗《のぞ》き込む。

その拍子にさらりと流れた彼女の真っ白い髪と、自分の灰色の髪を見て、エレンは小さく息を吐き出した。

「所長が目を掛けていたのは、僕の頭脳とか可能性とか、そういうものではなかった。あの人は単純に、僕の容姿を気に入っていただけだったんだ……」

ザクセンハルトを含む大陸の国々では、エリカの真っ白い髪はもちろんだが、エレンや母のような白に近い灰色の髪も琥珀色《こはくいろ》の瞳も非常に珍しかった。

母はそれを武器にして、新たな居場所を手に入れた。

しかし、エレンはというと、その目立つ見た目のせいで学校や宿舎ではよからぬ連中から目を付けられ、面倒を嫌う者達からは敬遠されがちであった。

全寮制の厳格な学校では、髪を染めることも許されない。

母とは対照的に、エレンは髪と瞳のせいで居場所がなかったのだ。

それでも、彼は必死に勉強して学校を首席で卒業し、特別な機関に入ることを許された。

髪や瞳の色に対する差別や偏見も乗り越えて、これから実力で伸し上がっていってやろう。

エレンはそんな意欲を燃やしていた。それなのに——やはり、灰色の髪と琥珀色の瞳はエレンの人生を阻《はば》んだ。

「所長室に連れ込まれて、あの銃をちらつかせながら言われたんだ。この研究所で伸し上がりたければ、自分の言う通りにしろって」

「……なるほど」

エレンの話を聞いて、ヴァルトは苦虫を噛《か》み潰したような顔をする。

「少々身体を撫《な》で回されるくらいならば、我慢するつもりだったけどさ」

「おい、待て待て！　それ以上は、エリカに聞かせていい話か？」

淡々と語られるエレンの話に、ヴァルトが慌てて待ったをかけた。

エリカはというと、そんな二人をきょとんとした顔で見比べている。

エレンは「未遂だよ」と肩を竦《すく》めて話を続けた。

「ともかくすったもんだあった末……所長の股間を蹴り潰して、銃と金を奪《うば》ってきてやった」

「なんてこった……」

「正当防衛だろ」

「股間を蹴り潰すまではな。ついでに強盗してくるやつがあるか」

つまり、エレンはザクセンハルトでお尋ね者となってしまっているのだ。

よくよく聞けば、ヘクセインゼルにやってきたのも、実は密航だったらしい。

彼にはザクセンハルトに、もう帰る場所などなかった。

帰るためには、〝人智を超えた力を持つ魔女エリカ〟という特別な土産《みやげ》が必要だったのだ。

「エレンはどうなってしまうの？」

「ザクセンハルトに突き出されたら、捕まっちゃうんじゃない？」

不安そうな顔をしたエリカの問いに、エレンは他人事のように答える。

ヴァルトはそんな兄妹にため息をつくと、茶色い髪を掻き上げつつ「仕方ないな」と呟《つぶや》いた。

「守ってやるさ」

「え？」

「ザクセンハルトに居場所をなくしてヘクセインゼルに帰ってきたんだ。エレンは再びヴァルプルガの子供に戻った。ならば、国王としては守らんわけにはいかんだろう」

「ヴァルト様……」

頼もしいヴァルトの言葉に、エリカはほっとした様子で微笑む。

しかし、肝心のエレンはというと、不貞腐《ふてくさ》れたような顔をして言った。

「ふん、えっらそうに。何様のつもりだよ」

その素直じゃない態度に、さっとエリカの顔が曇《くも》る。

エリカはエレンの袖をぎゅっと引っ張り、眉を八の字にして叫んだ。

「エレンってば！　どうして、そういう言い方するの……っ！」

「わっ……バカ！　やめろ、エリカ！　泣くなって……！」

エリカの琥珀色《こはくいろ》の瞳が潤《うる》み始めると、エレンはとたんにあわあわと慌てた。

「わわ、分かった！　分かったたって!!　ちゃんと守られてやるからっ……」

「守られてやる、じゃないでしょ！　守ってもらうんでしょう!?」

エレンは必死にエリカを宥《なだ》めようとするが、捻《ひね》くれた態度を改めるのはそう簡単なことではない。エリカはますます悲しそうな顔になって、その瞳からはついに雫《しずく》がこぼれた。

次の瞬間——衣服を残してエレンの姿が消えてしまった。

かと思ったら、今の今まで彼が座っていた椅子の上、折り重なった衣服の間から灰色のウサギがもぞもぞと顔を出す。

ヴァルトはくすんくすんと鼻を鳴らすエリカの頭を撫《な》でながら、そのウサギを呆れたような顔で見下ろした。

「エリカを泣かせるからだぞ。まだまだ反省が足らんようだな、エレン」

エレンにかけられた魔法はまだ解除されたわけではなく、エリカの感情に左右されている。

エリカを泣かせたり寂しい思いをさせたりすると、彼は瞬時にウサギに戻ってしまうのだ。

灰色のウサギ——エレンは、地団駄《じだんだ》を踏むようにダンダンと椅子の上で後ろ足を踏み鳴らす。

しかし、視界の端を茶色いものが過《よぎ》ったとたん、彼は慌ててエリカの肩の上に駆け上がった。

「エレン？」

茶色いものは、ぴょんぴょんと跳ねて近づいてきたロロンだった。

ロロンはエリカの側までやってくると、彼女の足に前足をかけて伸び上がる。まるで、自分も抱き上げてほしいとねだっているようだ。

しかし、先に肩に乗った灰色ウサギがブルブルと震え始めたので、エリカはロロンの耳の根元を撫でるだけに止めた。

「ロロン、ごめんね。エレンが怖がってるみたいだから、だっこは後でね」

「そりゃあ……怖かろうな」

実は、ロロンはエレンが変化した灰色ウサギに一目惚れし、ずっと求愛を続けているのだ。

エリカはロロンがエレンに迫っても戯《たわむ》れているだけだと思っているが、こっそりエレンに悩みを打ち明けられたことがあったヴァルトは、カップに口を付けつつ苦笑する。

エレンが自分は男だと訴えても、ロロンはさしたる問題ではないと言って、容赦《ようしゃ》なく背後から伸し掛かってくるらしい。

ザクセンハルトでお尋ね者になってまで守った貞操が、今度は自らがかつて蘇生《そせい》したウサギによって脅《おびや》かされるという、エレンにとってはなんとも皮肉な状況。こればかりは、ヴァルトも同情を禁じ得ない。

「……楽しそうでいいですねぇ、ヴァルト様」

と、そこに、いささか疲れた表情をしたノエルが現れた。

ヴァルプルガが作った人形――魔法のオートマタであると判明した彼だが、その表情は人間くさい。

エレンがロロンに求愛されているのと同様に、ノエルもまた宰相《さいしょう》の末娘メーリアに振り回されていた。

ノエルが人間ではないと知ってからも、メーリアの彼に対する想いは少しも変わらなかった。

むしろ激しくなったほどで、ノエルはたじたじとさせられるばかり。

今日もうっかりメーリアに捕まって、ドレスの試着に付き合わされていたらしい。

「僕なんかに執着《しゅうちゃく》しなくても、メーリアさんならお相手を選び放題ですのに……」

テーブルにつくなり物憂《ものう》げなため息をついたノエルに、エリカはヴァルトやエレンに出したのと同じハーブティーを用意する。この人間くさくて美しい人形は、人間と同じように食べ物や飲み物を摂取し、それをエネルギーに変えることができるのだ。

ノエルはエリカに礼を言って一口お茶をすすると、ヴァルトに向き直った。

「ヴァルト様からもなんとか言ってくださいよ。僕には、メーリアさんを幸せにはできません」

それを聞いたヴァルトは、カップに口をつけつつ片眉を上げた。

「幸せなど人それぞれだ。他人がとやかく言えるものではなかろうが」

「ですけど……僕と一緒になっては子ができません。メーリアさんにもそう申し上げたんですが……」

「メーリアはそれでもかまわないと言ったのだろう」

「はい……自分が子供を産まなくても誰も困らない、と……」

メーリアには兄が三人いる。宰相家を継ぐのは兄達の内の誰かなので、末娘であるメーリアが跡継ぎを産む必要はないと言うのだ。

エリカはヴァルトとノエルの話を聞きながら、肩に乗っていたウサギのエレンを胸に抱き直す。

ロロンがまだテーブルの下で熱い視線を送ってくるので、彼は大人しく妹の腕の中に収まった。

「ノエルさんは……メーリアさんが好きじゃないんですか……？」

エリカは、襟元に着けたウサギのピンズを握り締めつつノエルに尋ねる。

メーリアはエリカにとって、初めてできた人間の友達である。そんなメーリアの恋を応援したいエリカは、彼女との関係を否定するようなことばかり口にするノエルに、泣きそうな顔になった。

「いえ、あの、魔女様……僕はほら、オートマタですから……」

困ったノエルは、主人であるヴァルトに助けを求めて視線を送る。

だがヴァルトは、眉を八の字にしたエリカを側《そば》に引き寄せ、ノエルに向かってぴしゃりと告げた。

「メーリアに言い寄られるのが本気で迷惑ならば、はっきりとそう言ってやればいい。オートマタであることを言い訳にするな」

「そ、そんなぁ～……」

「本当は、お前も満更《まんざら》ではないのだろう？　オートマタには心がある。メーリアの想いに応えることはできるはずだぞ」

オートマタは主人となる国王と同時に生まれて一緒に育てられることで、身体も心も成長していく。そうして、彼らは人間と同じように豊かな感情を持つのだ。

それを証拠に、ヴァルトを殺すと明言したエレンを、ノエルは問答無用で排除することはなかった。エリカを悲しませたくないと言って、彼はオートマタとしての使命に躊躇《ちゅうちょ》していたのだ。

「はあぁ……」

ノエルはテーブルに突っ伏して、盛大なため息をつく。

ヴァルトはエリカの肩に腕を回しつつ、悩めるオートマタに苦笑いを浮かべた。

「いざとなったら、クレア様に相談しろ」

「クレア様に相談したら、問答無用で背中を思いっきり押されるに決まってるじゃないですか」

クレアといえば、ヴァルトの養母である王太后。その夫で、ヴァルトの養父なのが前国王ロベルトだが、ここでふとエリカはあることに気づいた。

オートマタは、主人である国王が寿命をまっとうするまでともに生きる。

ということは、玉座を降りたロベルトのオートマタもまだ健在ということ。

しかしエリカは、前国王夫妻とは随分親しく付き合っているというのに、まだそのオートマタに会ったことがなかった。

それをヴァルトに告《つ》げると、彼はとたんに面白そうな顔をした。

「父上のオートマタなら、今もあの方の側《そば》にいるぞ」

「えっと、私がお会いする機会がなかっただけで、今もお側に仕えていらっしゃるのですか？」

「仕えているというか、一緒になった」

「一緒に？」

きょとんとするエリカの頬を指の背で撫《な》でつつ、ヴァルトは続ける。

「父上とオートマタは恋仲になり、そのまま想いを成就させた」

「え？」

大きく首を傾《かし》げるエリカにくすりと笑い、ヴァルトは言った。

「結婚した、ということだ」

「け、結婚……!?」

恋仲になった前国王ロベルトとそのオートマタ。

そんな二人が結婚したということは、つまり……

「王太后クレア様――彼女が、先代のオートマタだ」

「ええええっ……!?」

黒い髪と青い瞳の王太后は、なんとノエルと同じくヴァルプルガの作った人形だった。

心を持つオートマタは、主人である人間と恋に落ち、互いに永遠の愛を誓い合った。

国王の命が続く限り生き続け、その死とともに使命を終えるのがオートマタ。ロベルトとクレアは真実、一生をともにすることになる。

ヴァルトの実母であるロベルトの妹は、兄と一緒に育ったクレアのことを、オートマタとは知らないまま実の姉のように慕《した》っていた。そのクレアが生まれつき子供を望めない身体だと聞き、ロベルトの妹は自分の第一子を王家に差し出すことを承諾《しょうだく》したのだ。

それは、運命であった。

「実母が私を懐妊《かいにん》したと判明するとともに、ノエルは卵の形でクレア様の前に出現した。その瞬間、私は国王となることを運命付けられたのだ」

オートマタの存在が知らされるのは、主人となる国王本人とその両親、もしくは養育者のみ。

そして、次のオートマタがいつ現れるのかを知ることができるのは、一代前のオートマタだけ。次の国王を最初に知るのも、その先代のオートマタということになる。

「じゃあ……ヴァルト様の跡継ぎが誰になるのかは、ノエルさんが最初に知るんですね」

エリカの言葉に、ノエルは黙って微笑みを浮かべた。

オートマタはヘクセインゼルの国王にとって不可欠な存在であり、それはヴァルプルガの遺志により存在している。次代のオートマタを生み出しているのは、ヘクセインゼルの地に染み付いている彼女の魔力と残留思念なのだ。

つまり、今もなお、国政の一端をヴァルプルガが担《にな》っていると言っても過言ではない。亡くなった後、千年も魔力が残ってしまうなんて、ヴァルプルガとはなんと凄《すさ》まじい魔女だったのだろう。千年も後の子孫達にまで想いを遺《のこ》すなんて、なんと深い愛だろう。

しかし、それらが未来永劫《みらいえいごう》続くものであるとは、ヴァルトは思っていなかった。

彼はやはり、遠からずこのヘクセインゼルからヴァルプルガの影響が消え、魔法が——ヴァルプルガの遺志を継ぐ魔女という存在自体が消えてしまう時が来ると考えていた。実際、魔女は極端に産まれにくくなっている。

もちろんヘクセインゼル国王としては、国民の心に魔女に対する崇拝《すうはい》がある限り、始祖の樹を彼らの心の拠《よ》り所《どころ》として存続させていかなければならないし、この先、再び魔力を持つ子供が産まれれば保護していくことも必要だと考えている。

ただ、エリカやそれまでの魔女達がそうであったように、始祖の樹の上で軟禁《なんきん》するような形で育てることについては、反対するつもりでいた。

彼は、エリカの人としての幸せも、他者の意向によって妨げられるべきではないとも考えている。

彼女が一般の女性と同じように、家庭を持って子供を産むことを望んでも、その結果魔女ではなくなってしまうとしても、それは自然の流れとして受け入れられなければならない。

「……魔女ではなくなったとしても、髪と瞳の色が変わるわけではないしな」

「ヴァルト様？」

ヴァルトは、魔女の象徴とも言えるエリカの真っ白い髪をさらりと撫《な》でた。

ぱちくりと瞬《またた》く彼女の瞳は、魔女王ヴァルプルガと同じ琥珀色《こはくいろ》。

全てのヘクセインゼル人にとっての心の拠り所である魔女。

ヴァルトの懐《ふところ》には今、その魔女と始祖の樹に宛てて今朝届いたという書簡が入っている。

差出人は、かの大陸の大国ザクセンハルト共和国の高官を名乗る人物。

――親愛なる魔女へ
手紙がそう始まっていたことを思い出し、我らが魔女様に対して馴れ馴れしいぞ、とヴァルトはこっそり眉をひそめた。

ザクセンハルトは、ヘクセインゼル王家と魔女の間で五百年続いた確執《かくしつ》を知っていた。

その上で手紙の主は、国王や議会を抜きにして、魔女や始祖の樹と直接関係を結びたいと言ってきたのだ。

手紙は当代の魔女が議会に参加し始めたことに触れ、〝それで本当に満足していいのか。魔女王が復権してこそ、真のヘクセインゼルではないのか〟と煽《あお》るような言葉を並べ立てていた。

さらには、〝魔女の望みを叶えるために、ザクセンハルトは協力を惜しまない〟と、暗に内政への介入を示唆《しさ》する言葉で締めくくっていた。

（まったく、舐《な》めた真似《まね》をしてくれる）

手紙の文面を思い返し、ヴァルトは心の中で唸《うな》る。

このような書簡が始祖の樹に送られてくることは、今までにもしばしばあったという。

ただし、ヴァルプルガの子供達――つまり、ヘクセインゼルの人々に尽くしたい魔女と始祖の樹は、そもそも他国との交流など必要としていなかった。

だから、これまでのザクセンハルトからの接触は完全に無視されてきたのだ。

しかし今回、三老婆と始祖の樹の管理長マリオは、届いた書簡をヴァルトに託した。

ヴァルトは、国王と魔女の連名で、返事を書くつもりでいる。

ヘクセインゼル王家と魔女の関係は改善し、両者の間にザクセンハルトが入り込むような余地はない。魔女に用があるのならば、まずは国王と議会を通すべし、と忠告するためだ。

ただヴァルトには、一つ気に掛かることがあった。

それは、ザクセンハルトが魔女全体だけでなく、エリカという個人に関心を持ち始めたことだ。

〝ヴァルプルガの再来に、是非とも一度お会いしたい〟

手紙には、そうも書かれていた。

嵐が襲来した時、ベーゼンの港には多くのザクセンハルトの商人達が滞在していた。

彼らは嵐を収めたエリカの魔法を目撃し、祖国に帰ってその奇跡を吹聴《ふいちょう》した。

話は当然、ザクセンハルトの上層部の耳にも入ったのだろう。

一気に現実的になった魔女と魔法の存在。エレンと同様に、彼らはエリカの力を軍事的に利用できまいかと考え始めているのかもしれない。

「冗談じゃない」

ヴァルトは吐き捨てるように言うと、エリカの肩に腕を回して抱き寄せた。

「……っ！　っ‼」

とたんに、エリカの腕に抱かれていたエレンが暴れ出した。

後ろ足でヴァルトの胸を蹴りつけて、エリカから遠ざけようとする。懐く妹に鬱陶《うっとう》しそうな態度を取りながらも、彼女に他所の男が馴《な》れ馴れしくするのは気に入らないらしい。

しかし、エレンはヴァルトに首の後ろを摘《つ》まれて、地面に下ろされてしまった。

「――っ!!」

たちまち何かが迫ってくる気配を察知し、彼は飛び上がって逃げ出す。

目をハートにしたロロンが、鼻息を荒らげてその尻を追い掛けた。

「あっ、エレンとロロンが追いかけっこを……」

「仲が良くて何よりだな。ロロンも友達ができて楽しそうじゃないか」

ヴァルトはしらじらしくそう告《つ》げると、改めてエリカを抱き寄せた。

「ヴァルト様？」

ヴァルトの腕の中で、エリカがきょとんと首を傾《かし》げる。

ヴァルトはヘクセインゼル国王として、この無垢《むく》な魔女を全力で守っていきたいと思っている。

同時に男としては、彼女を自分の手で魔女ではなくす未来も夢見てしまう。

そして、ヘクセインゼルの国王としても一人の男としても――ヴァルトはエリカを、ザクセンハルトの好きにさせるつもりなどさらさらなかった。

「守るさ、必ず――」

ヴァルトは呟《つぶや》くと、そっとエリカの唇を啄《ついば》んだ。

「魔女の縄張りでそんなことなさって、おばあ様方に八つ裂きにされても知りませんよ」

ノエルが忠告するが、ヴァルトにかまう様子はない。

一方、エリカはキスを嫌がる様子はなかった。

ただし唇が離れると、彼女はヴァルトの尖《とが》った顎《あご》の先を撫《な》でてぽつりと言った。

「……ヴァルト様、チクチクします」

「そのうち、このチクチクがなければ物足りないと思うようになるさ」

「そうでしょうか？」

「そうだとも」

今度は自分の唇を撫でて首を傾げるエリカに、ヴァルトは自信満々に頷《うなず》いた。その直後――

「「「こらあ、破廉恥《はれんち》な若造め！　うちのエリカに何をする!!」」」

魔女の家の扉がバタンと大きく開き、すりこぎや箒《ほうき》や椅子を振り上げた三老婆が飛び出してくるのが見えた。

書き下ろし番外編

石炭と水で動かす魔法

朝の淡い光の下、どっしりと構えた蒸気機関車が真っ白い煙を噴き出していた。

黒いボイラー部分に赤い塗装の足回り。後ろには木造の客車が八両連《つら》なっている。

ふいに、運転室から顔を出した壮年の機関士が、プラットホームに人影を見つけて破顔した。

「――やあ、これはこれは！」

その声につられた二人の機関助士も顔を出し、煤《すす》を付けた頬を盛大に綻《ほころ》ばせる。

プラットホームには、琥珀色《こはくいろ》の瞳をキラキラと輝かせて蒸気機関車を見上げる少女の姿があった。

男の国王が治め、魔女の加護を受ける小さな島国ヘクセインゼル。

島のど真ん中には魔女の住処《すみか》であり人々の心の拠り所《よどころ》たる、齢《よわい》三千年からなる始祖の樹が聳《そび》え立つ。

そこから真北に延びる大街道の先には、国王の住まいであり政治の中心となっている白亜の城。

また、始祖の樹から北西、北東、南西、南東――放射状に延びた四つの街道の先には、それぞれの市の中心となる市庁舎がある。さらに、王城と四つの市庁舎の側《そば》には、それぞれの名を冠した駅舎も建てられていた。

ヘクセインゼルの外周を囲うように二本の線路が並び、右回りと左回り各五台ずつの蒸気機関車が走る。

運賃は一律で非常に安価。一般市民の生活の足として広く利用されている。

とまあ、ヘクセインゼル人には馴染み深い蒸気機関車であるが、始祖の樹の天辺《てっぺん》で育った琥珀色の瞳の少女――エリカにしてみれば、間近で見るのはこれが初めてであった。

「うわぁ……」

エリカは、シューシューと音を立てて立ち上る蒸気を呆気に取られた様子で見上げている。

ふいに悪戯《いたずら》げな笑みを浮かべた機関士が、運転室の天井から垂れ下がる紐を引っ張った。

ボーッ！　ボーッ!!

「──わあっ!?」

とたんに大きく鳴り響いた汽笛《きてき》の音に、驚いたエリカは隣に立つ人物にしがみつく。

一方、微塵《みじん》も驚く様子のないその人は、長い腕を回してエリカを抱き寄せると、運転席に苦笑を向けた。

「おいおい、驚かせないでやってくれ」

「ははは っ。あまりにかわいらしいものだから、ついつい出来心で。申し訳ありません──国王陛下と魔女様」

若きヘクセインゼル国王ヴァルトと、始祖たる魔女王ヴァルプルガの再来として名高い魔女エリカ。

王家と魔女──五百年もの間冷戦状態にあった二つの勢力を和解に導いた彼らに、いまやヘクセインゼルの国民の誰しもが親愛の情を抱いていた。

「汽笛の音をこんなに近くで聞いたの、初めて。すごい……」

ヴァルトの腕の中でそう呟《つぶや》きつつ、エリカの琥珀色《こはくいろ》の瞳が再び蒸気機関車に向けられた。驚きは掻き消え、溢《あふ》れんばかりの好奇心で輝きが増している。

この日、ヴァルトは丸一日休みを取った。

いつぞやの約束通り、エリカを蒸気機関車に乗せてやるためである。

「さあさあ、お二人とも。そろそろご乗車ください。出発いたしますよ」

口の周りに真っ白い髭《ひげ》を蓄《たくわ》えた紳士が、にこやかにそう言ってヴァルトとエリカを客車へと促《うなが》した。

彼は、蒸気機関車の始点であり終点でもあるこの王城前駅の駅長だ。

駅長の案内で、ヴァルトとエリカは一番後ろの客車へと乗り込んだ。

一番後ろの車両を選んだのは、カーブを通る際に窓から蒸気機関車の部分がよく見える、という理由からだ。

車内は比較的空いていて、二人は四人掛けのボックス席に向かい合って座る。

温もりのある木製の座席が、始祖の樹から切り出された木製の家具に囲まれて生活するエリカにはしっくりきた。

景色を見やすいようにと、ヴァルトが窓を開けてくれる。

さっそく身を乗り出そうとするエリカを、しかし彼は「こら」と叱った。

「危ないから、窓から顔や手を出すな。それから、トンネルに差しかかったら一旦窓は閉めるぞ」

「どうしてですか?」

「煙と煤《すす》が入ってくる。全身真っ黒になりたいか?」

「……なりたくないです」

真っ白い髪と真っ白い上着のエリカは、しぶしぶ頷《うなず》いた。

ボーッと、前の方から汽笛《きてき》の音が聞こえてきた。続いてガタタンと車両が揺れ、いよいよ汽車が動き出す。

と、その時。エリカが斜め掛けにしていたカバンがもぞもぞと動き、何かがぴょんと顔を出した。

「……何故、そいつを連れてきたんだ」

「いつのまにかカバンに入っていたんです」

ヴァルトが苦虫を噛《か》み潰したような顔で見下ろすのは、彼の髪と似た茶色い毛並みのウサギ——魔女に飼われる十羽の中でエリカと最も親しいウサギ、ロロンだった。

ロロンはくりくりとした緑色の瞳で、じっと向かいに座るヴァルトを見据えている。見た目はすこぶる愛らしいものの、ヴァルトを牽制する様子は、さながらエリカのボディガードのようだった。

カタタン、カタタン。

王城前駅の駅舎を後にした蒸気機関車は、徐々にスピードを上げていく。

まず差しかかったのは、ヘクセインゼルの北東に位置する炭坑の町、シュトク。

ヴァルトとエリカが乗っている蒸気機関車は、文字通り蒸気で動く。

石炭を燃焼させてボイラーの水を加熱し、そうして得た蒸気の圧力をシリンダーに導いてピストンを前後運動させ、その力を車輪を回す力に変換する。つまるところ、蒸気機関車を動かしているのは石炭と水である。

シュトクの地下からは、蒸気機関車などの燃料となる上質の石炭が発掘される。市中に張り巡らされた道の隙間を埋めるようにひしめき合って立っているのは、その炭坑で働く人々の住まいだ。

シュトクでは人口の増加に伴い、海岸線ギリギリまで木組みの家々が軒《のき》を連《つら》ねるようになっていた。

蒸気機関車はそんな家々の間を通り抜け、間もなくシュトク市庁舎前駅へと到着する。

ここでヴァルトとエリカが下車することはなかったが、プラットホームに立っていた駅員が二人の姿を見つけ、ぎょっと目を丸くしているのが分かった。

シュトク市庁舎前駅を出た蒸気機関車は、やがて鉄道橋へと差しかかった。

ヘクセインゼルは、島を北と南に二分するように大きな河が流れている。

この大河を越えると、窓の外の景色は一変した。

「わあ……」

北の工業地帯から南の農耕地帯へ。

線路の向こうには、つい一月《ひとつき》ほど前に収穫を終えた小麦畑が見渡す限り広がり、山際のブドウ畑は美しい黄金色に染まっている。

ワイン用のブドウはちょうど収穫期。南地区のヘクセインゼル人にとっては、一年で最も忙しく喜ばしい季節でもあった。

エリカの琥珀色《こはくいろ》の瞳は、窓の外の景色に釘付けだ。そのカバンから顔だけ出したロロンも、藁《わら》の匂いや遠くから漂《ただよ》う熟したブドウの果実の香りに、鼻と髭《ひげ》をヒクヒクさせている。

そうこうしている内に、蒸気機関車は次の駅に到着した。ヘクセインゼルの南東に位置するカリス市庁舎前駅である。

「降りるぞ、エリカ」

ここで、ヴァルトはエリカを促《うなが》し席を立ち、プラットホームで自分達が乗ってきた蒸気機関車を見送る。

それからヴァルトは、あちこちから集まる視線に構うことなく、きょろきょろと物珍しそうに周囲を見回すエリカの手を引いて、駅舎の正面玄関までやってきた。すると……

「ヴァルト様、魔女様、こっちですよ～」

「あっ……ノエルさんとメーリアさん！」

モスグリーンの車体と黒い革張りのシート。王家所有の四人乗りの蒸気自動車で待機していたのは、ヴァルトの従者であるノエル。助手席では、ヴァルトの従姉《いとこ》メーリアが美しい笑みを浮かべていた。

ノエル運転の蒸気自動車は、後部座席にヴァルトとエリカを乗せると、小麦畑の間に作られた道を走って山の麓《ふもと》を目指す。そうして辿り着いたのは、王家所有のワイナリーだった。

南のブドウ畑に行ってみたいと言ったエリカの願いも、この日ヴァルトは叶えてくれたのだ。

「ブドウ摘《つ》みを体験してみないか」

そんな彼の提案に、エリカはもちろん、顔を輝かせて頷いた。

ワインは消費することにしか興味がないというメーリアは、畑の隅のテーブルでグラスを傾け、ノエルは当たり前のように彼女の向かいに座らされた。

ヴァルトとエリカはバケツとハサミを手にブドウ畑の中へと入っていく。

いつの間にかエリカのカバンから飛び出していたロロンは、ぴょんぴょんと跳ねて彼女の後を付いて行きつつ、時たま紅葉していないブドウの葉を選んで食《は》んでいる。

ここでは、赤ワイン用の黒ブドウと白ワイン用の白ブドウ、どちらも栽培されている。

生食用のブドウしか食べたことがないエリカは、自ら摘《つ》んだ果実を見比べつつヴァルトに問うた。

「白いのと黒いの、どっちの方が美味しいですか？」

「さあなあ……試しに食べ比べてみればいいんじゃないか？」

それもそうかと、一粒ずつ房《ふさ》からちぎって口に入れてみれば、なんともまあ、どちらも思った以上の芳醇《ほうじゅん》な香りと濃厚な甘味にため息が出る。エリカは幸せそうに頬を綻《ほころ》ばせつつ、足もとで強請《ねだ》るロロンの口にも、ブドウの粒を入れてやった。

「白ワインと赤ワインは、どっちが美味しいんでしょうか？」

「これも試しに飲み比べてみろ……と言いたいところだが、エリカに酒はまだ早い」

未《いま》だに酒精《しゅせい》解禁にならないエリカには、この後、ワイナリーのランチの席にて、ワインの代わりにブドウジュースが出された。

不貞腐《ふてくさ》れつつ飲んだものの、搾りたてのジュースは文句なしに美味であった。

ヘクセインゼルの南地区では、小麦やブドウの他にも様々な作物が栽培され、さらには国民の主なタンパク源である食用のウサギや鶏なども育てられている。何を隠そう、ワイナリーのランチの目玉は、本来なら食用ウサギの姿焼きであった。

しかし、魔法でウサギになったトラウマ持ちのヴァルトと、ウサギを愛玩《あいがん》するエリカ。ノエルの配慮により、今日のメインディッシュは鶏肉に変更されていた。

ちなみに、ヘクセインゼル人にとって、ウサギといえば愛玩用より食用が一般的。

ワイナリーの管理人に「小さいけれど毛艶が良くて美味しそうだねぇ」と言われたロロンは、早々にエリカのカバンの中に隠れてしまった。

ランチを終えてワインの醸造所を一頻《ひとしき》り見学してから、ヴァルトとエリカはまたノエル運転の蒸気自動車でカリス市庁舎前駅の次、コールドロン市庁舎前駅へとやってきた。

ノエルとメーリアとはそこで別れ、二人は再び蒸気機関車に乗り込む。

しばし農耕地が広がっていた窓の外は、しかし鉄道橋を越えると再び工場と褐色《かっしょく》の三角屋根で埋め尽くされた。

ヘクセインゼルの北西に位置するベーゼン。その港は、現在大陸との貿易の唯一の窓口となっている。

港には大きな船が幾つも就航し、ヘクセインゼルで最も賑やかで、そして雑多な空気を纏《まと》っていた。

　ベーゼン市庁舎前駅に到着すると、ヴァルトはまたエリカの手を引いて蒸気機関車を降りた。駅舎玄関に出ても、今度は迎えの車はない。

　ヴァルトはエリカの手を引いたまま、迷いのない足取りで大通りから外れ、しばし細い裏路地を進む。

　そうして、少しばかり坂と階段を上った先で、彼はとある古めかしい扉を開いた。

「いらっしゃいませ――おやおや、珍しいお客様ですなぁ」

　扉の先はこぢんまりとしたカフェで、カウンターの中から白髪の老紳士が出迎えた。

　店内は客もまばらであったが、ヴァルトはテラス席へとエリカを連れていく。

「コーヒーをもらえるか。彼女には……カフェオレを」

「畏《かしこ》まりました、陛下」

　この店のマスターらしい老紳士に、ヴァルトがそう注文する。

　とたんに、いったいこの日何度目になるだろう、エリカの顔がぱあっと輝いた。

「ヴァルト様！　こーひーって、あのこーひー!?」

「ああ、君が飲みたがっていたやつだ」

　ヘクセインゼルの嗜好《しこう》飲料としては、ハーブティーが一般的だ。紅茶、ましてコーヒーの木などは国内では栽培されていない。

しかしながら、唯一外国船を受け入れているこのベーゼンでは昨今、大陸から輸入された紅茶やコーヒーを提供する店が増え始めている。ヴァルトが選んだこのカフェも、その内の一軒らしい。

しばらくして注文したものがテーブルに運ばれてくると、エリカは琥珀色《こはくいろ》の瞳を大きく何度も瞬《またた》かせた。

「ヴァルト様の……本当に真っ黒ですね」

「ミルクを入れれば、エリカのそれと同じ色になるがな」

エリカの双子の兄――海を隔てた大陸の国ザクセンハルト共和国で育ったエレンが言っていた通り、〝コーヒー〟なる飲み物は真っ黒で、なるほど確かに苦そうだ。

未知の飲み物を前にして、エリカの中で警戒心と好奇心がせめぎあう。

そんな彼女にこっそりと悪戯《いたずら》げな笑みを浮かべたヴァルトは、口を付ける前の自分のカップを彼女の方へと差し出した。

「まずは、こちらを飲んでみろ」

「えっ……」

「エレンに子供だと言われて悔しかったんだろう。これが飲めたら見返してやれるんじゃないか？」

「……」

エリカは無言のまま、ヴァルトのカップを受け取った。簡単に口車に乗せられてしまう彼女を、危なっかしいがかわいくてしかたがない、とヴァルトが含み笑いを浮かべているとも知らず、エリカはおそるおそるカップに口を付ける。

「——うっ⁉」

その結果、かつて経験したことのない苦味を前に、即座に白旗を振る羽目になった。くくくと笑いながら、平気な顔でカップを傾けているヴァルトに、エリカは心底恨めしい顔を向ける。

口直しに、と慌てて口を付けたカフェオレは、まろやかなミルクの風味が苦さに戦《おのの》いた舌を慰《なぐさ》めてくれた。

その時、ボーッと汽笛《きてき》の音がした。

一瞬、蒸気機関車のそれかと思ったが、違った。

「船が……」

「ああ、ザクセンハルト共和国に帰る船だな」

高台に立つこのカフェのテラスからは、ベーゼンの港が一望できる。

今まさに出港した蒸気船。その進行方向、凪《な》いだ海原のずっと先にうっすらと見える影は……

「あれが、ザクセンハルト……？」

「そうだ」

九年前、エリカを置いてヘクセインゼルを去った母は、今はあのザクセンハルト共和国で暮らしているのだという。

口の中に広がる異国の味。母も、同じものを飲んだことがあるだろうか。

ヘクセインゼルで生まれ育った母も、初めてコーヒーを口にした時は、エリカのように苦いと顔をしかめただろうか。

「お母様……」

エリカは、母に愛されてはいない。それでももう一度会いたいと思ってしまうのは、自分をこの世に産み出してくれたのが、間違いなく彼女であるからだ。

母が産んでくれたからこそ、エリカは今日、ヴァルトと蒸気機関車に乗って、ブドウを摘《つ》んで、そして今こうしてコーヒーの味を知ることができた。

膝の上に置いたカバンが温かい。先ほどから随分大人しいと思っていたら、どうやらロロンはカバンの中で眠ってしまっているようだ。

エリカはカバン越しに彼の背中を撫《な》でながら、じっと海の向こうを見つめる。

彼女に倣《なら》うように、ヴァルトも目を細めて大陸の影を見遣り、そうして一言はっきりと告げた。

「約束は守る」

——いつかザクセンハルトにも連れて行こう。

以前、ヴァルトはそう言った。

約束通り蒸気機関車に乗せてくれたように、きっと彼はいつか本当に、エリカを連れて海を渡るつもりなのだろう。

海の向こうに霞《かす》むザクセンハルト共和国の上には、真っ赤な夕日が傾き始めている。

エリカはこの日、蒸気機関車なら半日で回れるヘクセインゼルを、いろいろ寄り道しながら朝から夕方までヴァルトと一緒に巡った。

これまで始祖の樹でしか過ごしたことのなかった彼女には、ヘクセインゼルの中にもまだ、知らない場所や興味のある場所がたくさんある。だから……

(ザクセンハルトに行くのは、ヘクセインゼルをもっと知って……それで、もっと好きになってからでもいいかな)

カフェオレに舌鼓《したつづみ》を打ちながら、エリカは心の中でそう呟いた。

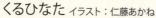

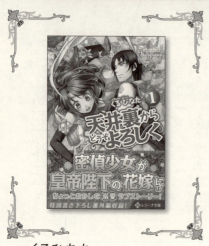

本書は、2015年6月当社より単行本として刊行されたものに書き下ろしを加えて文庫化したものです。

レジーナ文庫

箱入《はこい》り魔女様《まじょさま》のおかげさま

くるひなた

2017年 2月20日初版発行

文庫編集－西澤英美・塙綾子
発行者－梶本雄介
発行所－株式会社アルファポリス
〒150-6005 東京都渋谷区恵比寿4-20-3 恵比寿ガーデンプレイスタワー5階
TEL 03-6277-1601（営業） 03-6277-1602（編集）
URL http://www.alphapolis.co.jp/
発売元－株式会社星雲社
〒112-0005東京都文京区水道1-3-30
TEL 03-3868-3275
装丁・本文イラスト－イノオカ
装丁デザイン－ansyyqdesign
印刷－株式会社廣済堂

価格はカバーに表示されてあります。
落丁乱丁の場合はアルファポリスまでご連絡ください。
送料は小社負担でお取り替えします。

ISBN978-4-434-22889-6 C0193